COME QUANDO PIOVE CON IL SOLE

(Previsioni d'amore)

Barbara Morgan

Website: http://www.ghostlywhisper.com

Facebook: https://www.facebook.com/ghostlywhisperltd

Instagram: https://www.instagram.com/ghostlywhisperltd

Twitter: https://twitter.com/GW_BooksEtc

Whisper of the Heart

CAPITOLO 1

Ogni fine è un inizio. Si dice così vero? Non so dove l'ho sentito. Forse l'ho letto da qualche parte, su un libro di crescita personale. Oppure l'ho solo sognato. In ogni caso indietro non ci torno. Non per contemplare la fine. La fine della mia carriera universitaria insieme a quel briciolo di dignità che mi è rimasta. La fine della mia vita come avevo immaginato che fosse, o come gli altri se l'erano immaginata al mio posto, perché a quanto pare io sono troppo pigra e sconclusionata anche solo per immaginare.

Una decisione però alla fine l'ho presa. Da sola questa volta. Chi l'avrebbe mai detto? Sono riuscita miracolosamente ad arrivare alla stazione in tempo per prendere al volo l'autobus della Greyhound per New York. Al volo, letteralmente. Forse avrei fatto meglio a prendere l'aereo considerando il viaggio infinito ed estenuante che mi aspetta.

In ogni caso ho corso come una dannata perché l'autista mi vedesse prima di chiudere tutto e partire. Così mentre l'autobus era già in movimento ha riaperto e mi ha urlato: «Sali ragazza!»

Se non mi avesse fatta salire a quest'ora mi starei ancora aggirando per Idaho Falls in preda alla disperazione. Non che qui sia meno disperata, certo. Ma probabilmente al campus sarei stata anche in preda a John Keats, oltre che alla disperazione. Quel bamboccio malefico, arrogante e pieno di sé. Bamboccio malefico perché è pure più giovane di me, di ben sette mesi.

Come diavolo fa ad essere così avanti e in anticipo praticamente in tutti i corsi? Sempre stato così. Non sembra ci sia qualcosa che non sappia fare egregiamente il bamboccio malefico! E questo, se devo essere onesta, mi irrita a morte.

Guardo fuori dal finestrino. La strada che mi scorre davanti agli occhi sembra così uguale a se stessa. Sempre, sempre, sempre. Sono vissuta in Idaho tutti i ventidue anni della mia vita, eppure ancora mi stupisco di questa vastità. Deserto, deserto e ancora deserto. Tanto che a volte mi sembra di perdere l'orientamento. Sì, sono il tipo di ragazza che si perde ovunque, anche nella propria città.

Appoggio la mano al finestrino e sorreggo la testa, come se mi facesse da cuscino. Avrei preferito che la donna seduta al mio fianco non si fosse alzata per farmi passare nel posto vicino al suo, l'unico disponibile accanto a una persona che si spera non mi fissi le tette durante il lungo viaggio che mi aspetta. Avrei preferito restare seduta all'esterno. Per non rendermi conto così inequivocabilmente che me ne sto davvero andando.

Ho fallito ancora una volta. Sono una fallita quindi. E il risultato del mio fallimento è là, nella bacheca del college sotto gli occhi di tutti. Il mio nome, Koraline Appleton, in fondo alla lista accanto a un miserabile numero che dice che io non sono abbastanza. Il nome di John Keats, il bamboccio malefico, invece è il primo di quella schifosa lista. Tanto per cambiare.

Sempre il primo, lui. E mentre ero là ferma, impalata come una statua di marmo, eccolo che arriva. Solleva un sopracciglio e guarda in alto con aria compiaciuta per il suo ennesimo successo. Poi giù, giù, giù… ancora più giù… e là, proprio in fondo che più fondo non si può, ci sono io. L'ho visto con la coda dell'occhio, essendosi messo lui un passo davanti a me. Ha anche aperto la bocca per dire qualcosa, quasi si volesse scusare. Come se ci fosse qualcosa da dire!

Nervosa batto il piede a terra e la donna al mio fianco volta il viso e mi scruta con espressione interrogativa. Sembra la classica madre di famiglia messicana. Me la immagino circondata da bambini dalla pelle color caramello. Il pensiero mi spinge ad accennarle un sorriso. Lei ricambia il sorriso e torna a fissare lo sguardo sulla rivista che tiene tra le mani.

Tutti nella mia famiglia sono medici, da generazioni. Non ricordo nemmeno più a quando risale il legame indissolubile tra la mia famiglia e la medicina. Se fosse possibile anche i due cani di mio padre e il gatto persiano di mia madre sarebbero medici. Stessa cosa nella famiglia del bamboccio malefico, i Keats. Suo padre è il migliore amico del mio, sempre che a quell'età abbiano ancora il concetto di "migliore amico". Per cui la mia è stata una sorta di condanna perpetua, fin dalla più tenera età. Condannata ai Keats e al loro figliolo prodigio. Non sono la pecora nera di una famiglia, ma di due. E se il continuo confronto con mia sorella e mio fratello potevo tollerarlo, quello con John Keats, più vicino a me per età, proprio no.

A volte quasi mi convinco che sia stata tutta colpa mia. Forse è il karma che mi perseguita. Dev'essere stata la botta in testa che si è preso da bambino quando aveva appena imparato a camminare e io l'ho spinto facendolo inciampare nel nostro trenino elettrico. Sì, proprio così, avevamo un trenino elettrico in comune. La cosa buffa è che pur essendo così piccolo si tratteneva dal piangere anche se aveva le lacrime agli occhi.

I nostri genitori hanno continuato a esaltare per anni l'orgoglio di John fin dalla prima infanzia. Come se io fossi stata una frignona! Insomma, che noia quel bamboccio! Almeno a camminare ho imparato prima di lui, anche se mi si potrebbe contestare il fatto che avendo sette mesi in più è abbastanza normale, nemmeno da quello mi deriva un merito personale. Poi le ho prese quella volta che l'ho fatto cadere intenzionalmente, ma almeno ne è valsa la pena. O forse non proprio, se è stata quella botta a renderlo tanto intelligente.

In ogni caso è bello questo viaggio, entusiasmante. L'uomo dietro di me sta russando come… come non so cosa, non ho idea con che cosa si possa paragonare. Un trombone forse… un trombone con fischio incorporato?

La questione fondamentale è che "bamboccio malefico" lo chiamo solo dentro di me, tra i miei pensieri. Sono troppo una brava ragazza per chiamarlo così pubblicamente. Anche perché almeno un difetto ce l'ha pure lui, non è altissimo. È mediamente alto. Non potrà mai essere un campione di basket. Nemmeno se lo desiderasse con tutta l'anima. No, niente da fare ragazzino!

Però lui, al contrario, Appleline mi chiama sia in privato sia in pubblico. Koraline Appleton. Per lui sono diventata Appleline, come se la mia linea fosse quella di una mela! Una mela di norma è… rotonda. Io un po' tondetta lo ero alle medie, ma poi mi sono snellita. Altroché se mi sono snellita! Ma quel fetente ha continuato imperterrito a chiamarmi Appleline e si è sempre divertito un mondo.

Io invece non sono mai riuscita a creare nomi ridicoli dal suo nome per prenderlo in giro. In che modo lo storpio un nome come John Keats? Sì, John Keats proprio come il poeta inglese! Insomma, se anche lo avessi fatto, poi sarebbe sembrato che prendessi in giro il poeta. E non vorrei provare sensi di colpa nei confronti della letteratura inglese.

Ho un mal di testa atroce. Questa situazione deve finire, una volta per tutte. Ora me ne andrò a New York da Sharon, la mia migliore amica. Conta come migliore amica, anche se non la vedo da dieci anni? Cioè, non di persona. La sento spesso però, sia al telefono che in chat su Facebook. Sarebbe stato diverso se Sharon fosse rimasta qui. Cioè a Idaho Falls. Non mi sarei sentita così sola, così accerchiata dal nemico. Anche gli sguardi di rimprovero dei miei genitori forse mi sarebbero pesati di meno.

Ho lasciato un messaggio a mia sorella Katherine, che vive a Los Angeles, prima di spegnere il cellulare e nasconderlo sul fondo alla borsa. Ho preferito avvisare lei e non mio fratello Kevin. Certe cose le donne le capiscono prima e meglio. Solo per farle sapere che me ne sono andata di mia spontanea volontà per un po', ci penserà lei ad avvisare gli altri. I nostri genitori, insomma. Almeno non perderanno tempo credendo che sia stata rapita, massacrata di botte, uccisa e abbandonata in un bosco o in fondo a un burrone. Sapranno che non sono scomparsa nel nulla ma me ne sono andata di mia spontanea volontà per essere lasciata in pace. Sempre che riesca a trovarla, la pace. Sempre che esista da qualche parte.

CAPITOLO 2

È deprimente che io mi senta così. Deprimente e immaturo. Eppure, da qualche parte in fondo all'anima, mi sento ancora una bambina bisognosa di consolazione. Già mi manca mia madre. Il suo modo di essere estremamente severa ma subito dopo estremamente dolce. Nessuno di noi tre figli ha ereditato i suoi splendidi occhi azzurri. Occhi che sanno ridere, dice papà. Non riesce a restare arrabbiata mamma, con quegli occhi che sanno ridere. Kevin ha gli occhi tendenti al blu, ma molto più scuri, nulla a che vedere con gli occhi ridenti della mamma.

Percorro con le unghie la mia borsa di stoffa. Mi sembra di essere un gattino che si fa gli artigli. No, non cercherò il cellulare sul fondo. Non lo accenderò. E non chiamerò. Nemmeno invierò un messaggio. Però intanto mi mordo le labbra forte. Forte finché passa la nostalgia che già sento crescermi nel petto. La mia casa. I miei prati. Gli alberi e il cielo che sembra non finire mai. Il mio nulla, il mio Idaho se ne sta andando ogni istante di più. Ma io non posso e soprattutto non voglio tornare indietro.

Ho come un sobbalzo. Dove siamo? L'abbiamo già oltrepassato il confine? Siamo già in Utah o forse addirittura in Wyoming. Sono completamente andata. Persa. Fuori di testa. Mi è sfuggita la cognizione del tempo. Passo le mani sul viso e le ritrovo umide. Le ripasso nuovamente sotto gli occhi. Non ho mai avuto nostalgia di casa prima di questa volta. E del resto come avrei potuto se non me n'ero mai andata prima d'ora? Non così per lo meno. In vacanza sì, in California e in Nevada soprattutto. Ma non è mai stato un vero andarmene.

Magari avrei potuto prendere l'autobus per Los Angeles, andare a trovare Kitty Kath. Immagino cosa sarebbe successo.

Mia sorella Katherine mi avrebbe dato un buffetto sulla guancia, ci saremmo fatte una scorpacciata di tanta roba grassa e dannosa per la salute. Magari questa volta mi avrebbe anche concesso di ubriacarmi un po'. Ma poi, alla fine, mi avrebbe rimandata a casa. O mi ci avrebbe riportata lei stessa, se avessi opposto resistenza.

Kitty è sempre stata il mio idolo, fin da bambina. Ha sette anni più di me ed è splendida. Splendida sempre, non quando capita, con i suoi lunghi capelli castani naturalmente ondulati e gli occhi da cerbiatta. In effetti ci somigliamo, abbiamo caratteristiche fisiche molto simili. Ma lei riesce sempre a essere bellissima, io invece no purtroppo. Anzi, io quasi mai direi. Anche in tenuta sportiva, anche quando andavamo in campeggio in Nevada con i Keats e gli altri amici dei miei, Kitty era splendida.

I ragazzi la guardavano tutti con espressione estasiata. I miei genitori l'hanno avuta quando avevano all'incirca la mia età. Alla sola idea mi vengono i brividi. Eppure, sono riusciti comunque a studiare e ad affermarsi nella loro professione. E quando, dopo Kitty, è arrivato Kevin e poi sono arrivata io, hanno rifilato anche a noi un nome iniziante per K. Come Ketchum, la cittadina dove si sono conosciuti. Mi chiedo come si possa essere così maledettamente romantici! Due brillanti menti scientifiche così romantiche sono qualcosa di inconcepibile dal mio punto di vista.

Io, al contrario di mia sorella, in tenuta da campeggio assumevo sempre più l'aspetto trasandato di una pezzente. Certo, a lei Kevin e il bamboccio malefico non osavano fare scherzi. Se dopo aver fatto la raccolta dei ragni li avessero infilati dietro la sua maglia invece della mia, Kath li avrebbe menati di brutto. Io mi sono limitata a nascondere loro i vestiti mentre facevano il bagno alle cascate. Non capirò mai la mania dei maschi di fare il bagno nudi. Ovviamente le mutande sono volate, come per magia, sulla cima di un albero. Quello è stato il mio grande atto di vendetta. Sono dovuti tornare al campeggio nudi come vermi. Anzi con davanti una foglia non so se di fico, come Adamo, o di altro.

In realtà non sono mai riuscita a ideare un piano veramente perfido. Forse non è nella mia indole. Eppure, non che non se lo meritassero!

Katherine ora si sta affermando come neuropsichiatra. La mia Kitty Kath, sono talmente orgogliosa di lei che non riesco proprio a provare invidia. Vorrei essere simile a lei ma non riesco a invidiarla. Kevin si è da poco laureato ad Harvard, facoltà di medicina ovviamente. Anche lui in anticipo sui tempi, ha solo ventiquattro anni. Ora ha iniziato la specializzazione in chirurgia plastica, come mamma. Mamma è un chirurgo plastico molto particolare in realtà. Credo sia l'unica al mondo che cerchi di convincere le persone ad accettarsi come sono quando si tratta di problemi puramente estetici. È quasi come se lei riuscisse a scorgere la bellezza nei suoi pazienti e li aiutasse a vederla loro stessi, senza tagliuzzarli qua e là. Quando invece il problema è fisico e davvero grave, usa il bisturi come se fosse un prolungamento della sua mano. Io non l'ho mai vista operare, ma è quello che dicono i suoi colleghi.

Io non mi sono nemmeno sognata di fare domanda ad Harvard, Yale o altre università prestigiose. Già tanto che mi abbiano presa all'università di Idaho Falls. Il bamboccio malefico, lui sì che ci sarebbe potuto andare, fin da subito. E mi sono sempre chiesta perché non l'abbia fatto! Perché diavolo ha preferito restare nella mia stessa università a tormentare me? Probabilmente non si voleva perdere il divertimento di umiliarmi a ogni esame.

Ci sono state volte in cui mi sono chiesta se per caso i miei mi avessero adottata o trovata in giro da qualche parte e non abbiano mai avuto il coraggio di raccontarmi la verità. O forse c'è stato uno scambio e si sono ritrovati la figlia di qualcun altro. Perché in alternativa resta il fatto che tutta la loro scorta di neuroni è andata a Kitty e Kev e per me è rimasto ben poco!

Da piccola le maestre dicevano che avevo tanta fantasia. Ma a cosa serve la fantasia? E i parenti vari mi umiliavano ancora di più. Kitty era sempre definita una bellezza. Una bella bambina, poi una bella ragazza. E pure intelligente. In quanto a me ero una bambina simpatica. Che accidenti significa una bambina simpatica? È un modo gentile per dire "niente di eccezionale"? Con Kevin era diverso. Per i maschi non contano queste cose. Lui è sempre stato considerato una sorta di erede al trono.

Che combinerà mai nella vita una bambina simpatica con tanta fantasia? Non il medico, certo. Perché potrei, sempre con tanta fantasia, attaccare alle persone i pezzi sbagliati. Oppure fare delle diagnosi simpaticamente fantasiose. O fantasiosamente simpatiche.

Sbuffo e decido di aprire la borsa per cercare il mio iPod, disperso da qualche parte. Ho bisogno di far passare il tempo, possibilmente smettendo di pensare. Lo trovo e lo accendo, dopo essermi messa gli auricolari. Attaccano le note di *Fix you* dei Coldplay, quasi a prendersi gioco dei miei pensieri.

CAPITOLO 3

Preferisco tenere gli occhi chiusi in una sorta di dormiveglia. Preferisco non sapere dove siamo arrivati. Vorrei riaprirli e ritrovarmi già a New York, anzi possibilmente già in casa di Sharon.

Invece con un contraccolpo sento l'autobus fermarsi. Come riapro gli occhi, vedo tutti gli altri viaggiatori alzarsi e prepararsi per scendere. Guardo fuori dal finestrino, proprio mentre l'autista annuncia che faremo una pausa di venti minuti per fare rifornimento di cibo, sgranchirci le gambe e necessità varie. Non ho voglia di scendere. Non ho proprio voglia di muovermi dal mio posto.

La donna seduta al mio fianco si alza e mi guarda con le mani posate sui fianchi, come in attesa di qualcosa. Dallo sguardo leggermente corrucciato credo voglia chiedermi il motivo per cui non ho intenzione di scendere. Non so nemmeno dove siamo arrivati e non ho fretta di scoprirlo. Scuoto la testa facendole segno di no. No, grazie, sto bene dove sto.

«Vamos, chica.»

Mi è sempre piaciuto sentir parlare in spagnolo. Ha un suono dolce, carezzevole. E la donna ha proprio una bella voce. A volte bastano solo due piccole parole per capirlo. Questa donna, che potrebbe essere mia madre, ha davvero un istinto materno molto sviluppato.

«Gracias...» non so come proseguire nella sua lingua, allora parlo lentamente, scandendo le parole. «Sto bene così, davvero.»

La donna non si muove dalla sua postazione, inclina solo leggermente il viso e aggrotta la fronte.

«Tienes que comer, niña.» A quanto pare non si vuole arrendere.

Intuisco il significato delle sue parole ma la guardo un po' perplessa. Perché questa sconosciuta si preoccupa per me? Lei, credendo che io non abbia capito, imita il gesto di mangiare.

«Para ser feliz!» continua imperterrita.

Credo voglia dire che mangiare possa servire a farmi sentire più contenta, insomma a migliorare il mio umore. Non ci credo affatto. Però decisamente ho trovato qualcuno più testardo di me. E comunque... davvero ho l'aria così depressa?

«Bueno!» replico alzandomi di scatto. «Vamos.»

Temo che se non acconsento di mia iniziativa, arriverebbe al punto di caricarmi sulle spalle per farmi scendere. Visualizzo pure la scena, davvero tragicomica. Lei sorride e annuisce, mentre ci avviamo entrambe per scendere dall'autobus.

Non so nemmeno dove siamo. Saltando dall'ultimo gradino mi guardo intorno. Scorgo "Denver" sull'insegna dell'autogrill dove ci siamo fermati. Siamo ancora troppo lontani dalla meta. Mi ripeto, nuovamente, che avrei potuto e dovuto prendere l'aereo. Sarebbe stato tutto più rapido e indolore.

Raggiungiamo gli altri all'interno del grill. Mi sento inondare di musica country un po' datata. Davanti al bancone alcuni cowboys, probabilmente un po' brilli, accennano passi di danza.

La canzone successiva la conosco bene, è Olivia Newton-John con *If you love me let me know*. Anzi, più che bene, visto che appartiene a un cd che mamma metteva sempre quando eravamo piccoli. E noi ballavamo per casa insieme a lei in una sorta di frenetico trenino: io, Kitty, Kev e talvolta c'era anche John insieme a noi.

Quando era di quell'umore andava anche a prendere papà e lo trascinava fuori dal suo studio, qualsiasi cosa lui stesse facendo, qualsiasi caso superimportante stesse analizzando. Poi mamma ballava insieme a papà, Kitty con Kev e io con John. Io e John più che ballare saltavamo una sui piedi dell'altro fino a cadere a terra e ridere come dei pazzi. Facevamo la gara. Di solito si fa a chi guardandosi in faccia ride per primo, noi invece come due idioti la facevamo a chi per primo smetteva di ridere. Ridevamo tanto, fino a farci male alle mascelle.

E ora non riesco a trattenermi, accidenti! Ho una voglia pazza di ballare. Inizio a muovere un piede a tempo di musica. Anche la testa. Koraline, maledizione, almeno la testa tienila ferma!

Troppo tardi! Un vecchio cowboy dall'aria scanzonata mi raggiunge e mi afferra la mano. Sembrava un po' brillo invece si muove meglio di un ventenne nel farmi girare e rigirare come una trottola. Quest'uomo decisamente ha un futuro come ballerino country. O forse un passato. Rido, rido e mi diverto. Se potessi resterei qui a ballare per ore. Mi ricorda anche i primi balli del liceo. I primi ragazzi che mi hanno guardata con occhi diversi durante i balli in cui Kitty mi aiutava ad abbigliarmi come una ragazza carina. E tentavano anche di avvicinarmi, quei poveretti. Tentavano, sì. Perché da una parte e dall'altra del salone sostavano, a guardia della mia virtù, mio fratello e John Keats.

Che poi il senso del dovere di fratello maggiore di Kev lo posso anche capire. Ma il bamboccio malefico che diavolo voleva? Anche quando gli capitava di ballare con qualche ragazza teneva gli occhi fissi su di me, come pronto a intervenire per rovinarmi la festa. Fortunatamente non è mai capitato che ballassimo insieme durante le feste a scuola. Avrei avuto il timore che cominciassimo a ridere senza riuscire a smettere come quando eravamo piccoli.

Mi ritrovo in mano un bicchiere di birra e un panino. Il barman mi strizza l'occhio. Che è, un'offerta della casa per lo spettacolo che sto offrendo al locale? Non male, sono piuttosto affamata in effetti.

La mia compagna di viaggio, che a quanto pare ha sostituito Kev e John come guardiana della mia virtù, mi picchietta sulla spalla. Ho capito, è ora di ripartire. Sorrido e saluto gli allegri cowboys. Quello che è stato il mio ballerino mi regala il suo cappello. Lo ringrazio con un inchino e un bacio sulla guancia e lui sghignazza guardando i suoi compagni.

«Fortunato l'uomo che ti piglierà, dolcezza!» Mi urla dietro ridendo di gusto.

«Oh no, non credo proprio!» Mi volto prima di varcare la soglia e rido anch'io.

Perché il poveraccio che mi piglierà sicuramente si ritroverà addosso anche i guardiani della mia virtù, ossia mio fratello e il bamboccio malefico.

CAPITOLO 4

Risalita sull'autobus mi inserisco nuovamente al mio posto. La mia compagna di viaggio alla fine aveva proprio ragione. Scendere a mangiare qualcosa mi ha fatto davvero bene. Oltre al ballo naturalmente. Quello mi fa sempre bene. E finalmente mi è chiaro il motivo per cui ho preso l'autobus e non l'aereo.

Avevo bisogno di questo viaggio "on the road". Un bisogno fisico. Per sentire la connessione con la mia terra, le mie radici, sgretolarsi poco a poco. Come una pianta che viene estirpata e ripiantata da un'altra parte, in un altro terreno. Fa male, è doloroso, ma fa parte del processo di crescita.

Mi sento molto Jack Kerouac al momento. Andare per il gusto di andare, non importa più nemmeno dove. Andare per sentirsi scivolare la vita e riuscire a darle finalmente un senso. Andare oltre, sempre. Con la differenza che raggiunta la meta io mi fermerò. Con questi pensieri io scivolo sì, ma in un sonno profondo. Quando mi sveglio mi accorgo che la signora al mio fianco ha seguito il mio esempio e si è assopita con la rivista penzolante tra le mani.

Guardo fuori dal finestrino e controllo l'orologio. Si sta facendo buio, anche se muovendoci verso est stiamo andando contro al fuso orario. Siamo ancora abbastanza lontani, ma non lontanissimi per lo meno.

Decido che forse è l'ora e il caso di riaccendere il telefono. Anche solo per sapere se Sharon mi ha lasciato qualche messaggio. Come d'accordo dovrebbe venire a prendermi alla stazione della Greyhound di New York.

Nessun messaggio di Sharon per il momento, ma mi ritrovo mitragliata da una serie di messaggi da parte di Kitty. Sette per l'esattezza.

Il primo: "Kokò tesoro, non fare così. Perché non mi raggiungi e ne parliamo con calma?"

In mezzo alcuni messaggi di media lunghezza, poi uno centrale che sembra la lettera accorata di una mamma che supplica la figliol prodiga di tornare a casa così che nessuno si faccia del male. E l'ultimo, di circa mezz'ora fa: "Accendi quel fottuto telefono, Koraline! Non farmi incazzare!"

Mi devo tappare la bocca per non scoppiare a ridere forte. Molti dei miei compagni di viaggio stanno dormendo. Tipico di Katherine Appleton usare le buone e le cattive maniere. Decido di chiamarla.

«Oh, finalmente la fuggitiva si degna di farsi sentire!»

La voce di mia sorella è ironica, non incazzata come aveva promesso. Resto in silenzio per qualche istante prima di replicare.

«Ciao Kitty Kath.»

«Quindi... che intenzioni hai esattamente?»

Me la immagino mentre tamburella le dita sulla scrivania. So che Kitty detesta perdere il controllo delle situazioni, anche di quelle che non dipendono direttamente da lei.

«Esattamente sto andando a New York, da Sharon. Te la ricordi Sharon, vero?» Faccio una breve pausa ma non le do modo di ribattere. «Ho bisogno di un po' di tempo per stare tranquilla e pensare a cosa fare della mia vita.»

«New York...» Katherine sembra riflettere sulle mie parole. «Perché non ti fermi da Kevin prima di arrivare? Si trova a Pittsburgh, sei di strada. Mi sembra un'ottima idea!»

«Non è che per caso, dico per caso eh... lo hai già chiamato e messo in allerta sul mio tentativo di fuga?»

La conosco troppo bene. Chiamare Kevin sarà stata la prima cosa che ha fatto. Chiamarlo e pianificare tutto. Ancora prima di avvisare i nostri genitori. Ovviamente, perché così sono circondata da entrambe le parti. Lei sulla costa occidentale, Kevin in direzione di quella orientale.

«Mmh... sì, gli ho accennato qualcosina» ammette restia.

Fare la spia ora si chiama accennare qualcosina? E poi io le avevo chiesto il favore di avvisare mamma e papà, non Kevin. Come se non sapessi com'è Kevin! Com'è in ogni senso. Ecco, bella faccenda davvero. Scappo dai successi del bamboccio per andare a scontrarmi con quelli di Kev. Sempre che Kevin non abbia già allertato il suo compare guardiano, il bamboccio malefico in persona!

«Uffa, Katherine...» mi sento sempre più una bambina lamentosa. Un'adolescente scappata di casa che va ricondotta alla ragione e convinta a rientrare.

«E ho parlato io con mamma e papà!» continua Kitty con tono rassicurante. «Li ho tranquillizzati. Anche io del resto da piccola ero scappata a casa di una mia amica e...»

«Katherine!» ringhio un po' tra i denti, cercando di non alzare troppo la voce. «Tu avevi tredici anni e la tua amica viveva a due isolati di distanza!»

La sento ridacchiare divertita. Proprio mentre ride e mentre io la strozzerei a distanza, sento la vibrazione di un altro messaggio. È di Kevin. In effetti ripensandoci potrei davvero fermarmi da lui a Pittsburgh. Non è così cattiva come idea. Non dovrebbe mancare molto.

«Kath... ho deciso che alla fine mi fermerò a salutare Kevin. Riaggancio e lo chiamo, così può venire a prendermi...»

«Perfetto, Kokò. Ottima idea!» ridacchia e la sento mandarmi bacini. «A dopo, bacio bacio!»

Lasciata Katherine compongo il numero di Kevin. Che è, come tutti gli uomini, più sintetico e meno smielato. Sembra solo leggermente addormentato in questa occasione. I turni in ospedale devono essere piuttosto massacranti.

«Ohi...»

«Kev, sarò a Pittsburgh tra circa mezz'ora credo. Fermata Greyhound. Ce la fai a essere lì?»

«Ok, Kò.»

«Bene. Ciao.»

Sospiro e riaggancio. Altra chiamata a Sharon per avvisarla che non sarò lì all'ora che le avevo preannunciato, ma più tardi in mattinata. Non mi risponde, allora le lascio un messaggio. Mi richiama circa dieci minuti dopo.

«Kora, sarò al lavoro per quell'ora accidenti!» Il suo tono è tra il preoccupato e il dispiaciuto. «Ci tenevo così tanto a venirti a prendere...»

«Tranquilla, prenderò un taxi.» Sorrido, dopo un respiro profondo. «Del resto non ci vediamo da dieci anni, che sarà mai qualche ora in più?»

«Ok, ascoltami bene allora... Ti mando un messaggio con il mio indirizzo. E ti lascio il duplicato delle mie chiavi in una specie di cassettino rettangolare sotto la cassetta della posta. Il mio appartamento è al quarto piano. La prima porta sulla sinistra.»

«Perfetto, me la caverò!» annuisco anche se lei non mi può vedere. «A presto, Sharon. E grazie ancora...»

Sto incasinando la vita a molte persone, me ne rendo conto. E per fortuna volevo andarmene per starmene un po' tranquilla!

L'autista decide improvvisamente di mettere un po' di musica. Forse per evitare di seguire l'esempio della maggior parte dei suoi passeggeri, addormentandosi alla guida. Mi arrivano le note di *Let her go* di Passenger. Zach. Questa canzone mi riporta a Zach. Il mio primo e finora unico ragazzo, ex ragazzo anzi, con cui sono rimasta in buoni rapporti. Ci parliamo ancora insomma. Non ci detestiamo. Non so nemmeno io perché sia finita tra me e lui. Forse esattamente per lo stesso motivo per cui è iniziata. Così, per caso. Un po' anche per noia, tanto per dire di stare con qualcuno.

Chissà se è possibile restare amici con un ex... Forse sì, se non è mai stato vero amore. Ma alla fine cos'è l'amore? Un pensiero fisso che ti tormenta e in un modo o nell'altro ti riporta a pensare sempre a quella persona. Come una malattia. Il non saper stare senza la persona amata e richiamarla a sé, costantemente. Così dicono.

Sento l'autobus cambiare strada. Eccoci arrivati, si sta avvicinando alla stazione di Pittsburgh. È giunto il momento di prendere le mie cose e prepararmi a scendere. Lancio un'occhiata alla signora messicana al mio fianco, che invece proseguirà il viaggio. Credo proprio che mi mancherà la sua presenza silenziosa ma imponente, protettiva.

CAPITOLO 5

Guardo fuori dal finestrino prima che l'autobus si fermi del tutto. Scorgo già Kevin sulla piattaforma di sosta e mi sbraccio per fare in modo che mi veda.

«Su novio?» mi chiede la signora messicana.

Scuoto la testa. Ci penso un po' ma niente da fare, non mi viene proprio in mente come si dice fratello in spagnolo. Mi arrendo.

«Mio... mio fratello.»

«Hermano» mi suggerisce lei, annuisce e sorride.

Ricambio il sorriso e mi lancio in un tentativo di conversazione.

«Gracias de todo señora.» Spero di non aver commesso troppi errori con il mio spagnolo stentato.

«Adiòs, niña» annuisce lei mentre io mi allontano per scendere dall'autobus.

Salto al collo di Kevin appena me lo trovo di fronte. Lui mi abbassa sulla fronte il cappello da cowboy che avevo completamente scordato di avere in testa. Sembra molto stanco, ma ha sempre la solita aria scherzosa e divertita. Noto che si è lasciato crescere i capelli che porta tutti all'indietro, anche se non riesce a dominarli del tutto.

«E così ne hai combinata un'altra delle tue, piccola peste!» Lancia un'occhiata verso la sua auto e la apre con il telecomando. «Dai, andiamo che ti porto a casa.»

«Casa...?» sgrano gli occhi e faccio una smorfia.

«Casa mia!»

«No, Kev. Io devo ripartire al più presto per New York. Ho già scombinato troppo i piani di Sharon e...» sospiro.

Temo, in un certo senso, che se trascorressi troppo tempo con lui, riuscirebbe nel tentativo di rimandarmi a casa dai nostri genitori convincendomi a riprendere la solita vita. E non voglio.

«Ti vuoi almeno fermare a mangiare qualcosa da qualche parte?» Alza gli occhi al cielo e sospira. «Avrai fame! È un viaggio lungo da fare con la Greyhound. Avresti almeno potuto prendere l'areo…»

«Avevo bisogno di tempo per pensare.» Mi stringo nelle spalle. «E volevo viaggiare in compagnia…»

Mi sento quasi a disagio, non so che scusa inventare mentre camminiamo verso la sua auto.

Percorriamo un tratto di strada in silenzio. Io appoggio la testa al finestrino, rilassata dalla sua guida familiare e sicura. Kevin mi indica un fast food e io annuisco senza troppo entusiasmo. Ho solo bisogno di mangiare qualcosa.

Avrei bisogno anche di un buon sonno in realtà, stesa in un letto comodo. Ma questo comporterebbe andare a casa di mio fratello e rischiare che mi faccia cambiare idea. Questo non deve succedere!

Scendiamo, entriamo nel locale e ordiniamo una bibita e un panino a testa. Kevin si siede di fronte a me e appoggia le braccia sul tavolo prendendosi il viso tra le mani.

«Allora? Esattamente cosa è successo che ti ha fatta scattare?»

«Ultima del mio corso, ancora una volta!» Gli rispondo con la bocca piena, continuando poi a masticare. «Non sono più sicura di voler fare il medico, Kev. Tanto non mi accetteranno mai in nessuna scuola di medicina. In realtà non ne sono mai stata sicura. Io non sono come voi. Io sono…» sospiro per cercare la parola adatta. Adatta e dolorosa. «Io sono mediocre.»

«A te manca solo un po' di fiducia in te stessa, Kò! Io ho fiducia in te, so che è solo un momento così, di passaggio… l'ho avuto anche io. Tutti lo abbiamo avuto… ma ti assicuro che passa!»

«Il mio non è un momento così. È una vita!» Scuoto la testa e afferro la mia bibita. Prima di bere lo scruto con aria di sfida.

«Tutti lo abbiamo avuto... dimmi allora, Kitty, tu e... e John esattamente quando lo avete avuto? Ho un vuoto di memoria.»

«Il tuo problema è ancora John, vero?» Mi butta lì Kevin, prima di addentare quasi un quarto del suo panino.

Ancora John. Come se fosse sempre stato sotto gli occhi di tutti che il mio problema è sempre stato lui. Sento la rabbia salirmi fino alla bocca dello stomaco e appoggio quel che resta del mio panino sul tavolo.

Stavo meglio in viaggio tra estranei, ecco. Stavo meglio a Denver, mentre ballavo tra i cowboys e a nessuno importava quanto fossi intelligente o stupida. La verità è che non vorrei, non vorrei assolutamente che il mio problema fosse John. Ma lo è diventato, indipendentemente dalla mia volontà.

«È più lui parte della nostra famiglia di me. Lo è sempre stato, da quando eravamo piccoli. I nostri genitori lo adoravano» dico seccata, senza ironia. «Dovreste richiedere uno scambio. È meglio che io...» Inizio a battere il piede nervosamente, contro la gamba del tavolo «che io vada da Sharon...»

«Medicina o non medicina, io non ti cambierei con nessuno al mondo.» Kevin inghiotte l'ultimo boccone e scuote la testa. «Nemmeno con John Keats.»

Mi rivolge l'espressione da cucciolo indifeso e tenero che mi rende praticamente impossibile l'impresa di avercela con lui.

«Portami alla stazione, Kev. Ho davvero bisogno di stare un po' per conto mio. Poi magari tornerà tutto a posto...» Non ci credo davvero, lo dico solo per sdrammatizzare e soprattutto per tranquillizzare lui. «Prometto che starò attenta e farò la brava. La bravissima!» Lo precedo, sapendo esattamente dove sarebbe andato a parare.

«Ma io mi fido di te, Kò!» ride, si alza e si appoggia al tavolo con le mani. Mi guarda con l'aria da supereroe che ha imparato a fare durante gli anni del liceo. «È il mondo che è brutto e cattivo. E io sono ancora il tuo fratello maggiore!»

CAPITOLO 6

Raggiunta la mia destinazione. Finalmente. Mi ero quasi convinta di non arrivare mai. Credo che sia stato il viaggio più lungo della mia vita. Probabilmente quando tornerò a casa, in un lontano futuro, prenderò l'aereo.

Scendo dall'autobus e mi guardo intorno. Mi sento talmente persa da rimpiangere amaramente di aver rimandato l'appuntamento con Sharon in modo tale che le fosse impossibile venirmi a prendere.

Cerco di farmi coraggio. Questo posto è un casino assoluto! Un bel respiro profondo e tutto andrà bene. Non arrivo nemmeno alla fine del bel respiro profondo. Inizia a piovere. Ma non a piovere normalmente. Questa non è pioggia, queste sono secchiate d'acqua che arrivano direttamente dal cielo addosso a me! Cerco di ripararmi sotto al tettuccio della stazione con altri sventurati.

Un taxi. Io ho bisogno di un taxi. Qui. Ora. Subito. Un taxi o giuro che mi metto a piangere, a strillare e a pestare i piedi! E non me ne frega di passare da ragazzina viziata. Sono di fatto una ragazzina viziata. Allora? Allungo la mano per richiamare l'attenzione di qualche tassista ma evidentemente i miei gesti non sono abbastanza convincenti. Che ne so io! In Idaho mai usato un taxi!

Finalmente uno, mosso da pietà, si ferma davanti a me.

«Signorina, che fa mai? Cerca di acchiappare farfalle?»

L'uomo ha un accento che non riesco a identificare. Porta dei baffoni neri allungati. Il sorriso però è aperto e sincero. Sarà greco forse. Scruta intorno ai miei piedi. Capisco che cerca i miei bagagli mentre si appresta a scendere.

«Ho solo questi…» sollevo la mia borsa e la sacca. Un po' ingombrante ma evidentemente lui è abituato a molto peggio con i suoi passeggeri abituali. «Non stia a scendere che si bagna, faccio da sola.» Salgo con un salto e in un attimo sono a bordo. «Ecco, devo andare qui.» Gli mostro l'indirizzo sul telefonino.

Lui annuisce e inizia a guidare. Continua a piovere. Potremmo anche essere a Venezia, in Italia. E questa potrebbe essere una gondola, non un taxi giallo di New York.

Guardo fuori impressionata dall'ampiezza della strada che stiamo percorrendo. E poi in alto, per quello che posso vedere dal finestrino. Grattaceli di cui non riesco a scorgere la fine.

Cemento, cemento e ancora cemento. Cemento momentaneamente invaso dall'acqua. Una parte di me si chiede come farò a sopravvivere qui, senza terra vera da calpestare, senza cielo. L'altra parte la rifiuta e la rinchiude nel suo angolino. Zitta, nostalgia di casa. Stattene buona e zitta!

«Arrivati, signorina.» Il tassista si volta verso di me con un sorriso amichevole. «Il numero 78C è quello.»

Mi indica un edificio alto, stretto e decisamente grigio. C'è qualcosa di non grigio qui? Strade, edifici, cielo. Probabilmente sono già grigia anch'io o lo diventerò presto. Cerco il mio portafogli e lo guardo in attesa che mi dica quanto devo pagare.

«Dieci dollari, mi è simpatica!»

Cerca di strizzarmi l'occhio ma non riesce. Li strizza tutti e due. So che dovrei dargli la mancia. Qualcuno mi aveva spiegato una volta come funzionava questa cosa della mancia ai tassisti, ma ovviamente non me la ricordo. John me l'aveva spiegata! Cosa non sa quello lì!

«Grazie davvero… arrivederci!»

Gli infilo in mano quindici dollari e mi catapulto fuori dal taxi per correre verso il palazzo dove abita Sharon.

Portoncino d'ingresso? Oddio, non mi ha parlato di un portoncino d'ingresso. Sarà aperto? Perché la cassetta della posta si suppone sia all'interno, qui all'esterno non la vedo proprio.

Mentre sono assorta nelle mie riflessioni, come se non mi fossero bastate le secchiate d'acqua provenienti dal cielo, ne ricevo anche lateralmente. Una direttamente in faccia, da una macchina di passaggio. Bello lavarsi la faccia con una pozzanghera. Acqua e fanghiglia sono tutta salute!

Alzo lo sguardo verso il cielo e mi accorgo che sta uscendo il sole. Ma guarda un po' questo stronzo che fa capolino mentre ancora diluvia. Come uno che te ne combina di tutti i colori e poi, quando sei al limite, cerca di rimediare con un sorrisetto. Che rabbia mi fa. Rabbia quasi come... oh no, che pesantezza sto diventando!

Mi sono allontanata per non pensare, per non arrabbiarmi. La devo smettere. Rido. Ecco rido. Rido per non piangere. E mentre rido per non piangere riesco anche ad aprire il portoncino per cui fortunatamente non è necessaria una chiave.

Bene, ora la prossima tappa è cercare la copia delle chiavi di Sharon. Dov'è che ha detto? Nel rettangolo della cassetta... Sopra la cassetta, sotto la cassetta, di fianco...

C'entrava la cassetta. Cerco quella con il suo nome e la tasto da tutti i lati. Chiavi per favore. Abbiate pietà almeno voi, chiavi... Magari qualcuno le ha prese, le ha rubate, le ha trafugate. E invece no! Eccole, ci sono! Le guardo come se fossero l'anello del potere nel *Signore degli anelli*. Il mio tesssoro!

Ora devo solo salire le scale, fino al quarto piano. Ovviamente l'ascensore qui non c'è, non esiste, non l'hanno inventato. E va bene, un po' di ginnastica non fa male a nessuno e snellisce le cosce.

Arrivata al secondo già ho il fiatone e mi aggrappo alla ringhiera. La mia borsa e la sacca sono più pesanti di quanto ricordassi. Ce la posso fare. Sì, ci sono quasi. Coraggio Koraline, hai ventidue anni, non centodue.

Prima porta sulla sinistra, aveva detto. Eccola davanti a me. Bella, la più bella porta della mia vita. Chiavi. Porta. Aprire.

Entrare. Doccia. Letto. Dormire. Ormai non riesco nemmeno più a fare ragionamenti di senso compiuto.

Infilo la chiave nella porta. Ecco. Lì tutti i miei sogni crollano. Infilo la chiave nella porta e nonostante tenti di girarla a destra e a sinistra non succede nulla. È come bloccata. Sospiro. Un sospiro disperato. Mi trema anche il labbro inferiore, sto per mettermi a piangere.

Calma. Calma e sangue freddo. Mi abbasso portando la faccia proprio davanti alla serratura.

«Da brava, porta. Io so che non ce l'hai con me. Io so che ci deve essere un trucchetto per aprirti.»

La spingo, la tiro, alzo e abbasso la maniglia, tolgo la chiave e la inserisco in tutti in modi in cui una chiave si può inserire in una serratura. Scopro che c'è una specie di intaglio, di solco. È a quel punto che la porta, benedetta e santa, si apre!

Entro e mi volto a guardarla, se potessi l'abbraccerei. Invece mi limito a richiuderla. Lascio cadere tutto quello che ho in mano e sulle spalle. Borsa, sacca, giacca. Il bagno. Da qualche parte deve pur esserci un bagno.

Non presto particolare attenzione al resto dell'appartamento. Mi imbatto nella cucina, nella stanza di Sharon, in un'altra stanza più piccola e quasi vuota. Poi vedo una porta chiusa. Mi sfilo le scarpe, la maglia, slaccio i pantaloni e li lascio scivolare a terra. Mi appoggio al muro per reggermi in piedi mentre li tolgo del tutto con un calcio. Rimango solo con la maglietta e la biancheria intima. Lo stereo è lì vicino e lo accendo. Parte un cd. Adele, *Set fire to the rain*. Sharon non solo mi legge nel pensiero, ma mi legge nel pensiero in anticipo. È sicuramente la mia migliore amica.

Sorrido tra me aprendo la porta del bagno. Il sorriso da ebete mi rimane impresso sulle labbra, almeno credo. Sembro una partecipante al gioco dei mimi. Nel momento in cui ti beccano e devi rimanere ferma in una posa strana con l'espressione da cretina. E a me l'espressione da cretina viene abbastanza naturale, devo dire. Torno a pensare per concetti, riperdo la capacità di pensare frasi di senso computo.

Uomo. Nudo. Bagnato. Alto. E nudo. Ho già pensato nudo? Ecco, ribadisco. Decisamente molto nudo.

CAPITOLO 7

Percorre il mio corpo dall'alto in basso e viceversa. Ha gli occhi azzurri. Ecco, almeno sono riuscita a focalizzarmi sugli occhi. Poi il suo sguardo si fissa ostinatamente sopra la mia testa.

Che cosa c'è che non va sopra la mia testa? Già c'è abbastanza che non va in tutto il resto, questo lo so. Un uomo nudo in bagno non va. Io mezza nuda nello stesso bagno non va. Cioè non generalmente parlando, ma in questo caso particolare.

E sopra la mia testa? Sollevo le braccia e ci appoggio le mani. È solo in quel momento che lo sento. È ancora lì. È stato lì tutto il tempo. Talmente lì che mi sono dimenticata di averlo ancora.

«Carino» dice l'uomo nudo dagli occhi azzurri seguendo il mio gesto. «Ne voglio uno uguale.»

Finalmente trovo la prontezza di riflessi per voltarmi e per chiudere la porta del bagno. Più che chiuderla la sbatto proprio. Una volta fuori abbasso lo sguardo e controllo la mia situazione. Non c'è uno specchio ma riesco a immaginarmi. Ho indosso solo la biancheria, una maglietta leggera, sono bagnata, sporca. E con un cappello da cowboy in testa. Lo tolgo con furia e lo lancio, non controllo dove va a finire.

Mi guardo intorno. I miei vestiti, quelli che mi sono appena tolta, sono bagnati. Qualcosa nella mia sacca, qualcosa di asciutto ci deve pur essere. Non faccio in tempo ad aprirla, faccio fatica con la zip umida, che si è incastrata. Sento dei movimenti provenienti dal bagno. Potrei chiudermi in una delle due stanze, ma sarei costretta a passarci proprio davanti.

Sollevo il viso verso una portafinestra che non avevo notato appena entrata. Tenda. La portafinestra ha una lunga tenda color ocra che... che fa proprio al caso mio! Mi affretto e mi dirigo proprio lì in cerca di rifugio. Mi sistemo nella piccola porzione di muro che precede il vetro della finestra. Me ne sto lì, buona e zitta.

«Non ti agitare tanto, cowgirl» mi raggiunge la voce dell'uomo. «Ho visto donne molto meno vestite di te in vita mia. Ammetto però che quel cappello in testa ti ha fatto guadagnare punti su tutte le altre...»

Resto immobile cercando di controllare il respiro. Sposto la testa e lo guardo, solo con un occhio però. Tutto il resto del mio corpo rimane dietro la tenda. Lui si è avvolto un asciugamano bianco intorno alla vita. Ha trovato il mio cappello e se lo rigira tra le mani, poi lo appoggia su un tavolino.

«Ma a questo punto forse sei tu ad avere un problema con gli uomini nudi, cowgirl...» bisbiglia tra sé, ma in modo che io possa sentirlo. Poi alza il tono di voce. Ha una voce profonda, calda. «E va bene! Se ti sconvolgo tanto vado a vestirmi e preparo del caffè, ne vuoi? Così avrai il tempo di metterti qualcosa addosso anche tu. La tenda non si adatta alla tua carnagione, secondo me.»

«Io...» lo trattengo mentre si volta e non sembra sentirmi. Aggiungo un colpetto di tosse per richiamare la sua attenzione. Lui si gira di nuovo verso di me e mi guarda. «Io non ho...» che vergogna! Però non so che altro fare! «Non ho niente da mettermi... la mia roba è tutta... bagnata... troppo bagnata...»

Da come mi guarda mi aspetto che scoppi a ridermi in faccia. Non avrebbe nemmeno tutti i torti. Anche io se fossi in lui mi riderei in faccia! Invece non lo fa, annuisce e sorride appena ma abbastanza da mostrarmi la sua dentatura bianca e regolare.

«Ti porto qualcosa di Sharon, mi sembra che abbiate più o meno la stessa taglia.»

«Grazie...»

Sharon, accidenti! Non me lo poteva dire che aveva un ragazzo? Uno lo aveva in effetti, ma mi era sembrato di capire che si fossero lasciati qualche mese fa. E dalle foto che avevo visto non mi sembrava proprio questo. Non era questo proprio per niente.

Resto ferma dietro la tenda e chiudo gli occhi. Quando torno a far capolino mi accorgo che ha posato sul divano un golfino rosa e un paio di pantaloni da tuta.

Scatto a prenderli e me li infilo a tutta velocità. Vorrei pettinarmi, sistemarmi la faccia. Non faccio in tempo perché sento il profumo di caffè venire verso la mia direzione. E insieme al caffè arriva anche lui. Si è vestito. Indossa un paio di jeans scuri e una camicia azzurra. Ha i capelli ancora bagnati, ma tirati indietro. Solo un ciuffo sfugge al controllo e gli copre parte della fronte e di un occhio. I suoi occhi, forse per effetto della camicia, sembrano ancora più azzurri e intensi di prima. Freddi però. Ho sempre pensato che gli occhi chiari fossero più freddi degli occhi scuri. No, tutta una balla! Anche la mamma ha gli occhi azzurri, ma non sono per niente così. I suoi invece sono…

«Quanto zucchero?» Lui interrompe i miei pensieri. Appoggia il piccolo vassoio con le tazze del caffè sul tavolo e mi fissa in attesa di una riposta.

«Uno e mezzo… mmh… no, facciamo due…» sospiro. Mi rendo conto che forse dovrei iniziare a spiegare la mia presenza lì. «Io comunque sarei… cioè sono Koraline… sono un'amica di Sharon.» Ecco, prima che pensi che sia una scassinatrice di porte o chissà che altro. «Lei sapeva che sarei arrivata questa mattina. Mi ha lasciato le chiavi giù.» Indico pure il giù con un dito, per essere più chiara. Mi sento notevolmente stupida e impacciata, invece. «Ma io non sapevo che ci fosse qualcuno in casa. Lei mi doveva venire a prendere, poi però io ho fatto tardi, quindi mi ha lasciato le chiavi e…» E il resto lo sa anche lui! Inutile perdermi in ulteriori precisazioni. «Solo che…» sorrido e mi siedo di fronte a lui, lieta di aver recuperato almeno un minimo di confidenza con me stessa. Prendo la tazzina tra le mani e sorseggio il caffè. Buono, ci voleva! «Sharon non mi aveva detto che viveva con il suo ragazzo.»

Sharon, accidenti! Questa davvero non gliela perdonerò mai! Perché non mi ha detto che viveva con il suo ragazzo, soprattutto se il ragazzo è questo?

No, okay… indipendentemente da questo o un altro, avrebbe dovuto dirmelo. Io non voglio proprio vivere con questo qui nel bagno. Rischiando di trovarmelo ancora nudo in giro per casa. Va bene, lo so che non dovrei fare tanto la difficile, Sharon è stata fin troppo gentile e disponibile a ospitarmi così da un momento all'altro. Ma mi aspettavo di vivere con la mia amica, non con una coppia.

«Non sono il suo ragazzo, tranquilla!»

Finisce il suo caffè e appoggia con cura la tazza sul piattino.

Nessun ragazzo che conosco avrebbe preparato il caffè in questo modo. Cioè nelle tazzine vere da caffè, portando anche il piattino, il vassoio e tutto l'occorrente. Nemmeno avrei mai immaginato che Sharon avesse in casa questo tipo di tazzine e accessori. Lo guardo un po' perplessa. Non è il suo ragazzo, ma… magari un… un amico di…

«Ah… capisco.»

Annuisco e non so più come proseguire. Non sono nemmeno del tutto certa di capire.

«Sono solo il suo capo.» Si alza e sparisce per qualche secondo. Torna con in mano una giacca e si avvia verso la porta. «Comunque, è stato un piacere incontrarti, cowgirl.» Apre la porta ed esce, poi ci ripensa e si volta ancora verso di me. «Ethan. Mi chiamo Ethan. Almeno spero che non mi chiamerai nella tua mente "l'uomo nudo del bagno".»

Rimango lì a fissare le due tazzine vuote dopo che lui, Ethan insomma, ha chiuso la porta dietro di sé. Il capo di Sharon. Ciò significa che Sharon va a… Insomma, non credo che sia passato solo per farsi una doccia, perché da lui non funzionava l'acqua.

Certo, tutto è possibile. Però… Sharon con il suo capo. Con quel suo capo. Il fatto è che non credevo che Sharon fosse il tipo da mettersi con il suo capo. O non mettersi perché lui ha detto di non essere il suo ragazzo. Ma in effetti, sono dieci anni che non vedo Sharon. Ci siamo parlate per telefono e in chat, certo. Però… che tipo è Sharon davvero? Forse non lo so. Forse non l'ho mai saputo. Però prima o poi dovrò scoprirlo ora che abiterò qui insieme a lei.

CAPITOLO 8

Mi guardo intorno. Non so che fare. Una cosa per volta. Raccolgo vassoio, tazzine e zuccheriera e porto tutto in cucina. Cerco il posto giusto per riporre zuccheriera e vassoio, lavo con cura tazzine, piattini e cucchiaini.

Ho bisogno di una doccia, ma provo ancora una strana soggezione all'idea di entrare in bagno. Però devo farlo. Entro e mi tolgo gli indumenti di Sharon, poi i miei. Apro la doccia e mi ci infilo velocemente. Cerco di togliermi dalla testa l'idea di Ethan. Aveva ragione, nella mia mente lo definisco ancora "l'uomo nudo del bagno".

Comunque, non ci voglio proprio pensare anche se è un po' difficile non pensarci. Mi appoggio alla parete con entrambe le mani mentre l'acqua mi scorre sulla schiena. L'effetto è rilassante. Mi sento così stanca... sento dolori e crampi ovunque. Ecco, concentriamoci sulla stanchezza, non sul biondo Ethan dai freddi occhi azzurri. Occhi di ghiaccio. Un ghiaccio bollente. Bollente come l'acqua di questa doccia, maledizione! Mi sposto e cerco di regolare meglio la temperatura.

Sharon. Lo saprà che il suo capo pensa di essere solo il suo capo e non il suo ragazzo? Spero che non la stia illudendo. Cerco lo shampoo per lavarmi i capelli. Spero per lei che lo sappia e sia d'accordo. Anche se...

Anche se niente! Sono solo una stupida, ingenua, infantile ragazzina di provincia. Dovrei sapere come funzionano queste cose. Qui poi, a New York, è così. Cioè, anche in altri posti sarà così. Sicuramente anche in Idaho sarà così, non siamo fuori dal mondo o su un altro pianeta. È per me che non è così. Ecco, ci risiamo! Sono davvero una stupida, ingenua, infantile ragazzina di provincia. E sono sbagliata anche qui.

Esco dalla doccia e trovo un enorme asciugamano in cui avvolgermi completamente. Dovrò pensare a lavare tutte le mie cose o non avrò proprio niente da mettermi. Non voglio prendere altre cose di Sharon senza chiederle il permesso.

Una volta fuori dal bagno mi metto davanti allo stereo. Il cd di prima è finito senza che me ne accorgessi. Accendo la radio questa volta. Cerco il mio programma preferito di musica country. Chissà se prende anche qui? Lo trovo e sospiro, devo cercare di rilassarmi. Vado a sedermi sul divano e chiudo gli occhi per un attimo. Medito su cosa fare. Il bucato prima di tutto. Poi aspettare Sharon.

Invece mi assopisco. Vengo svegliata dal suono insistente e fastidioso del telefono. Controllo e vedo il nome di Zach.

«Ehi...» rispondo stirandomi e stendendomi completamente sul divano.

«Ehm... come stai, Koraline?»

Dalla voce mi sembra un po'... come dire... imbarazzato. Come se non sapesse di cosa parlare e nemmeno il motivo per cui mi sta chiamando.

«Io bene, tu?» Cerco di sembrare il più naturale possibile.

«Ah... okay, allora...»

Zach è bravo in tante cose. No, non quel genere di cose. È un bravo giocatore di baseball, bravo a scuola, bravo amico, bravo ragazzo. È generalmente bravo. Ma è davvero un pessimo bugiardo. Non riuscirebbe a mentire bene nemmeno sotto minaccia, con una pistola puntata alla tempia e se in gioco ci fosse la sua stessa vita.

«Zach, chi ti ha detto di chiamarmi?»

Visto che a quanto pare sa già tutto, se è come immagino e sono abbastanza certa di immaginare bene, evitiamo di perdere tempo e andiamo subito al punto.

«Ma no, nessuno... sono io che ho pensato di sentirti...»

Zach sospira. Sa che so. E sa che io so che sa. Insomma, io e Zach siamo sì rimasti amici e ci parliamo. Ma non è che segue ogni mio passo, anche perché sta uscendo con un'altra ragazza al momento.

«Zachary Moore...» ridacchio e cerco di non farlo sentire troppo a disagio. «Dai, fammi solo il nome del colpevole e ti assicuro che a te non accadrà nulla di male. Chi ti ha detto di chiamarmi? Mio fratello o John?»

«E va bene! È stato John, però non dirgli che mi hai scoperto!» ammette lui sbuffando.

«E ti ha fatto così tanta paura quel bamboccio che ti sei sentito obbligato a chiamarmi?»

Mi immagino l'espressione desolata di Zach, peccato non poterla vedere, sarebbe davvero divertente.

«Ma no!» Zach ride, sembra più sollevato ora che ha sputato il rospo, anzi il nome del colpevole. «Sono preoccupato anche io, Koraline...»

«Dì pure a John e a chiunque lì voglia sapere di me che io sto bene. Molto bene.» Sì, ho anche trovato un bel pezzo di uomo nudo nel bagno, più bene di così! «Ho bisogno di tempo per pensare, per stare un po' da sola...» Oddio, sola a New York suona un po' ridicolo in effetti. Decido di cambiare discorso. «Tu invece, tutto okay? Con... Amy?»

«Sì, normale.» Mai capito cosa intendano i ragazzi per "normale", comunque decido di sorvolare. E lui decide di non approfondire il discorso, ora che si è spostato su di lui e soprattutto sulla sua relazione sentimentale. «Mi raccomando, Koraline. Torna presto, va bene?»

«Ci proverò, Zach.» Certo, come no! Dopo il viaggio che ho affrontato l'unica idea che non mi sfiora proprio la mente è quella di tornare indietro. «Come ti ho detto, ho solo bisogno di un po' di tempo. Appena avrò capito cosa fare con me stessa, ti assicuro che tornerò.»

CAPITOLO 9

Mi sento sfiorare la fronte e mi sveglio. Apro a fatica gli occhi e mi appare a pochi centimetri di distanza il volto di Sharon. Ciò che mi ha svegliata è stato un suo bacio sulla fronte. Resto per un attimo a contemplarla, dopo averla vista soltanto in fotografia negli ultimi dieci anni. È più bella e dolce che mai. Il suo visino tenero non è cambiato. Mi accorgo che si è schiarita i capelli di qualche tonalità, ma le stanno davvero molto bene. Sento pungere le lacrime agli occhi.

«Sharon...»

L'abbraccio mentre anche lei mi stringe a sé.

«Piccola... devi essere stanchissima, dopo quel viaggio massacrante!»

Mi rivolge uno sguardo preoccupato. Mi rendo conto che i miei buoni propositi sono andati a monte subito dopo la telefonata di Zach. Non ho fatto il bucato. Tutt'altro. Mi sono addormentata sul divano, come un sasso. E con il telefonino ancora in mano.

«Tu invece sei stupenda!» ammetto mentre mi tiro su a sedere e mi sposto in un angolo per farle spazio.

Non so che altro aggiungere. Sharon sembra davvero una tipica ragazza di New York. Moderna, spigliata, elegante, completamente autonoma e indipendente. Non come me. Per la mia repentina decisione di partire e venire qui ancora un po' mobilitano i servizi segreti! Che non ho ancora sentito i miei per il momento. Okay, meglio non pensarci!

«Avrai fame...» Sharon fortunatamente si decide a spezzare il silenzio. «Spero che ti piaccia il cinese. Mi sono fermata qui sotto a prendere del riso al curry, pesce con i gamberi e pollo alle mandorle» sorride e si alza per andare a posare i pacchetti sul tavolo. «Fra un'ora devo tornare al lavoro, ma stasera usciamo a festeggiare!»

Mi strizza l'occhio e si dirige verso la cucina.

«Sharon, io non vorrei davvero disturbare troppo.»

Te e il biondo Ethan intendo, ma non lo dico ad alta voce. Mi alzo per raggiungerla ma inciampo nell'asciugamano in cui sono ancora avvolta e rotolo a terra.

«Nessun disturbo, piccola» sospira e appoggia sul tavolo due tovagliette, piatti, bicchieri e posate. «Non hai idea di che gioia mi dia averti qui, Kora.» Si morde le labbra e i begli occhi castani le diventano lucidi. «Io penso... di aver avuto bisogno di te in questi anni, più di quanto tu creda.»

Mi alzo e mi avvicino a lei.

«Allora sono qui adesso. E resterò per un po', quindi avrai tutto il tempo che vuoi per stancarti di me!» Ridacchio mentre l'aiuto a rovesciare il contenuto delle vaschette nei piatti. «Mmh... a proposito... ho usato alcuni dei tuoi vestiti perché ero in condizioni abbastanza pietose quando sono arrivata. Devo ammettere che è stato un viaggio un po' impegnativo.»

Evito il discorso Ethan nudo nel bagno. Meglio sorvolare per il momento.

«Non c'è problema, prendi tutto quello che ti serve» sorride mentre inizia a mangiare. «Ethan comunque mi ha raccontato che vi siete incontrati.»

Resto con la forchetta sospesa a mezz'aria. Le avrà raccontato anche come ci siamo incontrati? Scendendo nei dettagli? Spero proprio di no.

«Mmh... mi ha detto che è il tuo capo» annuisco cercando di mostrarmi disinvolta, mentre assaggio il riso al curry.

«Sì, è una storia un po' così.» Sharon fa una smorfia, si stringe nelle spalle e non prosegue oltre.

Un po' così. E a Sharon sembra non importare molto. Non so come replicare, la scruto un po' perplessa. Anzi, probabilmente molto perplessa perché lei inclina il viso e mi guarda divertita.

«Ammettilo che ti ho un po' sconvolta, Kora!» ridacchia e attacca la sua porzione di pollo alle mandorle. «Insomma, io ed Ethan non stiamo insieme. Lui mi piace e io piaccio a lui, ma non sappiamo dove questa storia ci porterà. Per dirla tutta, io so che lui si vede anche con altre donne. Non sono l'unica, non gli ho mai chiesto l'esclusiva e nemmeno ho intenzione di farlo. Però è talmente bravo che va bene così!»

Bravo eh… Okay, ingenua sì ma non fino a questo punto. Ethan è bravo. Cioè si suppone che sia bravo. Mi fido sulla parola. Ma come può una ragazza bella, dolce e intelligente come Sharon accettare che lui abbia anche altre donne? Come può non pretendere l'esclusiva da un uomo? Dovrebbe. Altroché se dovrebbe!

«Meriti di meglio.» Non riesco a fermarmi, devo dar sfogo ai miei pensieri anche se la mia opinione non è stata richiesta. «Perché tu l'esclusiva te la meriti proprio, secondo me.»

«Capisco il tuo punto di vista, Kora» sospira e mi guarda con tenerezza. «Ma io non voglio di meglio. Sono fatta così. Sono il tipo di ragazza che si adatta a tutte le situazioni. Prendo quello che mi viene offerto e non chiedo di più.»

CAPITOLO 10

Sharon è tornata al lavoro e io mi aggiro per casa. Lavora come aiuto regista. Aiuto dell'aiuto se non sbaglio, così mi aveva detto in una delle nostre conversazioni online. Ora non saprei se Ethan, visto che è il suo capo, sia il regista o l'aiuto del regista. Ho evitato di approfondire il discorso, per il momento. Sharon mi ha messo a disposizione il suo armadio e io le ho detto che avrei preso solo un paio di jeans, una maglietta e un maglione. Intanto ho fatto il bucato. E ho intenzione di uscire per comprarmi qualcosa. Shopping a New York, arrivo!

Vado a sistemarmi di fronte allo specchio. Ho ancora un aspetto orribile. Non oso immaginare in che stato fossi quando sono entrata in casa e poi nel bagno. Scuoto la testa, non ci voglio più pensare. Devo scrollarmi di dosso l'idea di Ethan. Cerco di truccarmi un po', sono talmente pallida e ho delle bruttissime e profondissime occhiaie nerastre. I miei capelli scuri sono più arruffati del solito.

Magari risento anche del fuso orario. No, più probabile che sia il mio sconvolgimento generale a ridurmi in questo stato pietoso. Per quanto mi sforzi di autoconvincermi, per me è difficile cambiare completamente le mie abitudini e il mio stile di vita. Sono sconvolta. Devo avere il coraggio di ammetterlo, almeno con me stessa. Sono talmente sconvolta da sentirmi sottosopra, come se avessi fatto venti capriole e un triplo salto mortale.

Dopo aver usato la piastra di Sharon per stirarmi i capelli e dopo essermi truccata un po', riesco a rendermi moderatamente passabile e sono pronta per uscire di casa. I capelli lunghi e lisci mi donano e riesco ad accettarmi un po' di più. Io e la porta abbiamo ancora un conticino in sospeso, non ho dimenticato.

Spero che non faccia scherzi al mio ritorno, quando si tratterà di aprirla per rientrare.

Faccio un bel respiro prima di decidermi a prendere una direzione. La prima cosa da fare è comprarmi una cartina e stabilire cosa voglio andare a vedere. Certo, poi avrò tutto il tempo che voglio a mia disposizione per visitare la città.

Sono davvero qui! Sono a New York! Rievoco il testo della canzone. *New York, New York...* la canticchio tra me, dopo essermi fermata alla prima edicola per comprarmi la mappa della città.

Allora... che cosa voglio vedere per prima cosa? Madison Avenue... Times Square... Broadway! Ecco sì, voglio andare a vedere Broadway. E l'Empire State Building! Sì sì... la Quinta Strada e l'Empire State Building prima di tutto! Ci voglio salire per vedere tutta New York dall'alto. Spero di non soffrire di vertigini, non sono mai salita sopra a un grattacielo. Continuo a seguire meticolosamente la cartina, sto prendendo la direzione giusta e non è molto lontano. Per fortuna Sharon abita in centro.

Mi guardo intorno, sembro Alice e New York è il mio paese delle meraviglie. Per fortuna ha smesso di piovere ed è uscito il sole. La giornata è ancora un po' grigia, ma il cielo sembra più sereno. Mi sento frastornata dalle strade, i negozi, i grattacieli.

Quando mi trovo di fronte l'Empire State Building guardo in su. Per farlo sono costretta a piegare tutta la testa all'indietro. Ci voglio salire! Almeno fino alla terrazza panoramica. No, fino all'osservatorio! Al centesimo... anzi centoduesimo piano, mi sono informata.

Entro decisa e compro il biglietto. Salgo sull'ascensore e chiudo gli occhi. Quando si ferma al piano della terrazza panoramica scendo. Mi fermo appena fuori la porta di vetro, eppure ho già un vago sentore di vertigini.

Ecco, lo sapevo, capitano tutte a me. Ma non importa, decido di ignorarle. Mi avvicino coraggiosamente alla balaustra, forzando me stessa quasi oltre le mie possibilità. Ma quella è... la Statua della Libertà! La riconosco in lontananza. L'emblema dell'America, della libertà, dell'unità nazionale. Mi sento quasi emozionata. Senza quasi. Se non fosse per queste maledette vertigini che mi fanno girare la testa. Forzo ancora me stessa e faccio il giro ritrovandomi sull'altro lato. Ci tornerò qui, al più presto. Senz'altro, devo tornarci con Sharon e ci faremo tante foto insieme. Poi le spedirò a Kitty così vedrà quanto sono coraggiosa.

Appena scesa dall'ascensore avevo individuato un banchetto che vendeva i cappellini dell'Empire State Building. Ne voglio comprare uno. Ne voglio uno assolutamente! Sorrido tra me, mentre mi volto per raggiungerlo.

No. No. No. E ancora no. Tanti no messi insieme. John Keats qui no, non è vero, non è possibile, non lo posso e non lo voglio accettare. Non faccio nemmeno in tempo ad articolare una parola, perché lui mi precede.

«Ciao, Appleline...» Mi guarda con quell'espressione sarcastica che conosco fin troppo bene e da fin troppo tempo. Non ricordo precisamente quando gli sia venuta, da bambino era tanto tenero. Una volta, all'incirca mille anni fa. Tanto tempo fa, insomma. Si è rovinato crescendo. «Una piccola mela nella grande mela. Divertente come combinazione.»

Sono certa che mi sta uscendo il fumo dalle narici mentre lo ascolto. Sposto lo sguardo di lato. Non c'è nessuno al momento nei paraggi. E se gli facessi fare un bel volo giù dal grattacielo? Sì, certo. Questo sarebbe anche capace di stupirmi con effetti speciali volando come Superman o arrampicandosi saltando da un grattacielo all'altro come Spiderman. Anche l'ambientazione sarebbe perfetta.

«Arriveresti addirittura a uccidermi, Appleline?» ridacchia avvicinandosi a me di qualche passo. Allora vuole proprio rischiare, eh!

«Non sottovalutarmi, ragazzino» incrocio le braccia e socchiudo gli occhi. «Solo l'idea della galera mi ferma. Per te non vale la pena prendersi l'ergastolo o la sedia elettrica! Però ora che ci penso, potrei simulare un incidente. Non ci sta guardando nessuno.»

«Ehi…» ride di gusto, poi sospira passandosi una mano tra i capelli castani. Osservandolo bene sembra stanco, più o meno come me. Sarà appena arrivato anche lui, anche se molto probabilmente con l'aereo. Almeno credo. Dubito che si sia teletrasportato qui dall'Idaho. «Ci vai giù pesante, come al solito.»

«Non cambio in base all'area geografica. E nemmeno all'altezza… l'altitudine…» Mi sposto decisa verso il banchetto dei cappellini e decido di ignorarlo completamente. Ne scelgo uno rosso con la scritta "I LOVE NY" e l'Empire State Building disegnato di lato. Lo indosso immediatamente. Lui mi si affianca e ne compra uno uguale, ma blu. Decido di degnarlo nuovamente della mia attenzione. «Insomma, grandissimo rompiscatole. Cosa ci fai qui? E già che ci siamo, perché hai convinto o corrotto quel poveretto di Zach perché mi chiamasse? E scommetto che è stato Kevin a raccontarti tutto, quel traditore me la pagherà! Insomma… perché mi hai seguita?»

«Prendi fiato e non ti agitare come al solito. Mi sembra ovvio il motivo della mia presenza qui.» Indossa il suo cappellino e mi strizza l'occhio con aria provocante. Sì, provocante schiaffi, almeno in me. «Sono venuto a riprenderti, Appleline.»

CAPITOLO 11

«Te lo puoi scordare!» lo guardo minacciosa. O almeno ci provo. Non riesco ad accettare che sia arrivato fino a New York appositamente per riportarmi a casa. «Come diavolo mi hai trovata? Insomma, perché sei qui? E comunque con te non torno da nessuna parte!»

Lui è uno dei motivi per cui me ne sono andata. E me lo ritrovo anche qui. Non c'è giustizia in tutto questo. Non c'è giustizia in questo mondo. È da tutta la vita che ho intorno John Keats, che mi piaccia o meno. È arrivata l'ora di chiudere una volta per tutte.

«Sono qui anche per far visita ai miei nonni, non solo per riportarti a casa.»

Continua a cercare qualcosa sul banchetto dei souvenir, inizia a giocherellare con delle bocce di vetro con la neve, le capovolge e poi guarda la neve scendere giù. La fissa estasiato come se non l'avesse mai vista. A volte sembra ancora un bambino. Distolgo lo sguardo prima di sentirmi inondare da troppa tenerezza nei suoi confronti.

Comunque… vero, i suoi nonni paterni sono di New York. Vivono fuori città da quanto mi ricordo. Non li ho mai incontrati qui, ma sono venuti spesso a trovare la famiglia in Idaho. Dimenticavo che John è per metà newyorkese, ecco perché sembra essersi ambientato meglio di me. Ovunque. Mi devo rassegnare. Me lo ritroverò ovunque.

«Stavi scherzando, vero?» sospiro e gli strappo una boccia di vetro dalle mani, la poso sul banco. «Non ti hanno spedito qui a riprendermi! Io non ci voglio credere.»

«Come credi… o come non credi.»

John si stringe nelle spalle, riprende la boccia che io ho appena posato, fa segno all'uomo del banchetto che la inserisce in un sacchettino di carta e gliela riconsegna. John paga e con un'occhiata gli indica di darla a me.

«Non mi compri con così poco, John Keats» sbuffo e ripongo la boccetta nella borsa. «Ti sembro il tipo a cui basta un regalino?»

«In realtà…» sembra cercare le parole adatte per una comunicazione importante. Non ho idea di dove voglia andare a parare questa volta, ma ora sono proprio curiosa di scoprirlo. «In realtà dicevo… mi trovo in zona anche perché mi hanno accettato a Yale e mi devo sistemare al campus per il prossimo semestre.»

«Quindi, fammi capire!» Gli getterei addosso tutte le bocce di neve presenti sul banco, una dopo l'altra. «Tu te ne sei stato in Idaho buono buono tutto questo tempo… e ora, proprio ora decidi di farti accettare a Yale?»

«Sono loro che mi hanno accettato, io non ho deciso proprio niente, Appleline.»

Mi rivolge quel suo sguardo ironico che detesto. Sì, io lo detesto da quando ha imparato a farlo, sgranando leggermente gli occhi castano chiaro come se fosse l'essere più innocente al mondo. Ma perché non può tornare bambino, dolce, ingenuo e senza malizia?

«No, no e no!» Pesto un piede a terra e scuoto la testa freneticamente. Poi mi rendo conto che vista dall'esterno posso sembrare un'isterica in preda a una crisi di nervi. E se devo essere onesta, almeno con me stessa, in effetti lo sono. «Io me ne vado e tu… tu vieni qui… qui a sbattermi in faccia i tuoi successi e i miei fallimenti!» Mi guarda con espressione esterrefatta, quasi desolata, fa per avvicinarsi, ma io lo respingo indietro con la mano. «Non ti avvicinare. Non provare a seguirmi. Lasciami in pace una volta per tutte. Non ti voglio vedere mai più!» No, adesso ho esagerato. «Cioè… non ti voglio vedere almeno per un po'!»

Mi guardo intorno, indecisa su quale strada prendere. Ascensore? Scale? In ogni caso mi volto e corro via.

«Koraline, aspetta...» Sento la sua voce alle spalle, sempre più vicina. «Io non sono qui per... insomma, non devi sentirti obbligata a fare qualcosa che non vuoi fare. Né per la tua famiglia, né per me, né per nessun altro. Tu devi trovare qualcosa che ti piaccia davvero e proseguire per quella strada. Scusami ma questa cosa è da tanto che la penso e ora te lo dovevo proprio dire.»

«Ah bene... sono talmente una fallita secondo te che mi stai incoraggiando a lasciar perdere!»

Sento le lacrime pungermi gli occhi, ci passo una mano sopra velocemente. Ci manca solo che mi veda piangere.

«No, assolutamente Koraline. Io ti sto incoraggiando a trovare qualcosa in cui sei davvero brava, qualcosa che...»

Non sa più come giustificarsi, me ne accorgo. Ma io non so che farmene delle sue scuse.

«A quanto pare non sono brava proprio in niente. Neanche ad andarmene, visto che mi hai trovata subito. E poi è facile per te... tu fai qualcosa che la tua famiglia stima e apprezza!»

Non ne posso più, l'ascensore non arriva e io devo togliermi di torno. Mi avvio verso le scale. E lui mi segue, ancora.

«Nessuno è contro di te, perché non lo vuoi capire?» Non mi volto nemmeno, non lo voglio sentire. Ma lui, imperterrito, prosegue. «La tua famiglia ti apprezza, io ti... Sei tu, sei tu a non apprezzarti. Questo è il tuo problema, Appleline. Sei tu l'unica persona contro te stessa!»

A questo punto davvero non ne posso più. Davvero davvero. Ho oltrepassato il limite della sopportazione. Quanto mi vuole umiliare ancora? Mi fermo e mi volto verso di lui, fredda, quasi impassibile. Sembra essere colpito dalla mia espressione perché mi guarda un po' smarrito e resta in silenzio, come se rispettasse il mio turno per parlare.

«Il tuo è solo un discorso da psicologia spicciola» dico con tono piatto. Ma non mi fermo. «Credevo che la tua intenzione fosse quella di diventare un cardiologo di fama mondiale. Ma se hai cambiato idea, non userai me come cavia per i tuoi esperimenti!»

CAPITOLO 12

Forse ho esagerato. Forse l'ho ferito davvero questa volta. E mi sento anche un po' in colpa ma certe cose andavano dette. Lui ora tiene la testa abbassata. Sembra talmente triste che io, nonostante tutto, odio vederlo così. E va bene, ho esagerato e sono stata troppo acida. Sollevo la mano verso di lui, ma lui si volta e si incammina verso la terrazza panoramica. Oh, insomma! Anche lui ha ferito me, se è per questo!

Me ne vado, ho deciso. Provo a prendere l'ascensore al piano inferiore ma niente da fare. Proseguo con le scale. Tanto mi serve anche per scaricare un po' di adrenalina. Perché la verità è una sola. Se quando mi prende in giro con quelle sue battutine pungenti e sarcastiche lo detesto, quando si impegna per fare il comprensivo e il... sì insomma il tenero quasi, lo disprezzo mille volte di più. Mi dà un fastidio tremendo. Come quella cosa della pioggia con il sole. Ecco. John è uguale. In modo completamente opposto ma in un certo senso anche Ethan mi ha fatto lo stesso effetto. Così contrastante, come quando piove con il sole.

Io sono stanca, infinitamente stanca di John Keats e di tutte le sue buone qualità. Sono stanca della sua intelligenza. Sono stanca delle sue parole giuste al momento giusto. Della sensatezza dei suoi pensieri. Io non ne ho di pensieri sensati. Io non ho buone qualità. E ora che ho scoperto che si trova qui a New York anche lui e frequenterà l'università a una distanza troppo ravvicinata per i miei gusti, sono già stanca di restarci.

Voglio andare da un'altra parte. Ma dove? Magari dove lui non abbia parenti prossimi a cui far visita o università prestigiose da frequentare. In Alaska? Al Polo Nord?

Sono talmente sfinita che se non prendo l'ascensore rischio di svenire. Non so a che piano sono arrivata intanto, ma non ne posso più di tutte queste scale. Se devo aspettare non importa, aspetterò! Avrò pazienza.

In qualche modo finalmente riesco a uscire. Mi guardo intorno. Nessuna traccia del bamboccio malefico, per fortuna. Ora potrò andare a fare un po' di shopping per dimenticare. La Quinta Strada fa proprio al caso mio.

A un certo punto vengo strattonata. Non sono abituata a queste strade così affollate, tutti che si affannano per attraversare camminando uno sull'altro. Mentre mi volto corrucciata per capire chi mi ha spinta, sento un fischio prolungato. No... non è un fischio, è una frenata. E poi uno schianto. Secco, arido, tremendo. Gente che ora urla e corre e io resto lì immobile. Un incidente. Mi porto le mani alla fronte. Mi avvicino e scorgo ammassi di lamiera, non riesco a identificare quante auto siano state coinvolte.

Rammento di essere una studentessa intenzionata a frequentare medicina. Fallita, certo. Ma ho basi di pronto soccorso e magari potrei essere in grado di dare una mano prima che arrivino i soccorsi veri e propri. Mi avvicino di qualche altro passo, poi mi fermo. Non ho il coraggio di avvicinarmi oltre. Vedo un uomo intrappolato in una macchina con la testa riversa sul volante.

Mi guardo intorno. John... dov'è John? Lui saprebbe sicuramente che cosa fare. Perché ora che servirebbe non c'è? Per fortuna qualcuno si appresta a soccorrere l'uomo. Altre persone con il cellulare stanno allertando i soccorsi.

All'improvviso sento una manata sulla spalla.

«Muoviti, Koraline!» mi urla John, correndo senza esitazione verso l'incidente. Anzi no, verso alcune persone stese a terra. Mi accorgo che oltre allo schianto tra automobili, alcuni passanti sono stati investiti. Annuisco e lo seguo. Si ferma a soccorrere una donna. Le sente il polso. «Aiutami a stenderla, Koraline. Dobbiamo accertarci che non ci siano lesioni interne.»

Mi agito e inizio a tremare. Vorrei fare qualcosa, davvero. Lo vorrei con tutta me stessa ma non riesco a controllarmi. Ho paura. Una paura tremenda di sbagliare, di fare qualcosa che possa danneggiare ulteriormente questa donna.

«Koraline!» la voce ferma di John mi colpisce ancora, come un pugnale.

«Io non… io non sono…» sollevo lo sguardo e incontro i suoi occhi che ora hanno cambiato tonalità diventando più scuri, severi. Però non mi sta guardando con rabbia, con asprezza come mi sarei aspettata. «John, io non sono un medico…»

«Nessuno di noi due lo è. Facciamo quello che possiamo in attesa che arrivino i soccorsi, va bene?»

Mi appoggia la mano sulla spalla e trattiene gli occhi fissi nei miei. Riesco a calmarmi e a recuperare il controllo.

La donna intanto ha aperto gli occhi. Inizia a piangere e ad agitarsi, disperata.

«Andrà tutto bene, signora. Hanno chiamato l'ambulanza, sta arrivando.» Tento di usare un tono di voce dolce per tranquillizzarla.

Lei invece non si calma affatto, tutt'altro. Sembra sempre più disperata e bisbiglia qualcosa di incomprensibile. Io e John ci guardiamo. Lui avvicina l'orecchio alle labbra della donna nel tentativo di udire quello che sta mormorando. Poi sgrana gli occhi e si rivolge a me, ora sembra spaventato e teso anche lui.

«Bambino. Ha detto bambino.»

Io penso immediatamente che la donna sia incinta e rivolgo la mia attenzione al suo ventre. Lei scuote la testa e riesce e pronunciare altre due parole.

«Spinto via…»

«Vuole dirci che il suo bambino è qui da qualche parte, Koraline!» John si alza di scatto e si guarda intorno. «Deve averlo spinto in avanti per evitare che venisse colpito nell'impatto con l'auto.»

Si passa una mano sulla fronte. Osservo i suoi movimenti frastornata. A un tratto corruccia la fronte e mi indica un punto.

Seguo la direzione del suo sguardo e vedo un bambino a ridosso di un muro. È completamente voltato, immobile, come se intendesse estraniarsi da quello che sta accadendo intorno.

Non attendo oltre e corro verso di lui, più veloce che posso. Lo costringo a voltarsi e lo prendo in braccio. Dimostra all'incirca tre anni, ha i capelli biondi e il visino inondato di lacrime. Trema e si lascia andare tra le mie braccia senza opporre resistenza.

«Va tutto bene, piccolino…» Lo stringo a me e gli tengo una mano sulla testolina, in modo da trattenere il suo sguardo sulla mia spalla. Non voglio che la vista dell'incidente lo impressioni oltre. «Ci sono qui io, tesoro. Sei al sicuro adesso.» Torno dalla madre e da John.

La donna alla vista del bimbo sembra tranquillizzarsi e afferra la mano di John.

«Grazie…» sospira. «Grazie… grazie…»

«Me lo dici come ti chiami, tesoro?» appoggio la fronte a quella del bambino e lui, tra i lacrimoni, accenna un sorriso.

«Julian…» appoggia le manine sulle mie guance e poi mi stringe le braccia attorno al collo.

Mi lascio pervadere da una tenerezza infinita. Nemmeno ricordo più la sensazione di rabbia e frustrazione di pochi minuti prima, come se fosse stato tutto magicamente cancellato dalla mia mente e dalla mia anima. John mi sorride e io ricambio. Continuo a non volerlo intorno, ma questa è una situazione di emergenza.

Prima di poter prendere qualsiasi decisione razionale mi ritrovo su un'ambulanza diretta all'ospedale con il piccolo Julian, che mi si è incollato addosso come un koala, la madre e John.

Per la cronaca, io avevo deciso di trasferirmi qui a New York per stare lontana dalla medicina, dai dottori e da John Keats. Sì, sì certo. Come no!

CAPITOLO 13

Quanto è durata la mia fuga? Poco più di un giorno. Ha ragione chi dice che dal proprio destino non si può fuggire. Il piccolo Julian sta giocando con la mia collana. È ancora in braccio a me, per cui non posso muovermi da qui. Rifiuta ostinatamente di essere affidato a qualche infermiera del reparto. Anche durante la breve visita di controllo sono dovuta entrare insieme a lui. Evidentemente mi ha eletta a vicemadre in attesa che la sua torni in salute. Lo guardo e sorride, gli sistemo la frangetta bionda, lo bacio sulla fronte.

Sollevo il viso e mi accorgo che John, seduto di fronte a noi, ci sta osservando.

«Puoi andare, se vuoi» gli dico cercando di mantenere un tono serio e tranquillo, come se fossi padrona della situazione.

Anche se, per essere sincera, non vorrei che se ne andasse. In questo momento ho più bisogno di lui di quanto io desideri ammettere.

Stringe leggermente gli occhi e scuote la testa. Sembra preoccupato. Quando rimane così in silenzio, senza stuzzicarmi con battute sarcastiche, solitamente sta meditando qualcosa. Mi domando che cosa.

«Se preferite potete portare il piccolo nella sala dei bambini, ci sono dei giochi per farlo divertire un po'» suggerisce un'infermiera di passaggio. Guarda prima me e Julian, poi John con tenerezza e sorride. «Che coraggio però... avere un figlio così giovani!»

Impiego qualche istante a elaborare il senso delle sue parole. Qualche istante di troppo perché nel frattempo lei se n'è già andata.

«No, ma io… no… noi, no no…» Rivolgo un'occhiata esasperata a John che se ne resta tranquillo e in silenzio. «Ma… lei ha pensato che noi… ma si sbaglia, non è vero!»

«Ah, non devi mica convincere me.» Incrocia le braccia al petto e sfoggia la sua detestabile espressione ironica. «Anzi, fossi in te le correrei dietro per negare le tue colpe.»

«Mmh…» Lo guardo seria, quasi tentata di ubbidirgli. Intanto Julian mi tira i capelli per richiamare la mia attenzione. Sorrido e gli pizzico leggermente il nasino. «E poi è biondo… nessuno di noi due è biondo, quindi…»

«Potresti sempre avermi tradito con un biondo!» Si piega su un lato e appoggia il gomito alla sedia che ha di fianco. Stringe gli occhi e mi scruta con attenzione esagerata. «Anzi, ti ci vedo proprio.»

«A fare cosa?» gli chiedo quasi irritata. «A tradirti con un biondo o a tradire in generale? Perché guarda che io non ti tradirei! Cioè, voglio dire… io non tradirei proprio nessuno insomma! Non sono il tipo che tradisce. Perché mi guardi così? Ti sembro il tipo che tradisce?»

Incomincio a domandarmi se devo per caso offendermi per la sua insinuazione e anche dove stia portando questa conversazione.

«Comunque i bambini così piccoli molto spesso sono biondi, poi diventano più scuri. Quindi aspettiamo a stabilire se sei o meno una traditrice…» Si alza, si avvicina e scompiglia i capelli di Julian. Si incammina lungo il corridoio e mi fa cenno con la testa. «Portiamolo nella saletta dei giochi intanto che aspettiamo. Avevano detto che avrebbero cercato di contattare il padre, arriverà prima o poi.»

Mi alzo, con Julian in braccio, e lo raggiungo. Lo osservo e mi chiedo perché lui abbia già l'aria da dottore mentre io sembro una babysitter adolescente alle prime armi. Julian è un tesoro, ma mi auguro che il padre arrivi presto.

Raggiungiamo la saletta dei bambini e Julian, vedendo i giochi e una casetta di plastica colorata, scende dalle mie braccia e corre dentro divertito.

«Vado a sentire se hanno informazioni della mamma» mi comunica John.

Annuisco. Spero davvero che la mamma di Julian stia bene. Non mi sembrava grave. Alla fine, non abbiamo potuto fare molto io e John per quelle persone. Ma forse per questa famiglia qualcosa di buono lo abbiamo fatto.

Julian richiama la mia attenzione. Mi inginocchio e fingo di seguirlo all'interno della casetta. Ovviamente non ci passo e lui scoppia a ridere. Cerco di prenderlo e di fargli il solletico e lui continua a ridere, sempre più forte. Poi si ferma e fissa l'ingresso come estasiato. Inizia a battere le manine. Esco con la testa dalla casetta di plastica e mi giro. Ecco cosa aveva attratto la sua attenzione. Un clown. Quelli che solitamente animano le feste e gli ospedali intrattenendo i bambini. La sua presenza attira l'attenzione di due piccoli pazienti che tirano la mano delle mamme per entrare. Si siedono intorno al clown che improvvisa qualche scherzo.

Scruto costantemente l'ingresso chiedendomi dove sia andato a finire John. Evidentemente avrà avuto da fare al campus e si è dimenticato di passare ad avvisarmi. Ma ovvio, sarà ancora arrabbiato con me per quello che gli ho detto in cima all'Empire State Building. Passato il momento di emergenza tutto è tornato come prima. Decido di distrarmi giocando un po' con Julian. Mi siedo con le gambe incrociate e lo faccio sedere sopra. Non riesco a evitare di fissare l'ingresso mentre lui si diverte con lo spettacolo del clown.

Improvvisamente Julian sfugge dalle mie braccia e corre incontro a un uomo dai capelli castani e il volto incorniciato da un filo di barba. Mi alzo e accenno un sorriso nella sua direzione.

«È lei che ha aiutato mia moglie e mio figlio?»

L'uomo ha una voce profonda ma rassicurante.

«Sì io e…» mi guardo intorno, ma di John non c'è proprio traccia. Non mi sembra giusto prendermi tutto il merito. Anche perché da sola non avrei combinato proprio nulla.

«Non c'è stato modo che si staccasse da lei!» conferma l'infermiera che ci aveva accolti appena arrivati, entrata nella sala insieme al padre di Julian.

«Mi chiamo Harold Wayne.» Il padre di Julian estrae dal taschino il suo biglietto da visita e me lo porge. «Per qualsiasi necessità la prego di rivolgersi a me e vedrò di aiutarla per quanto mi è possibile. Non dimenticherò quello che ha fatto per noi, signorina…?»

«Koraline Appleton…» rispondo mentre Julian si diverte a passare dalle braccia del padre alle mie e viceversa. «Ma… non ero sola. Io ho pensato più che altro a Julian quando lo abbiamo trovato. A salvare sua moglie e a vedere Julian quando si era perso è stato un mio amico, John Keats.»

CAPITOLO 14

Fuori dall'ospedale prendo un taxi. Non è stato facile lasciare andare Julian. Probabilmente più per me che per lui, che domani mi avrà dimenticata. Mi stavo già affezionando. Questa cosa dell'affezionarsi crea dipendenza, non va bene. Arrivata in centro, mi passo le mani sul viso, mi sento stanca, non so più nemmeno io se ho voglia di dedicarmi allo shopping oggi.

Compro svogliatamente un paio di jeans e due magliette. Devo sfogarmi in qualche modo. Ma non posso nemmeno esagerare perché non mi va di usare la carta di credito e non mi sono rimasti molti contanti.

Arrivo a casa e scopro che Sharon è già rientrata. Controllo l'orologio, in effetti ha ragione lei, sono io ad aver perso la cognizione del tempo.

«Ti stavo per chiamare…» Si è messa un vestito multicolore con le spalline intrecciate e ha lasciato i capelli sciolti sulle spalle. Si è truccata con particolare cura ed è davvero molto bella. «Hai comunque tutto il tempo per prepararti ad uscire.»

Come faccio a spiegarle che tutto quello che voglio in questo momento è solo un letto e dormire, possibilmente fino a domani? Non mi resta che raccontarle la verità e sperare che capisca.

«Sharon io…»

Le riassumo brevemente la mia giornata. Lei annuisce e sospira comprensiva, riceve alcuni messaggi a cui risponde velocemente.

«Ethan voleva portarci un po' in giro per locali, sta già aspettando che lo raggiungiamo» mi spiega. «Ma gli ho risposto che ci andremo un'altra volta. Ora mi metto comoda e magari ci guardiamo un film.»

«Oh no, no...» rifiuto l'idea con l'espressione più convinta che mi riesce. L'idea che lei rimanga a casa per colpa mia. «Tu devi andare, Sharon! Non puoi stare a casa, assolutamente. Ti sei fatta talmente bella che... non sopporterei che tu non uscissi a causa mia!»

Immagino quanto qualsiasi uomo resterebbe incantato dalla sua bellezza. Immagino Ethan. No, devo assolutamente fermare l'immaginazione altrimenti rischia di dirigersi dove non dovrebbe. Prima o poi riuscirò a cancellare dalla memoria il nostro primo incontro.

Alla fine, non mi dispiace essere così stanca. Credevo di uscire da sola con Sharon. La presenza di Ethan sarebbe troppo ingombrante. Mi chiedo se sarà sempre così, se ci sarà sempre lui intorno. Ovviamente non ho nulla contro di lui personalmente, ma mi crea un certo disagio. Mi sento di troppo tra di loro. Già mi sento di troppo anche in questa casa e sono appena arrivata.

«Non mi va proprio di lasciarti ancora da sola.»

Sharon si siede sul divano accanto a me e appoggia la testa sulla mia spalla.

«Sharon, io mi addormenterò presto.» La guardo trattenendo a stento uno sbadiglio. Non sto mentendo, sono davvero stravolta dal sonno. «Davvero molto presto. Non credo di riuscire a reggere più di mezz'ora... Che tu vada o resti non cambierebbe proprio niente per me. Quindi vai e divertiti!»

«Con Ethan ci si diverte sempre, te ne accorgerai anche tu la prossima volta!» Sharon sorride e si alza. «Dai, bella addormentata, ti aiuto a preparare il letto. E la tua roba tutta asciutta è piegata nella tua camera.»

Rido e mi alzo. Afferro la sua borsetta che ha lasciato sul tavolo e gliela consegno.

«Vai, sono grande abbastanza per mettermi a letto da sola.» Lei protesta, ma la spingo praticamente fuori di casa. Le bacio la guancia prima che esca. «Divertiti anche per me!»

Mi dirigo immediatamente in quella che diventerà la mia camera da oggi in poi. Mi accorgo che Sharon mi ha preparato un pigiamino molto carino, rosa con le margherite. Effettivamente nella fretta di prendere le mie cose al pigiama non avevo pensato, avrei usato una maglietta per dormire.

Le ragazze di New York hanno senza dubbio gusti più raffinati dei miei. Anche nella scelta dei ragazzi Sharon ha buon gusto. Ethan è… insomma, è visibile agli occhi di tutti quello che è. Mi chiedo perché volesse uscire anche con me questa sera. Forse solo per essere ospitale, visto che non conosco ancora bene il posto. Basta pensare Koraline, basta! Mi batto una mano sulla fronte.

Mi cambio, mi stendo a letto e chiudo gli occhi. Non ci devo pensare. Non ci voglio pensare. Non voglio nemmeno rischiare di sognare. Voglio solo una notte tranquilla e un sonno senza sogni. È la mia prima notte a New York. Io e John abbiamo salvato una famiglia. Sembra una gran cosa detta così, addirittura più grande di quello che è.

Non dovrei peccare d'orgoglio anche perché in realtà ha fatto quasi tutto lui. Io sarei stata una nullità senza di lui, non avevo nemmeno il coraggio di avvicinarmi all'incidente. Sono diventata utile grazie alla sua presenza. Sto delirando, davvero. John Keats che mi rende utile…

Sbadiglio e mi tiro su le coperte fino al mento. Voglio solo chiudere gli occhi e addormentarmi. Però in effetti ho fatto proprio bene ad andarmene. Devo trovare qualcosa che mi piaccia davvero. Qualcosa che ancora non so cosa sia. Qualcosa che mi faccia sentire utile e appagata. Su questo aveva ragione John. Ovviamente detesto ammetterlo, ma aveva ragione. Insomma, basta pensare ora! Adesso dormo.

CAPITOLO 15

Apro gli occhi. Per un periodo di tempo non esattamente quantificabile non ho idea né di che ore sono né di dove mi trovo né del perché. Poi tutto rimbalza nella mia memoria e riaffiora.

Controllo il cellulare. Cinque chiamate perse di mia madre. Eccola, immaginavo che si sarebbe fatta sentire prima o poi. Ha atteso fin troppo! Probabilmente dovrei richiamarla e togliermi il problema. Insomma, via il dente via il dolore. Compongo il numero e sospiro.

«Stavo già pensando che ti fosse successo qualcosa!» È la prima frase con cui mi accoglie. «Ti ho chiamata non so più quante volte e non rispondevi!»

«Ciao mamma. Sono viva. Mi hai chiamata cinque volte. Stavo dormendo.»

Ho dimenticato qualcosa? No, non credo.

«Insomma Koraline, cosa ci fai ancora lì?» Sospira e la sento armeggiare con qualcosa di non bene definito, forse si trova in cucina e sta cercando di mettere insieme la colazione. «Torna a casa, possiamo parlarne.»

Sbuffo e mi stiro. Ho ancora sonno. Moltissimo.

«Ne abbiamo già parlato altre volte, mamma. Niente da fare. Questa è stata… come si dice? La goccia che ha fatto traboccare il vaso.»

«Comunque… sai che anche John si trova lì?» mi comunica con il tono di voce da notizia del secolo.

«Lo so.»

Sì, appunto, lo so. Meglio non andare oltre. Fin troppo bene lo so.

«Ecco, se sei così decisa a restare a New York potresti andare dai suoi nonni, Nora e Jim. Lo sai che abitano lì, in una zona residenziale tanto carina...» La sento mescolare il caffè con il cucchiaino mentre cerca le parole adatte per continuare e magari sperare di convincermi. «Sarebbe anche più sicuro, tesoro.»

Evito di chiederle sicuro in che senso. Certo, perché in centro a New York c'è sempre il rischio che rapiscano bambine di ventidue anni indifese e sprovvedute. Mi volto su un fianco, dalla parte in cui il letto è appoggiato al muro e ho una gran voglia di sbatterci la testa.

«Mamma, ascolta...» Chiudo gli occhi e mi rannicchio sotto le coperte. «Ho bisogno di starmene un po' da sola, mi farò sentire io quando sarà il momento.»

Il momento per cosa, meglio non specificarlo. Anche perché in realtà non lo so nemmeno io.

Sento esitazione dall'altro capo, evidentemente sta studiando altre parole per essere più persuasiva, ma non le viene in mente niente di utile.

«Va bene...» si arrende. «Devo uscire per andare al lavoro ora, sono già in ritardo. Comunque ci sentiamo, ti richiamo e ne parliamo ancora con più calma.»

«Ciao mamma» riaggancio mentre anche lei mi saluta.

Ormai sono troppo sveglia, inutile cercare di riprendere sonno. Mi alzo e vado in cucina. Cerco di fare piano nel caso Sharon stia ancora dormendo e anche nel caso ci sia... sì, insomma lui! Mi muovo dalla cucina e apro cautamente, molto cautamente, la porta del bagno. Mi metto una mano davanti agli occhi, non si sa mai. No, nessuno per fortuna. Apro l'acqua per la doccia. Intanto penso a come organizzare la giornata. Forse dovrei semplicemente restarmene in casa a fare pace con me stessa. Non che ci abbia mai litigato seriamente. Non con me stessa almeno. Però uscendo non si sa mai in chi ci si può imbattere. E poi non vorrei rischiare di fare troppo shopping. Solitamente non sono il tipo, ma non vorrei lasciarmi attrarre e trasportare dalla novità.

Finisco di prepararmi. Un'illuminazione celeste mi suggerisce di andare a fare un giro a Central Park. Potrei prendere uno dei libri di Sharon e provare a leggere un po'. Mi posiziono con le braccia incrociate davanti alla libreria del salotto. Passo in rassegna i titoli. Mi viene un'idea un po' folle. Potrei chiudere gli occhi e afferrarne uno a caso. Vediamo dove mi porterà il destino. Sorrido all'idea. Ma il destino è cattivo. È maligno. È uno stronzo, insomma! Perché mi ritrovo tra le mani *Il dottor Zivago* che è ovviamente l'unico libro della biblioteca di Sharon in cui si parla di medici e medicina. Lo ripongo e al suo posto prendo *Dracula*. Ecco, per come mi sento in questo momento, fa più al caso mio.

CAPITOLO 16

Seguendo la mia mappa, senza la quale mi sentirei persa, raggiungo Central Park. È davvero molto affollato rispetto a tutto lo spazio che avevo a disposizione in Idaho. Ma visto che sono stata io a decidere di andarmene evitiamo inutili paragoni. Mi devo solo abituare agli spazi così ristretti. La gente qui sembra adattarsi e coesistere perfettamente.

Trovo un angolino relativamente tranquillo e mi siedo sull'erba. Mi guardo intorno con la sensazione di vedermi spuntare John da un momento all'altro. Cerco di fermare il ricordo prima che mi trascini con sé, ma non ci riesco. Mi rivedo davanti la casetta di legno nel bosco sulla riva dello Snake River che papà ci aveva costruito insieme al padre di John. Ero piccola allora. Eravamo tutti piccoli. Io e John avevano all'incirca cinque anni e il suo fratellino Tyler era appena nato. Era bella la vita allora, era facile e divertente. E io ero ancora troppo piccola perché gli altri potessero crearsi aspettative su di me e fosse così evidente la differenza tra me, Kitty, Kevin e John.

Io e John andavamo addirittura d'accordo all'epoca. Per alcuni anni l'ho addirittura preferito a mia sorella e a mio fratello. Anzi, a chiunque altro. John era in assoluto il mio compagno di giochi prediletto, eravamo inseparabili. E lui era incredibilmente dolce. Ricordo che raccoglieva i fiorellini e me li posava delicatamente tra i capelli. Poi si allontanava di un passo e mi guardava per controllare che i fiori restassero esattamente dove li aveva messi. Io cercavo di muovermi il meno possibile e di fare attenzione che non cadessero, solo per farlo contento. Tutto questo prima che Kevin lo portasse sulla cattiva strada e sostituisse i fiorellini con ogni sorta di insetti e vermi per la pesca.

64

Poi loro sono diventati un tutt'uno. I figli che i nostri genitori si sarebbero aspettati. Anche Tyler che ha solo diciassette anni sta già seguendo quell'indirizzo. E io sono rimasta sola, con la mia inettitudine, a sforzarmi inutilmente di competere con loro.

Che cosa potrò mai combinare nella vita se non faccio quello per cui in teoria dovrei essere nata? In effetti non ci ho mai pensato davvero, talmente ero convinta che fosse quello il mio ineluttabile e unico destino. È sempre apparso così logico e scontato che io dovessi fare il medico! Ora mi spaventa quasi una tale prevedibilità. Ma ancora di più mi terrorizza la necessità di inventarmi un'alternativa.

Osservo due bambini che, cercando di far volare un aquilone, si scontrano con alcuni passanti in questo parco troppo affollato. Sono tentata di alzarmi e di aiutarli. Ero brava a far volare gli aquiloni, avevo imparato proprio bene. Ecco, una cosa che sono stata in grado di fare, anche meglio di altri. È un periodo quello dell'infanzia in cui nessuno si aspetta nulla di veramente importante da te e puoi capire senza impedimenti cosa ti rende davvero felice. Far volare un aquilone mi renderebbe felice ora? Non saprei. Ho solo paura di non essere ancora pronta a fare una scelta e ancora di più di non esserlo mai. Non so se esista qualcosa in cui io sia davvero brava.

La mia vita è stato un continuo tentativo di acciuffare ciò che Kitty, Kevin e John lasciavano per me. E, pur senza volerlo, non mi hanno mai lasciato molto. È stato un po' come se avessi vissuto alla loro ombra la maggior parte della mia esistenza. E il vero guaio è che mentre loro hanno imparato a volare da soli, io devo sempre aggrapparmi con il rischio di precipitare. Come se mi avessero abbandonata al mio destino senza più curarsi di me.

Ora quindi mi devo staccare definitivamente da loro, non posso più avere mia sorella Katherine che mi sistema i guai o Kevin e John che mi fanno da guardiani, come se temessero che non sarei in grado di cavarmela da sola. Non voglio più aver bisogno della loro protezione. Devo imparare a correre i miei rischi da sola e a subirne le conseguenze, anche se potrebbero non piacermi o addirittura ferirmi.

CAPITOLO 17

Mi viene in mente all'improvviso di avere ancora nella borsa il biglietto da visita del padre del piccolo Julian. La apro e lo cerco. "Harold Wayne – Architetto e Costruttore". Almeno ho la certezza che non esistano solo medici al mondo. E se gli chiedessi aiuto per un lavoro? Ma per fare cosa? Io non so né progettare né costruire. No, non va bene. E poi sarebbe come approfittarmi del fatto che ho salvato sua moglie e suo figlio. Sì, insomma salvato... contribuito a salvare.

Magari potrei cercarmi qualcosa in uno dei negozi del centro. Ce ne sono talmente tanti! Uno a caso andrebbe bene. Dovrei scrivermi e stamparmi un curriculum però. Posso provare con il computer di Sharon. Prendo il telefono e le mando un messaggio per chiederle il permesso. La risposta con il consenso di Sharon arriva in pochi minuti.

Arrivata a casa accendo il computer. Non ci sarà molto da scrivere nel mio curriculum. Cerco di sforzarmi per mettere insieme tutto ciò che potrebbe essere utile e interessante in ventidue anni di vita. Ho lavorato nella biblioteca della scuola per un po' e anche in un negozio di musica durante le vacanze estive dello scorso anno. Altre cose di poco conto, come l'aver creato piccole coreografie per le bambine delle elementari, non mi sembrano d'interesse per la ricerca di un lavoro a New York. I miei studi, o non studi, ancora meno.

Premo il tasto per aprire un documento e iniziare a scrivere. Mi appare davanti però anche la cartella delle immagini. Resto lì a guardare la cartella ancora chiusa e so esattamente cosa dovrei fare. Chiuderla del tutto immediatamente, ora, subito! L'ordine è perentorio. Ma la mia resistenza è nulla e con un piccolo, semplice clic la apro. Sono proprio senza ritegno, perché mentre la apro so esattamente cosa sto cercando.

Foto di Ethan. Che mi compare davanti in pose svariate, sorridente, serio, solo oppure in compagnia di Sharon. C'è un'intera sezione dedicata a lui. Le lascio scorrere una dietro l'altra sullo schermo. Una volta, poi un'altra, poi un'altra ancora. Studio i suoi lineamenti, il suo sguardo, le sue labbra. Lo osservo da tutte le angolature, cosa che non ho avuto la possibilità di fare durante il nostro breve incontro. In una delle fotografie fissa così intensamente l'obbiettivo da farmi sentire quasi in imbarazzo. Come se stessi facendo qualcosa di profondamente sbagliato, scorretto.

E in effetti è proprio così! Chiudo tutto, ma nella fretta mi si apre un'altra cartella. Questa è dedicata a Tod, l'ex ragazzo di Sharon. Lo riconosco, è quello che avevo visto sul profilo Facebook di Sharon. Carino, composto, il classico bravo ragazzo. Nulla a che fare con la fisicità prorompente di Ethan. Ci sono solo un paio di foto di lui da solo, in tutte le altre è insieme a Sharon in svariate occasioni. Vacanze, feste, ricorrenze varie. Mi chiedo come sia finita tra loro e perché. Forse per Ethan.

Sharon ha lasciato questo Tod per Ethan? Da come ne parlava non sembrava che avesse una relazione stabile con Ethan e anche lui… ah, lasciamo perdere lui. Che aveva detto esattamente? "Non sono il suo ragazzo, solo il suo capo."

Deve proprio essere un maledetto maschilista uno che dice una cosa del genere. No, no… non si dovrebbe lasciare un ragazzo come Tod per un tipo inaffidabile e superficiale come Ethan. Io non lo farei. Beh, c'è anche da dire che io non ho idea di come sia Tod. L'unico a cui posso paragonare Ethan è Zach. Lascerei Zach per Ethan? No, paragone insensato perché io e Zach ci siamo lasciati comunque, anche senza Ethan. Magari anche Sharon e Tod si erano già lasciati comunque.

Chiudo la cartella di Tod e riapro quella di Ethan. Tanto ormai, già che ho fatto la spia non cambia se ci torno sopra un'altra volta. Sono totalmente sprofondata nel peccato, andrei all'inferno comunque. E quello è proprio il tipo da inferno. Sì, un inferno di muscoli scolpiti, capelli biondi e gelidi occhi azzurri.

Ora basta però, ora è meglio chiudere. È la quinta volta che ripercorro le stesse immagini. Ma è come se a ogni passaggio scoprissi di lui qualcosa di nuovo, un'espressione del viso, le sottili rughe che gli si creano intorno agli occhi quando sorride, quegli zigomi pronunciati ma nel modo giusto, perfetti. In una delle ultime immagini si morde leggermente le labbra e strizza l'occhio. Credo che sia la mia preferita. Mi chiedo se ho con me una chiavetta per salvarla e…

No, no, no! Koraline, che diavolo stai pensando di fare! Chiudi tutto immediatamente e spegni questo luogo di perdizione! Questo computer! Eseguo e mi alzo di scatto. Poi mi volto e lo riguardo. Sono certa di aver dimenticato qualcosa… ma cosa? Ah, sì… dovevo scrivere il mio curriculum!

CAPITOLO 18

Mentre aspetto il ritorno di Sharon vago inconcludente per casa. Guardo la tv, inizio un libro e poi un altro e un altro ancora, ma nessuno mi soddisfa. Scrivo il mio curriculum e lo stampo imponendomi di non dare più sbirciatine alle fotografie di Ethan. Per poco non cedo ancora alla tentazione, ma fortunatamente questa volta la mia volontà è più forte.

Appena rientra in casa Sharon mi comunica la bella notizia, tutta entusiasta. Bella per lei, non sono sicura lo sia anche per me.

«Ethan ha detto che ti troverà un lavoro in televisione! Sei contenta?»

Detta così sembra un po' una presa in giro. Che ci potrò mai fare io in televisione? La guardo perplessa, non riesco nemmeno a fingere di essere contenta, nemmeno impegnandomi.

«Ma io non so fare niente in televisione, Shar. Io ho sempre pensato che avrei studiato medicina. Non ho alcuna esperienza in campo televisivo.»

«Se Ethan ha detto che ti troverà un posto, te lo troverà. Fidati!» Sharon si stringe nelle spalle e mi strizza l'occhio. Sbadiglia e si stira tirando le braccia indietro. «Anche io, del resto, sono alle prime armi. Se ci riesco io puoi riuscirci anche tu.»

«Ma tu hai studiato regia, storia dello spettacolo e tutte materie attinenti insomma...» Cerco di replicare, mi sento confusa e frastornata, forse per aver fatto quasi indigestione di foto di Ethan per tutto il giorno. «Ma io che c'entro? Non ho mai avuto a che fare con quel mondo, neanche lontanamente. Non voglio che Ethan passi dei guai per questo...»

E non voglio Ethan intorno, per dirla tutta!

«Non ti agitare, piccola. È Ethan che comanda lì dentro, è lui a decidere chi viene assunto e in quale ruolo. Nessun guaio per lui!» Sharon mi accarezza la testa con tenerezza e sorride. «Stai tranquilla, vedrai che ti tratterà bene. Domani verrai in sede con me, così ti dirà cosa ha pensato per te e conoscerai anche gli altri.»

Annuisco e accenno un sorriso che sento fintissimo. Spero che Sharon non se ne accorga. E no, non sono tranquilla. Non sono tranquilla per niente. Anzi, potrei anche essere in preda a una crisi di nervi. Ho guardato tutto il giorno fotografie dell'uomo che diventerà il mio capo. Peggio ancora! Ho visto nudo il mio capo! E lui mi ha vista in quello stato pietoso! Questo è davvero un pessimo inizio per una collaborazione.

E poi cosa significa che è Ethan che comanda lì dentro? D'accordo sarà anche il regista, però mi sembra che Sharon stia esagerando. Intanto a me sembra di sprofondare. E non oso nemmeno confessare a Sharon i miei misfatti. Sono una persona orribile e una pessima amica. Andrò all'inferno, ne sono sicura. Forse sarebbe stato meglio, molto meglio chiedere aiuto al padre di Julian, oppure tentare in qualche negozio.

Sharon si alza dal divano e risponde al telefono. Parla di fotografia, montaggio, di altra roba del genere di cui io non so e non capisco nulla. Chiudo gli occhi con la netta sensazione di essermi appena tolta da un guaio per piombare direttamente in un altro, forse anche peggiore di quello precedente.

CAPITOLO 19

Il suono di un messaggio al cellulare mi fa sobbalzare. Sharon è ancora impegnata al telefono con la sua conversazione di lavoro. Controllo e leggo il nome di John sul display. Nemmeno mi arrabbio. Mi sento troppo in colpa per avercela con lui. Sicuramente vorrà assicurarsi che io sia ancora viva dopo avermi mollata in ospedale. Invece no, nemmeno un accenno. Dice che i suoi nonni mi invitano a pranzo per domenica.

Perché ci vedo tanto l'interferenza di mamma in questo invito? Ma certo, tutto puramente casuale, come no! Sarei davvero tentata di rispondergli male, al piccolo perfido manipolatore. Ma i suoi nonni non c'entrano nulla con le sue macchinazioni. E poi oggi nemmeno io sono del tutto innocente. Quindi chiuderò un occhio con il bamboccio malefico, per questa volta.

Gli rispondo con un semplice "Va bene" e lui replica "Ti passo a prendere alle 12.00, scrivimi l'indirizzo". Eseguo, da brava bambina. Domenica. Non so nemmeno quando sarà domenica. In realtà non so nemmeno che giorno sia oggi. Giovedì credo.

Sharon termina la sua conversazione e si siede accanto a me sul divano. Sembra stanca questa sera e adesso mi sembra anche un po' preoccupata.

«Ti va di guardare un film?» mi chiede appoggiando la testa indietro.

«Non devi uscire?»

Mi rannicchio attirandomi le ginocchia al petto.

«No, voglio passare un po' di tempo insieme a te. Non siamo state quasi per niente insieme da quando sei arrivata.» Sorride e si mette nella stessa mia posizione, voltandosi verso di me. «Però se preferisci possiamo uscire.»

Scuoto la testa convinta. «No, va bene il film. Sono un po' stanca.»

E lo è anche lei, non voglio costringerla a uscire. Sospiro e sono sempre più fortemente tentata di confessare la mia colpa. Che poi non è necessariamente quella di essermi imbattuta nel suo album fotografico mentre stavo per scrivere il mio curriculum. La verità è che non mi sento in colpa per aver guardato le foto di lei e Tod. E non è nemmeno il fatto in sé di aver guardato le foto di Ethan... ma è per come le ho guardate! Ecco, ora ho ammesso la verità almeno con me stessa. È già un passo avanti.

«Che cosa ti preoccupa?» Sharon mi guarda negli occhi in un modo che sembra voler leggermi dentro. O sono io che la percepisco così perché so che le sto nascondendo qualcosa. «Dimmi cosa ti passa per la mente, piccola. È la mia storia con Ethan? Pensi di avere dei favoritismi per questo?»

«Io... no, no...» Coraggio Koraline, confessa! «Io ho... insomma, mentre usavo il tuo computer per scrivere il curriculum ho visto delle foto... cioè non volevo aprirle, ma...»

«Hai visto le foto di Ethan?»

L'espressione di Sharon rimane imperturbabile e quasi annoiata, tanto che mi è impossibile capire cosa pensi a riguardo.

«Sì... e anche quelle di Tod, c'erano anche loro... » aggiungo, come se questo rendesse il mio peccato meno grave.

«Ethan è un uomo molto particolare, Kora» sospira lei, neanche registra la mia precisazione riguardo a Tod.

«Sì, me ne sono accorta.» Dovrei confessare proprio tutto tutto? Provo a riflettere sul fatto che se fossi al suo posto forse vorrei saperlo se una mia amica avesse visto il mio ragazzo nudo. Ma del resto non vorrei nemmeno dare tanta importanza alla cosa, oppure potrebbe pensare che mi è piaciuto quello che ho visto! Ho deciso. Provo con la noncuranza, vediamo se funziona. «Mmh... quando sono arrivata lui era...» Nudo in bagno! «era... in giro...»

Ma che in giro! Era nudo in bagno, io ho aperto e l'ho visto e anche io ero...

«Sì, me l'ha detto che l'hai beccato fuori dalla doccia!» Sharon ride e mi strizza l'occhio. «Bella visuale, eh?»

In questo momento mi sento come nei cartoni animati di Wile Coyote e Beep Beep. Ecco, io sono Wile Coyote quando si prende una tranvata in piena faccia!

«Eh sì... abbastanza...»

Abbastanza troppo! Credo di essere arrossita. Per fortuna ho la testa appoggiata alle ginocchia e mezza faccia coperta dai capelli.

«È questo che ti crea imbarazzo?» Sharon è molto più diretta nelle domande di quanto lo sia io nei tentativi di spiegazione.

«No, no... nessun imbarazzo...» Non posso dirle che mi crea un profondo disagio lavorare per un uomo che ho visto nudo, soprattutto se questa vista mi è piaciuta e ancora peggio se l'uomo in questione è quello con cui lei ha una relazione. «Allora, ci guardiamo un film?»

Decido di cambiare argomento, non sono in grado di confessare oltre stasera.

«Perfetto! Tu sceglilo intanto io vado a fare i popcorn.»

Si alza e si dirige verso la cucina. Io cerco nella mensola sotto la televisione. Spero di trovare un bel film dell'orrore. Di quelli che facciano venire gli incubi la notte. Perché me li merito proprio tutti, gli incubi!

CAPITOLO 20

Che lavoro potrà mai fare un medico mancato, che sarei io, in un'emittente televisiva? Avviare un servizio di pronto soccorso?

Composta e impeccabilmente tirata a lucido da Sharon, aspetto seduta in una specie di salottino con le poltroncine imbottite di essere ricevuta da Ethan, il grande capo. Che è il grande capo l'ho scoperto proprio qui. Non è solo il regista o l'aiuto regista. È proprio il padrone, il boss assoluto, quello da cui dipende la sopravvivenza di tutte le persone che continuano a passarmi davanti con aria indaffaratissima e stizzita.

Ethan Forsyte, per l'esattezza. Ho perso il conto di quante volte ho già sentito: "Il signor Forsyte è in riunione."

Sharon mi ha parcheggiata qui, mi ha detto di aspettare, è scomparsa nel suo ufficio o in qualche misteriosa sala riunioni, e non è più tornata a riprendermi.

Indosso un suo bel vestitino blu, con le maniche a tre quarti e la gonna stretta ma a pieghine sul bordo. Sembro una scolaretta al primo giorno di scuola. Però ho l'aspetto decisamente più femminile del solito. Non c'era nemmeno un vestito nel mio bagaglio. A questo punto sarò costretta a rinnovare il mio guardaroba. Mi ha anche rifatto la piega, arricciandomi i capelli sulle punte e il risultato è stato carino. Allora perché mi sento tanto ridicola e fuori luogo?

Sospiro e mi guardo intorno, poi abbasso la testa. Sono proprio obbligata a rimanere ferma qui? Mi sta venendo anche fame, ho i crampi allo stomaco. Cerco di distrarmi pensando al tipo di lavoro che mi offrirà Ethan, anzi il signor Forsyte, ecco. Se lo chiamo signor Forsyte mi è più facile immaginarlo vestito. Anche pulire gli uffici mi andrebbe bene. Magari la sera quando se ne sono andati via tutti. Queste persone e il loro stile impeccabile incominciano a farmi sentire troppo a disagio.

Sollevo la testa e incrocio lo sguardo di un ragazzo. Mi osserva incuriosito e si volta per guardarmi ancora. Sembra l'unico a far caso a me. Torna indietro e mi si siede accanto. È giovane, dimostra più o meno la mia età. Resta in silenzio per qualche istante, come intimidito.

«Stai aspettando la grazia del capo?» mi chiede mentre si sistema gli occhiali da vista sul naso.

«Sì...» rispondo stringendomi nelle spalle. «Sharon mi ha detto di aspettare qui. Spero che si ricordi di me, prima o poi.»

«Oggi è davvero una pessima giornata qui dentro» mi comunica con espressione studiatamente drammatica. «Alcune, o forse molte teste rotoleranno...»

«E... rotoleranno dove?»

Quasi mi visualizzo la scena di teste che rotolano lungo il corridoio. E anche di Ethan Forsyte con un'ascia in mano che sogghigna soddisfatto.

«Stanno decidendo se rinnovare o meno alcune serie televisive nella fascia serale e in seconda serata. I produttori e i registi sono in fibrillazione.»

«Ah...» Molto chiaro. Sì, davvero. Non ci capisco molto, forse sono ancora troppo concentrata sulla visione delle teste rotolanti. «E perché?»

«Perché potrebbero perdere il lavoro, mi sembra ovvio!»

Ora mi guarda come se fossi un'aliena. Mi sento una cretina totale. Del resto non era tanto difficile arrivarci, anche per una non addetta ai lavori. Non so che dire. Magari è solo meglio che io mi alzi e me ne vada. Questo posto non fa per me. Forse nessun posto fa per me.

«Comunque...» Il ragazzo sorride e mi porge la mano. «Io mi chiamo Peter Evans. Sono il responsabile della tv dei bambini e dei ragazzi. Preadolescenti. Prima che inizino a creare problemi, insomma. E se va tutto bene credono ancora a Babbo Natale.»

Sorrido. Sembra lui stesso un ragazzino, con quella giacca bicolore e allacciata un po' storta.

«Tu non sei preoccupato?»

«Io? Ma per niente» ridacchia e si passa le mani sulle tempie, lisciandosi i capelli a spazzola. «Sono il braccio destro di Ethan, io. Sto, come si suol dire, in una botte di ferro! E poi i ragazzini sono un territorio sicuro.»

«Da cosa dipendono queste scelte?» Decido di informarmi, già che ci sono.

«Da quello che fa girare il mondo. Che nel mondo degli affari non è l'amore, come nelle canzoni, ma i soldi» mi spiega corrugando la fronte. «Chi rende e produce resta, chi è in perdita viene tagliato fuori. La malattia dei costi, insomma. Hai qualche base di economia?»

«No, di economia no. Ma di medicina direi di sì.» Sorrido e mi appoggio una mano sullo stomaco. Non può decidersi a brontolare proprio adesso che sto imparando le basi di come si porta avanti un'emittente televisiva!

«Ma tu hai fame!» Infatti se ne accorge. Che figuraccia! Ignorante e pure affamata. «Ti va di provare il cappuccino migliore del mondo? E anche le torte migliori del mondo? Io conosco il posto giusto.»

«Mi piacerebbe, ma Sharon mi ha detto di aspettare qui. Non mi posso muovere, potrebbe tornare da un momento all'altro.»

«Ne avranno anche fino a stanotte e forse anche domani con quella massa di pinguini.» Si alza e mi fa segno di imitarlo. «E in ogni caso...» Si guarda intorno, poi chiama qualcuno con un cenno della mano. «Annabelle, se dovessero cercarmi puoi avvisare che io e... e...» Lascia la frase in sospeso e mi guarda.

Mi rendo conto di non avergli ancora detto il mio nome. «Koraline...»

«Ecco... che io e Koraline siamo andati da Paul, per favore? Anzi, se vedi in giro Sharon avvisala.» Guarda la ragazza bionda di nome Annabelle con aria maliziosa, lei arrossisce leggermente e annuisce.

Così usciamo dall'edificio. Attraversiamo e lo seguo dall'altro lato della strada camminando al suo fianco, in silenzio. Dopo qualche minuto raggiungiamo un incrocio e sull'angolo vedo una pasticceria che occupa due vetrine su ogni lato: "Bel Canto Pasticceria Italiana". Non credo di aver mai visto dal vivo delle torte così elaborate! Il mio stomaco è sotto shock al momento.

«Siamo arrivati.» Peter apre la porta e lascia entrare prima me. Io mi sposto sul lato per aspettare lui. «Ehi, Paul!» Solleva la mano per salutare un tipo alto che di spalle sta sistemando qualcosa sul banco dietro alla cassa. «Ti ho portato una nuova cliente. Vedi di trattarla bene.»

Mentre ci avviciniamo il tipo chiamato Paul si volta verso di noi. Ha i capelli neri e un ciuffo gli cade maldestramente sugli occhi scuri. Mi scruta con espressione fin troppo furba. «Ciao, bella!»

«Paul è di origini italiane» mi spiega Peter sollevando gli occhi al cielo. «Chiama tutte le donne "bella", non farti incantare...»

«Ma non è vero!» ride Paul buttando la testa indietro. «Io chiamo "bella" solo quelle veramente belle. Allora, che cosa ti posso offrire, bella?»

Sorrido e inclino il viso. Ha l'aria decisamente troppo furba, questo ragazzo di origini italiane.

«Peter mi diceva che qui si fa il cappuccino migliore al mondo...» Lo guardo con aria innocente. «E in questo momento per uno dei dolci che hai in vetrina potrei anche uccidere.»

«Allora, lascia che ti sorprenda, bella!» Sparisce per qualche minuto e torna con un cappuccino e una fetta di torta crema e cioccolato in formato gigante. «Vediamo se vale un omicidio!»

Rido, mentre l'assaggio. È proprio vero, questa torta vale un omicidio. E io so anche di chi. Dal retro, oltre il bancone, oltre la cassa, vedo sbucare l'incubo della mia esistenza con un pacchettino in mano. Sì, proprio lui. John Keats. Resto con il pezzo di torna a metà tra il palato e la faringe. Fortunatamente riesco a inghiottirlo senza drammi.

«Anche qui...» sbuffo tra me, ma probabilmente a voce abbastanza alta da essere udita. Almeno da lui. O forse mi ha letto il labiale.

«Mia nonna si serve in questa pasticceria da anni, prima ancora che io nascessi» confessa con il suo detestabilissimo sorrisetto ironico.

«Ah... mmh...» Continuo a mangiare la mia torta, sorseggio il mio cappuccino. E lo ignoro, volutamente.

«Sei riuscita ad arrivare a casa sana e salva poi, dall'ospedale?»

Fa il giro, oltrepassa il bancone e mi affianca. Mi scruta da capo a piedi, con un'espressione strana. Inclina il viso e si passa una mano tra i capelli. Peter e Paul assistono in silenzio alla nostra conversazione, o meglio, al suo tentativo di conversazione.

«Direi di sì, visto che ora sono qui!» E mi hai mollata da sola in ospedale, stronzo! Finisco la mia torta e sorrido a Paul. Ammicco pure, cercando quasi di mostrarmi provocante. Anzi, in realtà sto proprio flirtando spudoratamente. «Davvero ottima, tornerò ancora a trovarti Paul. Quanto ti devo?»

Cerco il portafogli nella borsetta.

«Niente, bella.» Paul ridacchia e scuote la testa, lanciando un'occhiata a John. «Magari un bacio la prossima volta, quando non ci sarà qui il tuo ragazzo!»

«Ma Peter non è il mio ragazzo, ci siamo appena conosciuti!» ribatto io prontamente. «Non ancora, almeno.»

Per un attimo restano tutti senza parole. John fa una smorfia e si morde le labbra. Forse è tentato da una delle sue solite battutine perfide, ma si trattiene. Peter incrocia le braccia divertito e attende l'evolversi della situazione. Alla fine è Paul a spezzare il silenzio, prende un sacchettino, simile a quello che tiene in mano John, e lo riempie di dolciumi vari.

«Così non ti dimenticherai di me, bella. E tornerai presto a trovarmi.»

«Grazie. Sei davvero esageratamente carino e gentile!» Prendo il sacchetto e faccio segno a Peter che è il caso di tornare al lavoro suo e al probabile colloquio mio. «A presto, Paul.»

Mentre Peter sta per richiudere la porta dopo avermi lasciata uscire, sento ancora la voce di Paul. Con la coda dell'occhio lo vedo rivolgersi a John.

«Tranquillo amico, quando le donne fanno così è perché sono davvero innamorate perse!»

CAPITOLO 21

Mi devo rassegnare. Avrò sempre John Keats tra i piedi. Tutte queste coincidenze sono inquietanti. Mi sento seguita. Anche se… lo so che in fondo si preoccupa per me. Però non dovrebbe. Perché in questo modo ogni volta che sono nei guai mi aspetto che lui ci sia a rimediare per me e… non va bene, insomma! Poi finisce inevitabilmente che ci tiriamo addosso battutine assurde come quella di Paul prima. Nulla è più lontano dalla verità! E io non voglio che si creino malintesi sul nostro rapporto.

Sono tornata a sedermi esattamente dov'ero prima. Peter è andato a indagare per provare a capire se ne avranno ancora per molto con quella riunione. Chiudo gli occhi. Più aspetto più mi sale l'ansia. Sembro in attesa di un esame. E in effetti è un esame. A questo punto preferirei quasi che mi mandassero a casa e mi dicessero di ripresentarmi domani. Ormai mi si sarà rovinato il trucco e il mio vestito si è sgualcito.

«Ehi… piccola non ti addormentare.» Sento la voce di Sharon e apro gli occhi. «Mi dispiace averti fatta aspettare tutto questo tempo. Ethan è pronto a riceverti.»

Mi fa segno con la testa. Quindi dovrei alzarmi e seguirla. Ma il problema è che adesso non sono pronta io. Non sono mentalmente preparata. Ormai mi ero convinta che per oggi l'appuntamento fosse saltato.

La guardo e sospiro. Sono certa di avere la stessa espressione che avevo da piccola quando i miei mi portavano dal dentista. Sono costretta ad alzarmi e ad andare incontro al mio ineluttabile destino. Ethan Forsyte.

Insieme a Sharon è ricomparso anche Peter che mi fa un segnale di ok sollevando il pollice. Sembra convinto che andrà tutto bene. Beato lui!

Così seguo Sharon lungo un corridoio che sembra infinito. Corridoio per l'inferno. Non ho idea di come si presenterà Ethan Forsyte in questa nuova veste di grande capo. L'ho visto in casa di Sharon, nudo e poi vestito. Ha servito il caffè in quel modo tanto raffinato. E poi l'ho visto nell'album di foto di Sharon. E ho fantasticato, decisamente troppo, su quelle foto. Non l'avevo mai fatto in questo modo, nemmeno per un attore o un cantante. Non è da me, non è nel mio carattere. Non è mai stato da me!

Sharon bussa alla porta. Sento la voce profonda di Ethan rispondere «Avanti!» dall'interno.

Quindi lei apre e rimane ferma all'ingresso.

«Eccola qui, Ethan.»

Mi indica con la testa di entrare. Cosa? Ciò significa che io devo entrare da sola e… affrontarlo da sola e…

Mi volto verso Sharon, sono quasi tentata di aggrapparmi a lei per non lasciarla andare via. Ma purtroppo per me Sharon è già andata via, abbandonandomi sola e disperata sull'uscio dell'ufficio di Ethan Forsyte.

«Vieni pure avanti, Koraline.» È seduto alla scrivania, sta scrivendo qualcosa a mano. Si ferma, lasciando ondeggiare la penna tra le due dita. «Accomodati.» Sorride e indica con lo sguardo la poltrona di fronte alla scrivania.

Rimango immobile a guardarlo, invece. Oggi oltre alla camicia azzurra indossa anche la giacca blu e la cravatta. Anche se non è una cravatta seria, di quelle che usano solitamente gli uomini d'affari. È una di quelle che cambiano colore in base alla luce, con alcune scritte che mi sembrano giapponesi, in avorio. Okay, quindi altra cosa su di lui. Ha gusti particolari per quanto riguarda le cravatte.

Torno a fissare il suo viso e mi rendo conto che sta aspettando che io mi sieda di fronte a lui. Mi muovo, anzi prendo quasi la rincorsa, e mi siedo. Sono assalita da dubbi profondi su come tenere le gambe. Accavallate oppure no? Decido per il no, ma tengo le ginocchia unite, ricordando che sto indossando un vestitino, non i jeans. Lascio scivolare le mani in grembo con grazia e compostezza. O almeno spero.

«Buongiorno. E grazie per...» Per che cosa? Non me l'ha ancora dato il lavoro! «Grazie, insomma.»

Ma sparati, Koraline! Che accidenti significa "Grazie, insomma"? Se prima potevo avere una sorta di giustificazione e di attenuante, ora crederà che io sia totalmente imbranata.

«Mi devo proprio scusare, invece.» Fissa gli occhi azzurri nei miei e li trattiene, tanto da costringermi a distogliere lo sguardo per un attimo, per non annegare. «Ti ho fatta aspettare decisamente troppo!»

Sospira e si tira indietro, allontanando la poltrona su cui è seduto dalla scrivania. Si alza e si viene a posizionare proprio di fronte a me, appoggiandosi con le mani al bordo della scrivania. Io raddrizzo la schiena e sollevo leggermente il viso per guardarlo. Decido di accavallare le gambe e sento il vestito fasciarmi ancora di più sulle cosce.

«Non importa...» mi esce un sospiro non intenzionale. Sembro davvero una scolaretta emozionata ora. Quanto sono patetica!

Lui sorride e scosta il ciuffo di capelli che gli è improvvisamente caduto sugli occhi. Detesto il fatto che sia così sicuro di sé, mentre io mi sento così a disagio. Mi chiedo quanti anni possa avere. Stabilisco più di venticinque sicuramente, ma meno di trenta.

«Sei davvero eccezionalmente carina oggi, Koraline.» Si appoggia ancora di più alla scrivania fino quasi a sedersi sopra. «Però una cosa non ti perdonerò mai...»

All'improvviso il suo sguardo si fa cupo.

Mi aggrappo ai braccioli della poltrona? Che ho fatto ora?

«Hai lasciato a casa il mio cappello preferito, cowgirl!» Sorride e mi strizza l'occhio, poi ride più apertamente.

Sorrido anch'io e lo guardo in silenzio. Non avevo mai visto nessuno mutare espressione così rapidamente. Anzi, non avevo mai visto nessuno averne così tante. Sono curiosa di scoprire tutte le altre a disposizione di Ethan Forsyte. Non riesco a staccare gli occhi dalle rughette di espressione che gli si formano intorno agli occhi quando il suo sorriso si trasforma in una vera e propria risata.

«Comunque, veniamo a quello che avevo pensato per te...» Incrocia le braccia e stringe leggermente gli occhi, come se mi stesse analizzando. «Mi chiedevo se ti piacerebbe occuparti di musica country, visto che sei una ragazza dell'ovest.»

Ecco, ora mi ha catalogata come "ragazza dell'ovest". Magari mi immagina pure a cavallo con un lazzo, pronta ad acciuffare mandrie di bestiame e a ricondurle nel recinto. E quel che è peggio è che molto probabilmente non ci sarà mai modo di sfuggire a questa idea che si è fatto di me. Sono condannata!

«La verità è che io...» Devo pur rispondergli in qualche modo. «Io non sono così esperta di musica country. Insomma, non sono esperta di musica in generale. L'ascolto sì, ma come tutte le altre persone... non esperte, ecco.»

Non sono esperta proprio di niente, grande capo. Questa è la triste verità della mia misera esistenza!

«Non è necessario, Koraline» sorride e inclina la testa leggermente, si massaggia una spalla. «Quello che ho in mente in realtà è un programma per ragazzi. Perché imparino a conoscere e apprezzare la musica. Sarete comunque affiancati da esperti. Voi dovrete soprattutto organizzare le puntate, gli ospiti. Insomma, vi lascio carta bianca sul progetto.»

«Hai detto "voi"... io... io e chi?»

Sembro incapace di intendere e di volere. Non so neanche esprimermi come si deve.

«Tu e Peter Evans. Lo conoscerai presto. Poi la segretaria di produzione, Georgie McIntyre e la nuova stagista, Annabelle Stewart. Vorrei gente giovane per questo programma. Sarete voi poi a scegliere altri membri del team se ce ne sarà bisogno.»

Mi guarda, come in attesa di un riscontro da parte mia.

Quindi, se ho ben capito, mi sta dicendo che lavorerò con Peter. Non riesco a credere alla mia fortuna!

«Va bene… anzi è perfetto!» sorrido entusiasta, lo potrei anche abbracciare in questo momento. «Ho già conosciuto Peter. Qui fuori, mentre aspettavo. Grazie, grazie davvero!»

«Sono contento che ti piaccia l'idea, Koraline.» Pronuncia il mio nome con un'intensità che non avevo mai percepito in nessun altro. «Però mi hai appena ricordato di averti lasciata ad aspettare per ore.» Aggrotta la fronte e arriccia le labbra. Non voglio fissarmi troppo su quelle labbra. Mi stringo nelle spalle con noncuranza e abbasso lo sguardo. «Quindi…» prosegue lui «sarei felice di averti mia ospite stasera a cena. Così potrai parlarmi un po' dell'ovest e…»

Mi alzo, di scatto come una molla.

«No, io ho un impegno per questa sera.» Ecco, ora sembro estremamente maleducata. Anzi, lo sono! Devo cercare di ammorbidire l'impatto e accenno un sorriso imbarazzato. «Comunque… anche Sharon è una ragazza dell'ovest.»

Non risponde. Non parla. Mi osserva in silenzio e il suo sguardo diventa cupo. Gli occhi gelidi, come se lanciassero saette contro di me. Sembra un'altra persona rispetto a poco prima. Silenzio interrotto dal suono del suo telefono cellulare. Prima di rispondere mi fa capire che la nostra conversazione è conclusa. Annuisco e mi avvio verso la porta. Ho avuto il posto. Poi me lo sono giocato in dieci secondi. Ora temo proprio che dovrò cercare altrove. E come faccio a dirlo a Sharon?

Uscendo trovo proprio Sharon, a pochi passi dall'ufficio. Sta parlando con Peter. Entrambi mi scrutano con aria interrogativa.

«Allora?» mi chiede Sharon, congiungendo le mani. «Com'è andata?»

«Bene… credo…»

Sì, credo. Perché purtroppo non ne sono più tanto convinta.

«Ma come credi?» Peter si toglie e si rimette gli occhiali. «Non fare la modesta, ragazza! Sono sicuro che lo hai steso!»

Io invece sono sicura che lui ha... anzi, avrebbe steso me. In ogni senso.

Sento richiudersi una porta alle mie spalle. È proprio quella dell'ufficio di Ethan Forsyte, che passa fischiettando dietro di me.

«Peter, Koraline... mi aspetto meraviglie dal vostro team! Avete afferrato il concetto? Meraviglie!» Mentre si allontana continua a parlare. «Sharon, metti pure a loro disposizione tutto ciò di cui possono avere bisogno. Questo programma diventerà il mio gioiellino.» Si volta, mi guarda e sorride. Con il sorriso incantatore della prima volta che l'ho incontrato. Ecco, ora sembra magicamente tornato sereno e tranquillo, come quando ero appena entrata nel suo ufficio. «La mia punta di diamante.»

CAPITOLO 22

Sono tornata a casa con Sharon. Non le ho nascosto il mio entusiasmo. Che sia la volta buona per combinare qualcosa nella mia vita? Che non debba più subire la competizione e il confronto con John, Kitty e Kevin? Non sarò mai grata abbastanza a Ethan Forsyte per questa opportunità. Anche se però... il fatto di immaginare certe cose su di lui non è una buona idea. Proprio per niente!

«Tu piaci a Ethan, Kora...» Sharon, dopo essersi cambiata e messa comoda, mi raggiunge sul divano rannicchiandosi in un angolo. «E anche molto.»

Il suo tono è abbastanza piatto. O forse è una mia impressione. Come se la cosa non la toccasse minimamente, non la riguardasse proprio.

«Io non voglio mettermi in mezzo, Shar...» Decido di essere chiara. Perdere la visione costante di Ethan va bene. Anche perdere il lavoro va bene, lo posso accettare. Perdere lei invece no. «Mi troverò un altro lavoro. Dopotutto sono appena arrivata e ho ancora tanti risparmi...» Sorrido e armeggio con il telecomando della tv. «Ci guardiamo un film? Vuoi popcorn o gelato?»

«Non funzionerebbe, Kora.» Sharon sospira e non raccoglie i miei tentativi di cambiare argomento. «Questo lo spingerebbe ancora di più a darti la caccia. Sarebbe ancora più preso nel tentativo di conquista. Lui diventerebbe il cacciatore e tu la sua preda, insomma.»

Altro che popcorn e gelato! Mi è venuta una gran voglia di bere! Di ubriacarmi proprio! Lui il cacciatore e io la preda?

«Io non intendo essere la preda di nessuno! Non siamo nel medioevo...»

Sharon mi guarda e scoppia a ridere. Devo avere proprio un'espressione scandalizzata allora. Ma cosa c'è da ridere sul fatto che l'uomo con cui ha una storia voglia usarmi come preda? Non riesco a impedirmi di visualizzare la scena. Lui cacciatore e io preda. Mi sento una sorta di tacchino da farcire per il Ringraziamento!

«Quindi che cosa dovrei fare, secondo te?» Ecco, cerco di avere un atteggiamento calmo e maturo in proposito.

«Credo che ti convenga assecondarlo. Stai al gioco.» Sharon si stringe nelle spalle, sbadiglia e si stira. «Magari poi ti lascerà in pace. Sempre che tu voglia essere lasciata in pace.» Mi guarda e ridacchia.

Io mi chiedo che tipo di relazione abbiano lei e Ethan se non le importa che lui...

«Io non ho nessuna intenzione di stare al gioco!» Scuoto la testa e faccio il broncio.

«Vuoi negare che lui ti piaccia, piccola?» Sharon inclina il viso e imita la mia espressione.

«Lui è...» No, non posso negarlo. Sarebbe troppo palese come bugia. «Obbiettivamente è un bell'uomo, ma a me non interessa.»

Più che altro non mi interessa fare la preda se lui fa il cacciatore. Questa storia sta diventando imbarazzante!

«Sei innamorata di un altro, Kora? Il ragazzo che avevi a Idaho Falls?» Sharon accenna un sorriso e mi guarda con dolcezza.

«No, ma John...» John? Ho detto John? Oddio no, sto impazzendo! Ho avuto un lapsus. Mi sono pure dimenticata che esiste Zach! Lei intenderà Zach! Mi sento avvampare e mi porto una mano sulla fronte. «Io non sono innamorata di un altro. Ma ciò non significa che voglia diventare la preda di Ethan!»

«Stavo scherzando, Kora!» Sharon ride e butta indietro la testa. «Ma la verità è che tutti gli uomini sono cacciatori, non dirmi che non lo sai...»

Ecco, ora mi sta trattando come una ragazzina. Sbuffo e le volto le spalle. Lei prova a farmi il solletico. Mi volto di scatto e le afferro la mano.

«Non ti dà fastidio che Ethan faccia così? Io… io non vorrei che qualcuno che sta con me andasse a fare il cacciatore con le altre. Io voglio tutto per me.»

«Anche io vorrei tutto, se fossi innamorata di lui» Sharon sospira e torna seria. «Ma Ethan Forsyte non è uno di cui innamorarsi, piccola. È bello, divertente, straordinario sotto molti punti di vista. Sa come compiacere una donna. Ma se è il grande amore quello che cerchi, stai lontana da lui. Ethan è per la sensualità, il divertimento. L'amore cercalo altrove.»

«Mmh…» L'ascolto, piego le ginocchia e appoggio i gomiti. Dal suo discorso ora mi è chiaro il motivo per cui non le importa che a me piaccia Ethan. Lei non lo ama. Lei non si aspetta un futuro con lui. Lei non si aspetta proprio nulla. «Tu credi che…»

Mi blocco, non voglio passare per un'ingenua. Ancora più di quello che Sharon crede che io sia.

«Che cosa? Continua…» sorride e mi incoraggia.

«Che Ethan potrà amare qualcuno, prima o poi?»

Mi rendo conto che da come ho impostato la domanda sembra che voglia essere io quel "qualcuno"! Dov'è un muro che ci voglio sbattere la testa?

«Già successo» annuisce Sharon, senza scomporsi. E a quanto pare senza saltare alle ovvie conclusioni. «Ethan ha amato un'unica donna. L'unica che non potrà mai avere e che gli è rimasta nel cuore. Tutte le altre per lui sono solo… prede.»

«Chi è questa donna? Perché non lo ricambia?»

Mi sembra quasi impossibile non ricambiare Ethan, ma a quanto pare ognuno ha i suoi drammi.

«Adrienne Scott, l'unico grande amore di Ethan. Molto bella, molto ricca e soprattutto molto sposata.»

CAPITOLO 23

Come d'accordo John passa a prendermi a mezzogiorno in punto. Non so perché ma insiste per salire. C'è anche Sharon che si affaccia dalla sua stanza per salutarlo. Non sono certa che riesca a distinguere John da Zach. Cioè si era messa in testa che John fosse Zach, il mio ex ragazzo. Forse sono stata io a confonderla. Mi sono confusa anche da sola, quindi non è nemmeno del tutto colpa sua.

«Anche tu sei invitata, comunque.»

John lancia a Sharon un'occhiata maliziosa. Sì, adesso che l'ha vista è invitata! Incrocio le braccia e lo osservo mentre lui sorride a Sharon. Vediamo fino a che punto arriva, pur di fare il cascamorto con una bella ragazza.

«No, grazie davvero…» Sharon ricambia il sorriso compiaciuta, guarda lui e poi me. «Non vorrei davvero disturbare.»

«Nessun disturbo, i miei nonni cucinano sempre per un esercito!» Eccolo che continua. E la guarda… Sì, esattamente in quel determinato modo. La guarda come se lei fosse la preda e lui il cacciatore! «A loro piace avere giovani intorno. Ci sarà anche Paul.»

«Paul… il ragazzo della pasticceria all'angolo, vero?» Sharon sembra rifletterci un attimo. A quanto pare lo conosce anche lei. Certo, la pasticceria è a pochi passi dall'edificio dell'emittente televisiva, ci sarà passata qualche volta.

«Esattamente, proprio lui» annuisce John e mi lancia un'occhiata ironica che non so come interpretare al momento.

«Grazie, John… Ma sono anche indietro con il lavoro e ho delle scadenze da rispettare, purtroppo. Magari un'altra volta.»

Non so perché abbia rifiutato, mi sembrava tentata. E poi a me di queste scadenze non aveva proprio parlato. Suppongo si tratti di una scusa inventata sul momento. Spero che non stia a casa ad aspettare il cacciatore, cioè Ethan. Certo che anche quello sguardo che John ha rivolto a Sharon… Maledizione a questa storia! Ora vedo cacciatori ovunque. Anche se l'idea di John come cacciatore mi fa proprio ridere.

Salgo in macchina senza aspettare che John, travestito per l'occasione da gentiluomo, mi apra la porta. Che situazione assurda! Anzi, che insieme di situazioni assurde! Ci manca solo che John inizi a corteggiare la mia amica e coinquilina! Magari la prossima volta potrebbe anche invitarla ad uscire direttamente, senza la scusa del pranzo dai nonni. E magari lei potrebbe anche accettare, del resto chi glielo impedisce?

«Perché sei così contrariata, Appleline?» Gira la testa verso di me mentre avvia la macchina. «Sei ancora arrabbiata con me?»

«Io sono sempre arrabbiata con te!» sospiro profondamente mentre mi allaccio la cintura. «Io sono nata arrabbiata con te.»

«Impossibile» ridacchia e arriccia le labbra immettendosi sulla strada. «Io sono nato dopo di te, quando tu sei nata io non c'ero ancora!»

«E si vede che ti prevedevo!» Mi volto verso di lui e sgrano gli occhi. «Sai come i meteorologi che prevedono i temporali, i cicloni, i tornado, gli uragani? Ecco, io prevedevo te!»

«Quindi per te sono un uragano?» Si volta anche lui verso di me e mi osserva, come se stesse meditando qualcosa. Qualcosa degno di un uragano, temo.

«Guarda avanti e non fare il cretino, John Keats. Non ho voglia di andarmi a schiantare oggi.»

E comunque che si tolga immediatamente Sharon dalla testa. Devo trovare il modo di fargli capire che non c'è storia con lei! John con Sharon? No, no. Pessima idea!

Non parliamo più per tutti i successivi quindici minuti di viaggio. Io guardo fuori dal finestrino e anche lui sembra perso in un altro mondo. Pensieri cupi a quanto pare. Quando accosta di fronte a una graziosa casetta bianca con il giardino ben curato e si ferma, intuisco che siamo arrivati a casa dei suoi nonni. Mi muovo per aprire lo sportello, ma lui mi ferma trattenendomi per il braccio.

«Koraline…»

Raramente mi chiama per nome. Lo riserva per le occasioni speciali o per le occasioni strane. Per impartirmi ordini o per i discorsi seri. Non so come inquadrare il momento attuale.

«Koraline… volevo dirti che…» Mi guarda, poi fissa il vuoto di fronte a sé. «Mia nonna ha un problema. Ultimamente gradisce avere gente intorno, ma il problema persiste. Voglio dire che…» Lo osservo lottare, con le parole, con se stesso, con la situazione. «Potrebbe confondersi, non ricordare bene chi sei, non…» si aggrappa al volante, evitando il mio sguardo. «Forse non avrei dovuto…»

«John…» Gli sfioro il braccio con la mano, socchiudo gli occhi. Quando li riapro noto che si è voltato verso di me. I suoi occhi castano chiaro hanno assunto una tonalità più cupa. È triste. Non sopporto di vederlo triste. Preferisco quando mi prende in giro. Addirittura preferisco quando mi umilia con i suoi successi, mettendo ancora più in evidenza i miei fallimenti. «Ho capito, John… stai tranquillo. Entriamo?»

La nonna di John, Nora, sembra esattamente come la ricordavo qualche anno fa, quando con il marito Jim è venuta a far visita alla famiglia a Idaho Falls. Solare, entusiasta, facile al sorriso. Sembra riconoscermi, mi dice che sono cresciuta e che sono diventata una gran bella ragazza. Nonno Jim conferma. Bella dicono. Non simpatica. D'accordo che non c'è Kitty con cui confrontarmi. Però è già un successo!

«Ehi, ciao bella!» Riconosco immediatamente la voce di Paul, che arriva alle nostre spalle. Si guarda attorno come in cerca di qualcosa o di qualcuno e lancia un'occhiata indagatrice a John che scuote la testa con aria desolata. Paul si rabbuia per un attimo, sbuffa e poi rivolge il proprio sorriso e le proprie attenzioni a Nora che riceve da lui dei dolci e un mazzo di fiori.

Afferro John per l'avambraccio e lo trascino in un angolo, vicino al caminetto.

«Che cosa state confabulando tu e Paul?» Ho un sospetto. E forse non è molto lontano dalla verità. «L'invito a Sharon c'entra qualcosa?»

«Solo un atto di solidarietà maschile, tu non puoi capire.»

La sua risposta è la conferma al mio dubbio. Quindi l'invito a Sharon era per Paul, non per se stesso? Mi mordo le labbra. Non dovrei, ma mi sento quasi sollevata.

«Mi dispiace, ma Paul non ha proprio speranze con Sharon.» Non sono del tutto certa che quella che mi ha detto Sharon a proposito di Ethan sia la verità. Sui suoi sentimenti per lui, intendo. Mi dispiacerebbe che Paul si creasse delle inutili illusioni, delle false speranze. Che restasse fregato a causa di Ethan Forsyte. Non se lo merita, mi sembra un bravo ragazzo. «Prima se la toglie dalla mente, meglio è per lui.»

Faccio per muovermi ma John mi sbarra la strada.

«Perché?»

«Perché... credo che Sharon sia interessata a un altro.»

Meglio lasciarglielo credere almeno, la verità sulla sua relazione con Ethan sarebbe troppo complicata da spiegare.

«Ciò non significa che Paul non potrebbe tentare di conquistarla...»

John solleva le spalle con l'aria di uno che di conquiste ne ha fatte tante. Sì, proprio! Sempre attaccato a me e a Kev è stato in questi anni! Non nego che con qualcuna sarà anche uscito... In ogni caso, proprio non mi interessa saperlo.

«Ma che avete voi uomini nella testa?» Gli rivolgo un'occhiata spazientita. «Sempre queste idee di conquista, di preda, di cacciare la preda...»

«Cacciare la preda?» Mi guarda serio, poi mi ride spudoratamente in faccia. «Appleline, non siamo nella giungla...»

«Ragazzi...» Ci raggiunge la voce, per l'occasione un po' cantilenante, di Paul. «Quando avete finito di scambiarvi tenerezze... il pranzo è pronto!»

Ci incamminiamo verso la tavola. Nora sorride e si siede, mentre Jim serve le patate arrosto e lo sformato di pollo, aiutato da Paul. Ricordo che Jim è sempre stato un cuoco eccezionale e anche Paul sembra cavarsela bene in cucina. Se scoprissi che anche John sa cucinare bene, oltre a tutto il resto che sa fare, il mio ego subirebbe un altro affronto.

Nora fissa i dolci occhi chiari su di me, proprio mentre sto per sedermi a tavola.

«Lisa. Finalmente sei arrivata, Lisa.» Un brivido mi percorre la schiena. Lisa. Lisa è la madre di John e la moglie del figlio di Nora e Jim, Samuel. «Sam, te lo dico sempre che dovete venire a trovarci più spesso!»

«Sì... lo so...» John accenna un sorriso sedendosi al mio fianco. «Prometto che farò del mio meglio...»

Lo ha scambiato per suo padre. E dalla reazione di John, non mi sembra la prima volta. Jim e Paul se ne stanno composti, in silenzio. Anche per loro probabilmente non è una novità. Iniziamo a mangiare tranquillamente. Nora sorride e continua a vivere, ma nel passato. Nei suoi ricordi io sono Lisa, la fidanzata di Sam.

«Siete proprio una bella coppia.» La mente di Nora, trascinata nel passato, non sembra voler tornare tra noi. Ma a parte questo sembra stare più che bene. «Quando avete intenzione di sposarvi? Non fateci aspettare troppo.»

«Presto» risponde John, un po' troppo bruscamente.

Mi accorgo che la sua mano, appoggiata sul tavolo, ha iniziato a tremare. La stringe a pugno per trattenersi. Temo che non sia più in grado di reggere la situazione. Nora lo scruta un po' ansiosa, come se avesse intuito che qualcosa non va ma non riuscisse a comprenderne la ragione.

«Sì, presto. Ormai ci manca davvero pochissimo alla laurea» aggiungo con un sorriso rivolto a Nora. Lei, che si era accigliata per un attimo preoccupata dal tono di John, torna a illuminarsi di un sorriso radioso. «Poi dopo il matrimonio potremo andare avanti con la specializzazione nello stesso ospedale.»

Continuo a parlare, inventandomi una vita non mia, tanto per aggiungere qualcosa e farla contenta. Sembra funzionare.

Appoggio il palmo della mia mano sul pugno stretto di John. Lui apre la mano e la rigira, le nostre dita si sfiorano. Spero che riesca a rilassarsi, invece lo sento fremere ancora di più, tanto da ritrarre la mano dalla mia. Non glielo permetto e per trattenerlo intreccio le dita con le sue. Non ho nessuna intenzione di lasciarlo andare. Quando finalmente si calma mi volto verso di lui e gli sorrido, ma lui non mi ricambia. Tiene lo sguardo fisso su Nora e Jim che nel frattempo hanno intrapreso una conversazione a proposito di un Natale passato, quando lui stava ancora nell'esercito e lei attendeva il suo ritorno. Lui le accarezza la guancia e lei inclina il viso per incontrare la sua mano.

Capisco John. Vederli così fa bene e male allo stesso tempo. Ma hanno ancora loro stessi, la loro vita, i loro ricordi. E forse, nonostante tutto, Nora e Jim dalla vita hanno avuto molto.

Nel corso della giornata agli occhi di Nora sono tornata a essere Koraline, la ragazzina di Idaho Falls amica dei suoi nipoti. Presto attenzione al mutare delle sue espressioni, all'addolcirsi dei suoi sguardi. Sono consapevole ormai che potrei ritrasformarmi in Lisa in qualsiasi momento, per cui mi tengo pronta.

Paul se ne va poco prima di noi. Sembra sappia come trattare Nora, anche meglio di John. Forse è il suo modo di fare allegro e rilassato che la rende più serena. John invece rischia di scattare da un momento all'altro, è troppo coinvolto emotivamente.

«Grazie» bisbiglia appena saliti in macchina. Mette in moto e si avvia per riportarmi a casa.

«John... è per questo che ti sei trasferito qui vicino?»

Ora mi sento veramente un'idiota ad aver pensato che lo abbia fatto per seguire me. Idiota, infantile ed egocentrica.

«A parte la fortuna di essere stato accettato a Yale, ero l'unico a potersi spostare» risponde stringendosi leggermente nelle spalle. «Mio padre non si può trasferire al momento, con il suo lavoro. E ci hanno sconsigliato di spostare lei, non subito almeno. Potrebbe perdere totalmente il suo ambiente e sarebbe troppo traumatico. Mio nonno non riesce più a gestire la situazione da solo... La sta prendendo bene, comunque. Tenendo conto che potrebbe anche dimenticarlo completamente.»

Accosta sotto casa di Sharon. Non posso credere che siamo già arrivati. Quasi non voglio scendere dalla macchina. Non voglio a tal punto che gli chiederei di fare un altro giro, solo per trattenerlo.

«Ci sono anch'io...» sussurro, cercando i suoi occhi. Lui mi guarda e annuisce appena, come se fosse poco convinto di quello che ho detto. «Davvero... ci sono anche io, John. Sono qui.»

Lo afferro per le spalle e lo stringo, obbligandolo a guardarmi. Perché è tutto così dannatamente complicato con lui? Avvicino la testa per fare in modo di incontrare il suo sguardo, proprio nel momento in cui anche lui solleva il viso. Quasi ci scontriamo. Non gli sono mai stata così vicina da percepire il suo profumo, il suo respiro, le sue labbra a pochi centimetri dalle mie. Sento l'impulso irrefrenabile di...

Posa le dita sulla mia guancia, delicatamente.

«Grazie, Koraline.»

Sorride, poi torna serio. Mi sembra di restare ferma così per un periodo di tempo che non riesco a quantificare. Un minuto, un'ora? Non saprei. I suoi occhi hanno assunto una tonalità più calda e mi fanno sentire a casa. In un certo senso è vero che avevo previsto John Keats nella mia vita. Come un uragano. O come il sole quando smette di piovere.

«Andrà tutto bene...» annuisco, decidendomi a scostarmi da lui. Mi rendo conto di essere stata io a invadere il suo spazio.

«Non ti devi preoccupare. Sono qui anche per andare a Yale ed essere il primo del mio corso.» Sembra recuperare improvvisamente l'aria canzonatoria a cui sono abituata da sempre. «E per tenere d'occhio te, non dimenticarlo Appleline.»

Eccolo tornato, tutto come prima. E per lui non c'è bisogno di età avanzata o malattia per cambiare e poi tornare indietro. È così al naturale.

«Come posso dimenticarlo? Me lo ricordi costantemente!»

Scendo dalla sua macchina e lo saluto con la mano mentre si allontana. Forse sono stanca, stanchissima. Forse ho bisogno di riposo assoluto. Forse è stato il cambiamento di città, di situazione, di clima. O sono ancora stordita dal fuso orario e dal lungo viaggio. Resta il fatto che ho quasi assecondato l'impulso di baciare John Keats. Per sbaglio, per confusione, per tristezza, per solidarietà, per uno scontro di satelliti, per un'errata coordinazione di movimenti. Resta il fatto che mi sento quasi delusa che non sia accaduto.

CAPITOLO 24

Ho avuto gli incubi. Non proprio gli incubi, ma un sonno molto agitato. Con un insieme di sogni contrastanti. Come pezzi di storie senza una vera e propria trama, che si intersecavano senza continuità.

Forse il vero motivo è che oggi è lunedì. E io inizio ufficialmente il mio lavoro alla RFB Network. Mi sento ancora un po' inadeguata al compito che mi è stato assegnato. E sono terrorizzata all'idea di deludere Ethan. Per fortuna che c'è Peter. Con lui mi sento come se non dovessi iniziare a collaborare con completi estranei, ma con qualcuno che mi conosce e sta dalla mia parte. Anche se in effetti ci siamo appena incontrati.

«Fammi presente ogni mio sbaglio, ok?» gli chiedo appena arrivata alla RFB. Mi sono messa carina anche oggi, però ho deciso di tenermi i pantaloni. Mi devo ancora abituare agli abitini stile Sharon. «Anche i più piccoli e insignificanti. Per favore...»

Ho il battito del cuore accelerato, le palpitazioni. Non è solo un lavoro per me, è la prova della verità. Dimostrare, a me stessa e al resto del mondo, che non sono un totale fallimento. Forse lo sono nel campo scientifico e medico. Ma in qualcosa vorrei essere davvero brava. Non ho raccontato a John di questo mio nuovo lavoro, ieri. Credo abbia intuito qualcosa, ma lui non mi ha chiesto e io non ne ho parlato. Detesto la consapevolezza che il suo giudizio conti così tanto per me. Ma è la verità e ora sono costretta ad ammetterla.

«Non ti agitare, Koraline.» Peter ha quell'atteggiamento rilassato che metterebbe a proprio agio chiunque. Oggi è passato a una diversa montatura di occhiali. Anche il colore è cambiato, ha puntato sull'arancio. «Sono certo che sarà tutto più facile di quello che credi. E ti piacerà creare un programma da zero, un'esperienza unica!»

Io creerò qualcosa. Continuo a ripetermelo, mentre seguo Peter verso quello che sarà il nostro ufficio direttivo. Creerò qualcosa di bello che la gente amerà molto. Non salverò vite forse, ma contribuirò a renderle migliori.

«Eccoci arrivati.»

Peter apre la porta e mi lascia passare per prima. L'ufficio è spazioso e con abbinamenti di colore contrastanti ma gradevoli. Molto stile Peter.

Accenno un sorrisetto di circostanza alle due ragazze presenti, sedute a una doppia scrivania. Entrambe interrompono quello che stanno facendo per guardarmi. Una la riconosco. È la ragazza a cui Peter ha comunicato che stavamo uscendo per andare alla pasticceria di Paul. Annabelle, bionda, magra, molto carina. L'altra, dai capelli rossi e l'aria un po' stizzita, deve essere Georgie.

«Allora, Koraline» Peter guarda me e poi loro, apprestandosi a fare le presentazioni. «Loro sono Annabelle Stewart, la nostra stagista, e Georgie McIntyre, intransigente supervisor finanziaria. Colei che bloccherà i nostri grandi sogni di gloria sul nascere, insomma, e ci riporterà con i piedi per terra. Ragazze, questa è Koraline. Il nostro nuovo acquisto.»

Annabelle solleva una mano in cenno di saluto e sorride. Georgie annuisce con l'aria di chi non ha alternativa che accettare i fatti. Seduta alla scrivania torna alle sue carte.

«Ciao…» sorrido e cerco di incontrare il loro sguardo, mi avvicino alla loro scrivania. Ma solo con Annabelle ho successo. Georgie mi ignora cordialmente. «Sono molto contenta di essere qui.»

«Immagino» mormora Georgie sfogliando un quadernone contenente alcuni grafici. «No, non è questo! Annabelle, non è questo. Passami i resoconti dello scorso anno, non è tanto difficile trovarli… sai in che anno siamo, vero? Bene, l'anno scorso è solo uno in meno, non tre!»

Rimango allibita dall'asprezza di Georgie. E pensare che ha un viso tanto carino e dolce, incorniciato da un caschetto di capelli rossi. Rivolgo un'occhiata a Peter che alza gli occhi al cielo e sospira.

«Devo passare da Ethan. Cerca di non farti sbranare...»

No, no. Peter non può lasciarmi sola con... Ma se n'è già andato, chiudendo la porta alle sue spalle. Quando mi volto incontro lo sguardo di Georgie che ha tutta l'aria di un avvoltoio pronto a scagliarsi sulla preda. Che sono io. Possibile che io debba essere sempre la preda di qualcuno ultimamente?

«Annabelle!» Ma invece di rivolgersi a me, Georgie richiama all'ordine quella povera ragazza. «Caffè. Forte. Ora.»

Annabelle scatta come una molla ed esce dall'ufficio per dirigersi, suppongo, alla più vicina macchinetta del caffè. E mi lascia completamente sola in balia della strega acida con manie di onnipotenza.

«Allora, raccontami un po'...» aggrotta la fronte, come se avesse già rimosso il mio nome.

«Koraline...» suggerisco io. E intanto ho paura. Tanta.

«Koraline... ecco. Raccontami un po' cosa sai fare. Quali sono le tue qualifiche professionali?»

Mi lancia un sorrisetto decisamente troppo ostentato. Lo so cosa pensa probabilmente. Il fatto è che non ha nemmeno tutti i torti. Ma il modo in cui mi guarda è chiaramente offensivo.

Sono abbastanza certa che sia convinta che io sia qui solo per essere andata a letto con Ethan. O magari perché Ethan vuole portarmi a letto. Cosa non del tutto fuori luogo, però... Però non accetto di essere trattata così, io non ho fatto nulla di male! E non è nemmeno accettabile che schiavizzi quella poveretta di Annabelle!

«Sono una studentessa, avrei dovuto fare domanda a una scuola di medicina il prossimo anno» rispondo in tono piatto. «Ma ho lasciato l'università.»

«Interessante!» Georgie mi rivolge un'occhiata falsamente impressionata. «E quindi cosa sa fare esattamente una studentessa di medicina che ha lasciato l'università?»

Ho sempre accusato John Keats di minare la mia autostima in questi anni. Ma questa Georgie McIntyre l'autostima te la assassina proprio. Anzi, la spinge a commettere un suicidio. Sarebbe più nel suo stile, credo.

«Va bene…» Georgie sbuffa e alza al cielo gli occhi verdi. «Passami quei documenti dal ripiano là in alto.» Indica con la mano una mensola laterale, sul lato della stanza. «Cartelletta blu con la scritta "contratti". Vediamo se riesci a riconoscerla.»

«Ascolta, Georgie…» sospiro e incrocio le braccia. No, così non può andare bene. Niente affatto. Meglio mettere le cose in chiaro fin da ora. «Io non ho fatto nulla di quello che tu credi che io possa aver fatto per essere qui. Voglio solo mettermi alla prova e dimostrare di essere in grado di combinare qualcosa di buono. Sono qui per collaborare a nuove idee, non per fare la tua schiavetta, come Annabelle. Quindi… la cartelletta blu da quel ripiano te la prendi da sola!»

Sospiro e mi passo una mano sulla fronte. Aspetto la risposta acida e sgradevole di Georgie, che però stranamente non arriva. Ciò che mi arriva invece è una pugnalata in pieno petto. Vedo Georgie muoversi dalla sua postazione dietro la scrivania, raggiungere la mensola laterale e allungarsi verso il ripiano più alto per prendere la cartelletta blu che mi aveva richiesto, fino a riuscirci, tornare al suo posto e immergersi nuovamente nel suo lavoro. Mentre io, lentamente ma inesorabilmente, mi sento sprofondare. Georgie McIntyre è su una sedia a rotelle.

CAPITOLO 25

Perché solo a me succedono queste cose? A Kitty non sarebbe mai successo. Kitty avrebbe fatto attenzione a… alle condizioni di Georgie.

Ma io no! Io non l'avevo proprio notata la sedia a rotelle. Dopo aver bisbigliato qualche parola di scusa a Georgie sono uscita e mi sono rifugiata in bagno. Ora che mi guardo allo specchio, posto sopra al lavandino, mi sento davvero una persona orribile. Questi sono i momenti in cui mi è ancora più chiaro il motivo per cui non posso competere con gli altri. Sono stupida, insensibile e pure sbadata!

Mi sposto e mi appoggio con la fronte e le mani alla parete. Non uscirei mai più da qui se potessi. Pagherei per diventare un tutt'uno con questa parete.

«Koraline?» È la sua voce. La distinguo, ormai. Ora mi metto a piangere. «Che fai lì? Non ti pago per reggere il muro!»

Ecco, ci mancava pure il grande capo in persona a darmi il colpo di grazia. Mi volto e nemmeno oso guardarlo in faccia, tengo lo sguardo abbassato sul pavimento. Tutto sta andando non male, malissimo! Una tragedia proprio. Perché? Devo aver fatto qualcosa di male in qualche vita precedente.

«Ehi…» mi solleva il viso trattenendolo tra il pollice e l'indice. Cerca di guardarmi negli occhi ma io distolgo lo sguardo. «Stavo scherzando, Koraline. Cosa c'è che non va? Spiegami.»

«C'è che sono davvero una persona orribile, Ethan.»

Giro il viso di lato, non mi deve guardare così. Mi confonde se mi guarda così! Ma come faccio ora a raccontargli quello che ho combinato con Georgie? Probabilmente ci penserà lei stessa a raccontarglielo. E allora lui mi caccerà via a calci e non mi guarderà più con quell'espressione preoccupata negli occhi. Non mi guarderà più e basta.

«Anche io sono una persona orribile, tranquilla cowgirl.» Sorride e si appoggia con la spalla alla parete in modo da incrociare il mio sguardo. «Quindi considerato il fatto che siamo entrambe persone orribili, che ne dici di passare un po' di tempo insieme questa sera? È terribile restare orribili da soli, lo sai?»

Perché fa così? Perché si comporta così? Io non posso fare questo a Sharon. Lo so che lei ha detto che non le importa veramente di Ethan, ma… insomma non si fa una cosa del genere a un'amica! No, davvero. Non posso proprio. No, io non sono…

«No, io non sono così orribile!»

Oh cavolo! L'ho detto ad alta voce? Eh… sì davvero. Ma intendevo dire che non sono così orribile da portare via il ragazzo a un'amica, non così orribile… come lui… Solo che Ethan questo ha inteso! Già, perché ora mi guarda in silenzio e i suoi occhi da azzurri e ridenti si sono fatti più scuri, come un cielo in preda a un temporale. Sono riuscita a insultare anche lui! Nella prima mezz'ora del primo giorno di lavoro sono riuscita nell'impresa di offendere una mia collaboratrice e il mio capo.

Mi porto le dita di entrambe le mani sulla fronte. Non so proprio cosa dire. Infatti non dico nulla. Perché ogni cosa che dico o faccio è sempre peggio. Quindi tanto meglio tacere. Scivolo lateralmente ed esco dal bagno. Perfetto! Chi sarà ora la mia prossima vittima?

CAPITOLO 26

Ora che faccio? Dove mi nascondo? Non conosco molta gente qui ancora. Oddio, forse è meglio così! Non ho il coraggio di tornare nell'ufficio che in teoria dovrei condividere con Georgie, Peter e Annabelle. Forse dovrei parlarne con Sharon. Sarò una delusione anche per lei, lo so.

In questo momento vorrei solo uscire da qui e andare a strafogarmi di dolci alla pasticceria di Paul. Per dimenticare. Oppure posso chiamare John. Cerco il cellulare nella borsetta.

Sì, ora lo chiamo e gli dico… che ho combinato un casino. Così mi prenderà in giro, io mi arrabbierò con lui e forse riuscirò a essere meno arrabbiata con me stessa. Seleziono il suo numero e premo il tasto per la chiamata. John… rispondi… Rispondi accidenti, bamboccio malefico! Ma un attimo… Dopo quello che è successo, anzi quasi successo in macchina, non penserà che io… No, no allora… non rispondere! Ora riaggancio. Ma vedrà comunque la chiamata… e quindi…

«Appleline?»

Sento la sua voce, dall'altro capo. Vorrei che arrivasse qui ora, immediatamente e mi portasse via.

«Ciao…» Mi esce una vocetta patetica, come un miagolio.

«Va tutto bene?» assume un tono preoccupato. «Dove sei?»

«Sono al lavoro…» Se gli racconto tutto, penserà che sono un'idiota. E c'è un limite anche alla mia volontà di lasciargli intendere quanto sono idiota! Pensa già abbastanza male di me, ma così sprofonderei in un abisso senza ritorno. Avrebbe la certezza che sono un'incapace. «Mmh… no, niente… volevo solo sapere come stai…»

Quante volte in ventidue anni l'ho chiamato solo per sapere come sta? Mai! Certo, ma ora c'è il problema di sua nonna. Va bene, allora forse sono salva.

«Appleline… lo sai che non sei brava a raccontare balle?» ridacchia.

Ma come fa a capirlo anche senza guardarmi in faccia che racconto balle?

«Va bene…» respiro profondamente. «Vuoi la verità? La verità è che ho fatto un casino. È il mio primo giorno di lavoro e ho offeso una mia collega e il mio capo in bagno. Quindi probabilmente sarò licenziata. Mi manderanno via. Ecco, ora lo sai e puoi anche ridere!» A me invece, viene da piangere. «E puoi anche prendermi in giro e chiamare Kevin e raccontargli che disastro immane sono… che ciclone, che tornado, che uragano…»

«Non avevamo stabilito che ero io il ciclone, il tornado e l'uragano e che tu mi aspettavi?» mi interrompe.

«No, io ti prevedevo, non ti aspettavo!» Lo correggo io, inizio a camminare avanti e indietro per il corridoio.

«Non ci vedo una particolare differenza, Appleline.» Lo sento ridere. «Mi aspettavi, mi prevedevi. Tanto sono arrivato comunque.»

«Sono due parole diverse! Se ti aspetto significa che voglio che arrivi. Se ti prevedo non necessariamente…»

«Non necessariamente si aspetta qualcosa di bello, però!» precisa lui. «Che poi io lo sia è un altro discorso, certo.»

«Oh insomma! La vuoi sempre aver vinta tu!» sbuffo e pesto un piede a terra. «La prossima volta nemmeno ti rispondo.»

«Come preferisci, Appleline. Posso ricordarti però che mi hai chiamato tu?» riprende a ridere, ancora più forte.

Che diavolo sto facendo? Quasi non ricordo nemmeno più per quale motivo l'ho chiamato! Ah sì, Georgie e Ethan. Ripiombo nel pessimo umore. Resto in silenzio, in attesa di non so cosa.

«Tranquilla… andrà tutto bene.» Sento di nuovo la sua voce, pacata questa volta, quasi confortante. «Nessuno sano di mente ti manderebbe via.»

«Ah… e perché?» sospiro e mi mordo le labbra.

Se mi dice qualcosa di carino questa volta, lo perdono per tutti gli insetti che mi ha lanciato addosso in campeggio.

«Perché è meglio avere te intorno che andare a vedere una commedia. E non bisogna nemmeno pagare il biglietto!»

Non so come catalogare la risposta. La lascio in attesa di giudizio. E per gli insetti non lo perdono ancora.

«Mi stai dicendo che faccio ridere?»

Sarà, a me invece continua a venire da piangere.

«Sì, sei davvero uno spasso. Per questo sono sicuro che non ti lasceranno andare. Guarda me…» sospira e stranamente lo sento esitare. «Sono quasi ventidue anni che non ti lascio andare.»

Faccio per rispondergli, ma vedo Peter apparire dal fondo del corridoio.

«John… devo riagganciare. Incrocia le dita per me, okay? Se non mi mandano via è davvero un miracolo, questa volta.»

«Sorridi e non ti agitare, Appleline. Sei quasi carina quando sorridi.»

Chiude lui la conversazione. Cosa significa "quasi"?

«Koraline?» Peter intanto mi raggiunge. Sorride come se tutto fosse normale.

«Peter… è successa una cosa con Georgie e io sono davvero tanto dispiaciuta…» Visualizzo la scena, mi sento male. «Forse ti ha già raccontato lei… Ora vorrà farmi licenziare, immagino.»

Peter mi guarda compito e annuisce, si sistema gli occhiali e poi scoppia a ridere.

«Te l'ho detto di non farti sbranare da Georgie! Fa sempre così con i nuovi arrivati che le capitano a tiro… è una stronza con un perfido senso dell'umorismo!»

«Ma lei… è davvero sulla sedia a rotelle. Io l'ho vista…»

La notizia che Georgie si comporta così con tutti non mi fa stare affatto meglio.

«Resta comunque una stronza.» Peter solleva le spalle e sorride. «Lo fa apposta, ci prende gusto a far sentire gli altri a disagio. Non ti preoccupare, a meno che non stia ancora ridendo di te se ne sarà già dimenticata.»

«Mmh...» Sono poco convinta, ma se Peter ne è così sicuro sarà vero. «Tu sai come mai... Cosa le è successo?»

«Un incidente di sci, circa due anni fa» spiega Peter mentre torniamo nella tana del leone, anzi della leonessa.

«Eh... non si può fare proprio niente?» Ecco, il mio istinto di medico mancato che torna alla ribalta. «Magari qualche specialista potrebbe aiutarla.»

«Lei non vuole fare niente. Nemmeno provare.» Arriviamo di fronte alla porta e Peter si ferma, corruccia la fronte. Non l'ho ancora visto così serio da quando l'ho conosciuto. Qualcosa mi dice che ora non sta fingendo. «Il vero problema di Georgie non sono le gambe. È la testa.»

CAPITOLO 27

Appena rientrata mi stendo a letto. Non sono stanca fisicamente ma emotivamente sono distrutta. Peter aveva ragione su Georgie. Si è proprio divertita alle mie spalle. E io come una povera ingenua ci sono cascata. È perfida, maliziosa e dice in faccia quello che pensa. Però sembra molto brava nel suo lavoro. Mi devo abituare ai modi bruschi e alla sua lingua tagliente.

Sento vibrare il cellulare. Un messaggio di Kitty Kath che vuole sapere come procede la mia situazione qui. La chiamerei se sapessi cosa dirle. Forse dovrei in ogni caso. Ho bisogno di sentire la sua voce. Qualcosa mi inventerò.

«Finalmente ti fai sentire!» È la prima cosa che mi dice appena risponde, dopo otto squilli. «Allora, cosa mi racconti?»

«Ciao Kitty.» Non so nemmeno da che parte iniziare. Lavoro? Ethan? No, Ethan decisamente no. John e il problema di sua nonna? «Tutto bene, mi sto ambientando. Ho iniziato un lavoro in televisione, con Sharon. Un nuovo progetto.»

«Sei proprio sicura che sia quello che vuoi, Kokò?»

La sento dubbiosa. Ci rimango quasi male. È come se nella mia famiglia non si andasse oltre al lavoro in campo medico. Non solo i miei genitori, anche Kitty e Kev sono così. Sono davvero la pecora nera della famiglia.

«Credo di sì.»

In realtà non sono proprio sicura di niente, ma se non provo non potrò mai esserlo.

«So che anche John si trova lì…» lascia il discorso in sospeso, ma visto che io non proseguo continua lei. «Lo sai, vero?»

«Sì, ci siano visti.»

108

Per qualche motivo anche parlare di John non mi fa sentire a mio agio. Forse dovrei accennarle qualcosa di Nora, ma… non credo spetti a me diffondere la notizia. Anche se magari Kitty saprebbe cosa fare. In realtà… ciò di cui ho davvero bisogno non sono consigli su come aiutare Nora, credo che John e la sua famiglia ne sappiano più che a sufficienza sulla malattia che l'ha colpita. Io ho bisogno di sapere cosa posso fare per John perché lui possa aiutare sua nonna. Vorrei capire come facilitargli il compito, ecco.

«Tutto bene?» La mia pausa di silenzio prolungata crea sospetti in Kitty.

«Sì, certo.» Ho appena deciso che non voglio parlare di John. Anzi, voglio proprio tagliare di netto il discorso. «Kitty, conosci qualche esperto in… persone paralizzate?»

Domanda posta malissimo. E non so per quale assurda associazione di idee per evitare la conversazione su John io sia finita a raccontare proprio di Georgie.

«Di chi stiamo parlando? Conosci qualcuno con questo problema?» Il tono di Kitty da rilassato diventa improvvisamente serio e professionale. Colpa mia, me la sono cercata!

«Mmh… una ragazza al lavoro…» Che se sapesse che te lo sto raccontando mi accoltellerebbe solo con la forza del pensiero.

«Spiegami meglio, Koraline. Di cosa si tratta esattamente?»

Ecco, è un po' la stessa cosa che vale per John. Quando Kitty inizia a chiamarmi con il mio nome per esteso è decisamente seria. E se ora non le racconto tutto per filo e per segno presto arriverà al serio-preoccupato per poi confluire nel serio-incazzoso facendomi pentire amaramente di aver aperto bocca.

«Non so se si tratta di un vero problema alle gambe o alla spina dorsale, oppure… potrebbe essere anche un problema mentale.»

Mi immagino la faccia di Georgie se mi sentisse raccontare a mia sorella al telefono dei suoi presunti "problemi mentali".

«Già...» Percepisco Kitty meditare sul caso, riflettere, analizzarlo. Me la sono proprio cercata! «Potrebbe essere di natura psicologica, sì. Però dovrei vederla...»

Accidenti a me! Idiota, stupida, cretina! Se volevo fornire a Kitty un motivo per venire a trovarmi, anzi chiamiamo le cose con il loro nome, controllarmi, gliel'ho appena servito su un piatto d'argento!

CAPITOLO 28

Io la devo smettere. Di pensare troppo. Di pensare troppo a Ethan per la precisione. Soprattutto dal momento che non mi resta alternativa che rifiutare i suoi inviti.

Mi ripeto che scherza, in realtà non vuole veramente uscire con me. Mi chiama "cowgirl" e mi prende in giro. Io non sono il tipo di Ethan. Sharon potrebbe essere il tipo di Ethan. Attraente, disinvolta, sofisticata. Anche Katherine potrebbe esserlo.

No, no, rimuoviamo immediatamente il pensiero che mi ha spinta ad accostare Ethan Forsyte a mia sorella. Non lo voglio ipotizzare nemmeno lontanamente. Ma la realtà è che io... non so neanche che tipo sono. Probabilmente non ero nemmeno il tipo di Zach, considerata la bionda tutte curve con cui si è messo recentemente. Io posso essere solo il tipo che si trascina dietro John Keats da quasi ventidue anni!

Comunque, temo proprio che Ethan si sia offeso davvero per averlo definito "orribile". Più orribile di quanto sia io. Negli ultimi giorni quasi non mi ha rivolto la parola. E se devo essere sincera questa cosa mi ha dato fastidio. Mi sta ancora dando fastidio. L'ho visto distaccato e assente. Come se quella luce che lo animava e lo rendeva ironico e affascinante si fosse irrimediabilmente spenta. Resta comunque un uomo di notevole bellezza, ma... solo questo, appunto.

Non mi sembra stia uscendo con Sharon, anche se non ho indagato troppo in proposito. Lei sta passando le serate a casa con me, oppure in giro per locali, un paio di volte siamo uscite anche con Annabelle e Peter.

Sto iniziando a chiedermi se Ethan sia tornato a frequentare quella donna, quella che Sharon ha definito il suo unico grande amore. Non mi piace. Non che sia gelosa di lui, ma non mi piace. Mi lusingava l'idea che avesse un debole per me. Va bene, lo ammetto. Sono gelosa. Gelosa di una sconosciuta.

Mi sto impegnando sul progetto con Peter, Georgie e Annabelle. Sono consapevole di aver ottenuto il posto grazie a un favore personale che Ethan ha fatto a Sharon, oppure a me. Però vorrei provare a capire se questo lavoro sarà il mio futuro. Mi entusiasma e a volte le idee si succedono con talmente tanta rapidità che faccio appena in tempo a scriverle e a esporle. E Peter le trova buone.

Anche Georgie, nonostante i suoi pregiudizi e il suo caratteraccio, sembra colpita. Si trattiene, certo, deve salvare la reputazione di perfida in qualche modo. Quindi non volendo esporsi troppo mi ha ricordato i limiti economici che non dovremmo superare, almeno all'inizio. Se tutto va bene per l'estate saremo pronti e potremo iniziare a trasmettere.

Ciò nonostante, lo scarso interesse che sta dimostrando Ethan mi ferisce, ogni giorno di più. Forse ha tante altre cose a cui pensare, oppure semplicemente è fatto così. Tanto entusiasmo iniziale e poi il nulla. Magari sta già ideando qualcosa di nuovo da affidare a qualcun altro ed è troppo impegnato. Del resto, non esisto solo io alla RFB.

Appena i rapporti con Georgie miglioreranno vorrei provare a parlarle di Kitty. Non dovrebbe condannarsi alla sedia a rotelle se ci fosse una possibilità di tornare a camminare. Devo però riuscire a entrare un po' più in confidenza con lei prima di accennarle qualcosa. Al momento mi aspetto una risposta acida e un invito a farmi gli affari miei. E forse non avrebbe tutti i torti. Sono qui da poco più di una settimana. Chi sono io per pensare di cambiare la vita a lei e ad altri? A Ethan... Chi sono io per competere con un unico grande amore?

CAPITOLO 29

Sto iniziando a non capirmi più. Me ne sono andata da Idaho Falls per non avere John intorno e non dover costantemente competere con lui e ora mi sento mancare la terra sotto ai piedi se non lo sento per qualche giorno. Forse è l'abitudine. Anche alle cose negative ci si abitua, quindi…

Quindi sono stata tentata di chiamarlo. A tal punto che ho dovuto spegnere e nascondere il telefonino sotto al letto sperando di dimenticarmi dove fosse. È di nuovo domenica pomeriggio e sono sola. Sharon aveva del lavoro e delle commissioni da sbrigare.

Gli unici amici che ho oltre a lei per ora sono Peter e Annabelle, impegnati pure loro, non so se insieme o separatamente, non ho indagato. Ho pensato anche di passare dalla pasticceria di Paul. Ma poi ho temuto che mi facesse domande su Sharon e sarebbe saltata fuori la storia con Ethan. A quanto ha detto John non sono brava a raccontar balle.

Alla fine, ho ripescato il telefono e ho mandato un messaggio a John. Breve, sintetico e conciso.

"Gelato in Central Park nel pomeriggio? Poi magari Metropolitan Museum?" Ecco, la mia proposta indecente.

"Va bene alle tre, davanti alla statua di Alice. Non ti perdere, Appleline."

Sto cercando di capire se l'idea di incontrarci davanti alla statua di Alice nel Paese delle Meraviglie sia allusiva. Meglio non pensarci. Arrivo e lo vedo proprio lì, rivolto verso la statua. Voltato di spalle, tiene le mani in tasca. Non mi avvicino subito, mi fermo qualche passo indietro. Non so perché, ma voglio guardarlo per un po'. È come se qualcosa di lui mi sfuggisse, mi sia sempre sfuggito, ma riesco a comprenderlo solo ora che siamo usciti dal nostro "ambiente naturale".

«Ehi...» Si volta verso di me e accenna un sorriso. «Stavi progettando di uccidermi alle spalle?»

Noto che si è lasciato crescere un filo di barba che gli incornicia il viso e lo fa sembrare più adulto.

«In realtà questa volta no» sospiro e sollevo le spalle. «Ma visto che mi hai dato l'idea...» Rivolgo la mia attenzione alla statua di Alice. «Ma che carina! Ci facciamo una foto?»

«Sapevo che era una cosa che poteva piacerti, Appleline» ride e mi guarda, solleva un sopracciglio cercando di simulare un'espressione da duro. «La foto se vuoi la faccio a te con Alice e i suoi amichetti, ma io proprio no.»

«E perché no?» Lo guardo scontenta.

«Perché un uomo non fa la foto con Alice, il Cappellaio Matto, il Bianconiglio e...»

«Quindi, non ci fai la foto ma conosci alla perfezione tutti i personaggi. Ma che bravo!» rido e prendo il cellulare dalla borsa, mentre è ancora fermo vicino alla statua gli scatto una foto. «Ecco fatto! Ora ti posso anche ricattare, direi.»

«No Appleline, cancellala.» Si muove verso di me, per prendermi il telefono. «Da brava, ubbidisci.»

«Non ci penso proprio!» continuo a ridere e faccio il giro intorno alla statua, lo inquadro ancora. «Ma che bel bambino, su fammi un bel sorriso.»

Capisco che è arrivato il momento in cui mi conviene correre. Mi dirigo verso la porzione di parco dietro alla statua, cercando rifugio tra gli alberi. Lui ora mi insegue proprio, prendendo velocità. Corro continuando a voltarmi e mi accorgo che si avvicina sempre più, fino quasi a raggiungermi. Infatti, riesce ad afferrarmi per un braccio. Salto tenendo il cellulare nell'altra mano, per impedirgli di prenderlo.

«Vuoi davvero che inizi a farti il solletico fino a farti piangere, Appleline?»

Io scuoto la testa decisa.

«Tu non mi faresti mai piangere, ragazzino.»

E poi capita ancora. Quel momento strano, incomprensibile. Indefinibile, ecco. In cui io non so esattamente cosa pensa, ma mi guarda negli occhi e improvvisamente diventa serio. E resta in silenzio.

«Hai ragione. Nessuno…» Non riesco mai a capire cosa stia per dire quando esita così. «Nessuno ti farà mai piangere, Appleline.»

«E chi lo sa, John Keats» sospiro e mi stringo nelle spalle. «Qualcuno un giorno forse…»

«No, non credo proprio.»

Mi prende il cellulare di mano, guarda la foto però non la cancella e me lo restituisce.

«Se accadrà non potrai impedirlo.» Mi incammino di nuovo verso la statua di Alice e lui mi segue. Quando ci arriviamo lo attiro verso di me, posiziono il cellulare e fotografo entrambi. Non si ribella questa volta. «John… perché cerchi di proteggermi? Così mi rendi…» Mi rende dipendente da lui, questa è la verità!

«Scusami…» Abbassa lo sguardo, sembra confuso, ferito, scontento. Non capisco. Quando solleva nuovamente il viso la sua espressione è mutata nuovamente. E gli occhi castano chiaro illuminati dalla luce del giorno prendono una striatura di verde. «Allora, non volevi il gelato?»

Annuisco e mi guardo intorno.

«Conosci un buon posto qui vicino?»

«Sì, non molto lontano.» Sorride e mi sfiora la schiena per indicarmi la strada. «Comunque quelle foto le terrai per te, Appleline.»

«No, ne farò un poster gigante e lo spedirò alla tua ragazza!» Gli lancio uno sguardo di sfida.

«A quale delle tante?» replica lui prontamente, strizzandomi l'occhio.

«Ne hai davvero così tante?» Incrocio le braccia e continuo a seguirlo. Decido di provocarlo. «Non ci credo, a Idaho Falls non ti voleva nessuna.»

Sorride e non risponde. E io non sono certa di volerlo davvero sapere. Non mi piace l'idea. E non mi piace nemmeno l'idea che non mi piaccia l'idea. Ma prima o poi arriverà il giorno in cui dovrò condividere John con una ragazza, ne sono consapevole.

«Tua nonna… come sta?» Decido di cambiare completamente discorso.

«Abbastanza bene, lei. Sono io a sentirmi inadeguato.»

Lo confessa tranquillamente, senza imbarazzo. Io vorrei fargli capire cosa significa davvero essere inadeguati, perché lo sono stata per la maggior parte della mia vita. Tranne ora probabilmente, che non sono più costretta a competere, soprattutto con lui.

«John…» Lascio scivolare la mano lungo il suo braccio e lo trattengo. Si volta verso di me. «Tu non sei inadeguato. Io… davvero non saprei cosa fare, non saprei proprio essere al tuo posto. In effetti già faccio fatica a essere al mio… Tu sei il migliore in tutto, sempre. E io ho passato la vita a essere invidiosa di te.»

«Lo sei ancora?» Socchiude gli occhi per un attimo, pensieroso, poi mi scosta una ciocca di capelli dalla fronte.

«Probabilmente lo sarò per sempre» sorrido e lo guardo negli occhi. «Perché so che se tu decidessi per ipotesi di cambiare lavoro e fare ciò che sto facendo io ora, sicuramente saresti migliore di me anche in questo. Ma va bene. Ora lo sto accettando. Tu sei così. Tu sei bravo e vinci sempre.»

«Sai una cosa, Appleline…» Arriviamo di fronte alla gelateria, me la indica con la mano e io annuisco. «Hai ragione. Io ho sempre vinto, finora, ciò che sono riuscito a controllare. Lo studio per me è controllabile. Ma quando finirò per me inizierà la vera sfida perché avrò a che fare con delle persone reali, esseri umani con delle reazioni, dei sentimenti. E in quei casi io so che vorrò davvero riuscire a essere come te, avere il coraggio di arrivare al

116

cuore delle persone senza temere le conseguenze. Era la prima volta che vedevi mia nonna in quello stato, eppure sei stata tu a interagire con lei, a sapere cosa fare, cosa dire, non io... e io per questo ti...»

Si interrompe e mi guarda perplesso, sconcertato. Forse sbaglio io ad aver percepito quello che mi ha appena detto come il complimento più bello che abbia mai ricevuto, forse sono troppo emotiva. Resta il fatto, John Keats, che solo pochi minuti prima mi avevi detto che nessuno mi avrebbe mai fatta piangere. Allora perché sei stato proprio tu il primo?

CAPITOLO 30

Le parole di John mi hanno quasi impedito di prendere sonno. Non ho fatto altro che pensare a quello che mi ha detto, per tutta la notte. Davvero posso arrivare al cuore delle persone? Davvero posso fare la differenza per qualcuno? Ho considerato la sua frase da tutti i punti di vista. Mi sono anche chiesta se non l'abbia detto solo per sollevarmi il morale. Per non farmi sentire tanto inutile.

Alle sei ero già sveglia. In realtà non credo di essermi veramente addormentata. Sono arrivata al lavoro con largo anticipo e devo rimuovere il pensiero. Sia di lui sia di quello che mi ha detto ieri.

Il mio rapporto con John sta evolvendo verso qualcosa che non riesco a definire, a identificare. E mi spaventa l'idea che sia tutto frutto della mia immaginazione, di essermi creata un mondo in cui sono sola in questa storia.

Devo riuscire a trovare la concentrazione per esprimermi al meglio, focalizzarmi sul lavoro e sul progetto. Central Park e la statua di Alice potrebbero essermi utili. Le statue di Central Park. La letteratura. La musica legata alla letteratura. Ho bisogno di liberare la mia immaginazione e lasciarla scorrere, fluire.

Entro in bagno per darmi una sistemata davanti allo specchio e truccarmi un po'. Temo di crollare prima o poi. Dopo una notte insonne trascorsa a pensare, la stanchezza potrebbe vincermi. E avrebbe ragione. Avrei anche bisogno di un caffè.

Non credo ai miei occhi quando lo vedo.

«Ethan?»

Accasciato sotto il lavandino, trema e si stringe le braccia, come se avesse freddo. Sono talmente frastornata da non riuscire a comprendere se la scena a cui sto assistendo sia reale.

«Ethan...»

Mi chino lentamente verso di lui, rendendomi conto che non è un miraggio o una visione, è davvero lui, Ethan Forsyte. Inizio a temere che sia caduto o si sia sentito male.

Spalanca gli occhi azzurri su di me. L'impressione è devastante. Sono quasi vitrei, come se l'anima fosse sgusciata fuori dal suo corpo per annidarsi altrove.

«Vai via...» bisbiglia le due piccole parole in un sibilo quasi rabbioso.

«Ethan, cosa è successo? Dimmi cosa posso fare...»

Un'aggressione, un attacco di... di cosa? Cuore? Mi appaiono davanti agli occhi tutti gli scenari possibili. Mi chino e appoggio le mani sulle sue braccia. Devo capire qual è il suo problema, se posso fare qualcosa io stessa o se è il caso di chiamare i soccorsi.

«Vattene via!» mi urla in faccia con talmente tanta furia da sbilanciarmi e farmi cadere all'indietro.

La porta si apre di scatto. Mi volto e sull'uscio vedo Peter con in mano un panno bagnato e un sacchetto trasparente contenente una siringa. Non si aspetta di vedermi e corruccia la fronte.

«Dobbiamo portarlo via da qui, prima che arrivino tutti.»

Non aggiunge altro e io annuisco. Capisco che le spiegazioni arriveranno dopo. Per quello la porta principale era già aperta. Entrando non ci avevo pensato e nemmeno avevo badato all'ora. In effetti sono da poco passate le sette.

Solleviamo Ethan. Sento gran parte del suo peso addosso e mi sconvolge il fatto di vederlo in questo stato, quasi senza vita, così fragile e inerme. In qualche modo Peter riesce a trascinarlo in macchina, nel parcheggio privato della RFB, e io lo aiuto a stenderlo sul retro.

Senza fare domande salgo accanto a Peter che avvia e si immerge nel traffico intenso del centro. Lo guardo e poi mi volto per osservare Ethan. Rimango in silenzio. Ho quasi timore a chiedere. Ogni domanda mi sembra inopportuna. Sento un improvviso malessere, come se la testa mi esplodesse entrando in un vortice. Ethan è in quello stato. Peter non ha ancora detto una parola di spiegazione, dopo avermi chiesto di aiutarlo a trasportare Ethan lontano da sguardi indiscreti.

L'auto si ferma di fronte a un edificio multipiano, un grattacielo anzi, uno dei grattacieli di New York, ma invece di fermarsi oltrepassa un cancello per scendere la rampa di un parcheggio sotterraneo. Non ho nemmeno seguito il tragitto percorso da Peter, non so dove ci troviamo esattamente. Ormai attendo soltanto di avere delle risposte, anche se non sono così certa di riceverle.

Saliamo con l'ascensore, non controllo a che piano. Peter apre la porta e oltrepassiamo la soglia. Non presto particolare attenzione all'appartamento. Riesco a provare sollievo solo quando stendiamo Ethan nel letto di una stanza ampia e luminosa ma spoglia e asettica come quella di un ospedale. Aspetto con ansia le parole di Peter. Io voglio, pretendo una spiegazione.

Peter sospira senza staccare gli occhi da Ethan.

«Si è addormentato, per fortuna.»

«Che cosa gli è successo?» Il suono della mia voce mi sembra innaturale. Forse mi sono addormentata e sto sognando, nulla di tutto questo è reale.

«Ha avuto una crisi di astinenza...»

Peter toglie le scarpe a Ethan e anche senza il mio aiuto lo infila sotto le coperte.

«Crisi? È forse... diabetico o... malato...» La mia mente scarta un'ipotesi dopo l'altra.

«No, Koraline. Non è malato. Non del genere di malattia a cui stai pensando.» Non ho mai visto Peter così serio, con quell'espressione inequivocabile, che non lascia scampo. «Lei è tornata e lui ha ricominciato. Ogni volta promette di restare, ogni volta lui ci ricade.»

Focalizzo l'inizio e la fine di quello che Peter ha appena detto. Lei è tornata. Lui ci ricade. Non voglio crederci, mi rifiuto. Evito di chiedere a Peter, a questo punto non mi interessa nemmeno conoscere i dettagli.

«Come possiamo aiutarlo?»

Non voglio conoscere i motivi, ma voglio arrivare a una soluzione.

«Te la senti di restare con lui per un po'? Io avrò da fare per qualche ora.»

Peter incrocia il mio sguardo. Sembra preoccupato, al momento più per me che per Ethan.

Annuisco meccanicamente. «Se dovesse svegliarsi…»

«Per un po' non si sveglierà. Poi gli sarà passata. Sarà triste, stanco, probabilmente dirà frasi senza senso. Ma non diventerà pericoloso…» Peter posa lo sguardo su Ethan e poi su di me, scuote la testa, come se ci avesse ripensato. «Però forse è meglio… No Koraline, meglio che tu torni al lavoro, oppure vai a casa. Mi sembri stravolta.»

«Posso farcela, Peter.» Ho appena deciso che non me ne andrò, Ethan ha bisogno di me. «Ho basi di medicina, anche se ho lasciato. Sono figlia e sorella di medici. Qualcosa mi inventerò se dovessero esserci problemi.» Sospiro e cerco di mostrarmi quasi professionale, per quel che posso. Sono irremovibile.

Peter sembra convinto. Se ne va facendomi promettere di chiamarlo immediatamente se avessi bisogno di aiuto e promettendomi a sua volta che tornerà entro un paio d'ore.

Guardo Ethan, tranquillamente avvolto nel sonno. Non posso fare a meno di domandarmi perché. Trascorro minuti a esaminare i suoi lineamenti marcati ma dolci, il suo profilo, le sue ciglia socchiuse da cui si intravede una sottile linea di azzurro. Avvicino le dita alla sua guancia ma non oso sfiorarlo. Lo sento tremare, come se avesse nuovamente freddo.

Mi stendo al suo fianco, osservo il suo braccio che giace al di fuori dalla coperta. Poso la mano sulla sua.

«Tranquillo Ethan, andrà tutto bene. Sono qui con te. Sei al sicuro, ora.»

Al sicuro da cosa o da chi, non saprei proprio. Riesco a far scivolare il suo braccio sotto la coperta. Mi chiedo se Sharon conosca questa parte della vita di Ethan. Forse dovrei chiamarla, forse toccherebbe a lei stargli vicino così.

Ma riemergono nella mia mente le parole di Peter: "Lei è tornata. Lui ci ricade." La donna che Ethan ama, il suo unico grande amore. Non ricordo nemmeno il suo nome. Davvero questo è il risultato di un unico grande amore?

Piego la testa verso di lui, sul suo cuscino, in modo da farla aderire alla sua spalla. Come ci sarà arrivato? Quale processo di vita l'ha condotto a questo? Un amore irrealizzato può portare all'autodistruzione? Non lo so. Forse non lo voglio nemmeno scoprire. Per ora voglio restare così, stesa al suo fianco. Forse è una prova anche per me, per capire se John ha avuto ragione sul mio conto. Certo, John saprebbe cosa fare in questa situazione, molto più di me. Ma non posso, non devo dipendere ancora da lui. Sono in grado di cavarmela da sola, di imparare.

Chiudo gli occhi. John. La nostra casetta in riva al fiume. Il campeggio in Nevada. I balli del liceo. L'università a Idaho Falls. Poi New York. L'Empire State Building. L'incidente, l'ospedale, il piccolo Julian. Il pranzo dai suoi nonni. La statua di Alice. Mi chiedo se anche Ethan con quella donna si è creato un mondo simile al mio, seppur diverso. Un mondo in cui si è soli in una storia, ma non si ha la forza o la volontà di uscirne.

CAPITOLO 31

Credo di essermi addormentata. Anzi, ne sono abbastanza certa dal momento che appena aperti gli occhi il mio sguardo incontra quello di Ethan che steso al mio fianco mi scruta in silenzio.

Mi tiro su di scatto mettendomi seduta. Dovevo essere io ad accudire lui, non viceversa!

«Tranquilla cowgirl.» Passa le dita sul mio viso, con estrema delicatezza. «Dormivi proprio come un angelo.»

«Oh accidenti!» sbuffo e mi mordo le labbra nervosamente. «Non dovevo addormentarmi! Che ore sono? Da quanto sei sveglio?»

Avvicino il viso al suo per guardarlo negli occhi. Noto segni visibili di stanchezza, ma ora sembrano tornati azzurri e luminosi come sempre.

«Non avresti dovuto vedermi così...» Si passa una mano sulla fronte e poi tra i capelli. «Perché sei arrivata tanto presto?»

«Avevo dormito poco...» Anzi, per niente. «Non credevo di essere così in anticipo. Volevo portarmi avanti con il lavoro.»

«E invece hai trovato me.» Si solleva adagiando la schiena al guanciale e si sistema la camicia. Il suo corpo, pur essendo muscoloso, sembra tanto fragile ora. «Mi dispiace davvero, Koraline. Se ti ho spaventata o aggredita.»

Scuoto la testa, mi volto sul fianco, prendo la sua mano tra le mie e la accarezzo piano.

«A me dispiace per te. Ethan io... non conosco i tuoi motivi, non pretendo di capire e non ho nemmeno intenzione di dirti cosa devi o non devi fare. Però...»

Non oso continuare. Perché continuare significherebbe giudicarlo e ho promesso, soprattutto a me stessa, di non farlo.

«Vai avanti. Dimmi quello che pensi davvero. Non mi offendo.» Mi guarda, forzando un sorriso. «E anche se hai intenzione di offendermi, non importa. Puoi farlo liberamente.»

«Io non capisco perché, Ethan.» Trattengo la sua mano tra le mie, abbasso lo sguardo, non voglio incontrare i suoi occhi, non ora. «In realtà Peter mi ha accennato qualcosa, ma non capisco comunque. Perché ti fai del male? Hai tutto ciò che potresti desiderare...»

No, forse no. Non ha lei, la donna della sua vita, l'unico amore. L'unico incubo la definirei io, visto che a quanto pare è a causa sua che si riduce così.

«Forse ho anche troppo. Forse è per quello che mi aggrappo così all'unica che non posso avere, che non sarà mai mia.» Appoggia l'altra mano sulle mie. «Questo è il mio problema, cowgirl. Ho sempre avuto tanto, troppo, ma nulla di vero. Nulla come te.»

«Io? Io sono solo una ragazza che hai appena conosciuto.» Mi rivedo davanti la scena del nostro primo incontro, sento le guance avvampare. «In un modo alquanto strano, oltretutto.»

«Ti sei resa indimenticabile fin dal primo momento...»

Mi passa un braccio attorno alle spalle e mi attira a sé. Non so se sia la cosa giusta da fare stare stesa così con lui, ma non ho né il coraggio né la volontà di ribellarmi.

«Perché non ti fai aiutare dalla tua famiglia?» Decido di cambiare discorso. Soffermarmi sul nostro incontro mi crea troppo imbarazzo, soprattutto mentre sono stesa con la testa adagiata sul suo petto. «Ci sarà qualcuno...»

«La mia famiglia mi ha rinnegato.» Mi interrompe e il suo tono diventa arido, senza emozione. Come se la consapevolezza ormai non lo turbasse più. «Dopo la morte di mia madre, mio padre ha sposato un'altra donna e ha avuto due figli con lei.»

Lo guardo in silenzio. Certo, forse non è stata una situazione facile ma cose del genere possono capitare.

«Mio padre ha sempre voluto un figlio perfetto, cosa che io non sono mai riuscito ad essere. Spero per lui che abbia più

124

fortuna con mio fratello. Ha solo dieci anni ora, avrà tempo di crescerlo a sua immagine e somiglianza.»

Improvvisamente si ferma, come se non avesse più voglia di continuare. Non lo costringo e attendo. Forse ha deciso di non voler proseguire. Vorrei saperne di più ma rispetto la sua decisione. Colgo l'occasione per spostarmi, ma lui riprende le mie mani e mi accarezza piano le dita.

«È stato con lei che ho iniziato…» Mi lascia andare e intreccia le braccia dietro alla testa, fissa il soffitto poi chiude gli occhi. «Mi ha fatto stare bene per un po'. Mi sentivo libero con lei, mi accettava per quello che ero, non come le altre. Le altre, come la tua amica Sharon, prendono da me solo ciò che è bello, divertente, raffinato, elegante. Tutte le buone qualità che sono costretto a dimostrare anche sul lavoro. Ciò che le fa sentire importanti in mia compagnia. Ma quello che si può definire "il mio lato oscuro" non è molto attraente. Anzi, non lo è per niente.»

«L'amore non è solo il bello, Ethan. Questo lo so anch'io che non mi posso definire un'esperta.» Sospiro e imito la sua posizione, incrociando le braccia dietro alla testa. «Sono certa che Sharon e altre donne la pensino come me. Forse non hai mai fatto lo sforzo per vedere qualcosa in loro, qualcosa di più di quello che ti appare davanti agli occhi. Non hai mai concesso loro una possibilità. Ti sei aggrappato a quella donna come a un'ancora di salvezza, ma non lo è a quanto pare. A quel che vedo io è la tua rovina, invece.»

Forse ho esagerato. Forse ho osato e interferito troppo nella sua vita privata e nella sua relazione con l'unico amore della sua vita. E ora io mi chiedo come ho potuto paragonare la storia di Ethan e quella donna, alla mia con John.

C'è una differenza abissale, perché John è davvero la mia ancora di salvezza. E io vorrei essere la sua, almeno qualche volta. Vorrei che fosse lui ad avere bisogno di me, come sembra averne Ethan in questo momento. No, forse non allo stesso modo.

Improvvisamente mi accorgo che Ethan è rimasto in silenzio per un po'. Forse si è arrabbiato davvero per quello che gli ho detto, forse ha deciso di non parlarmi più. Invece voltandomi verso di lui lo scopro intento a fissarmi. Non sembra infuriato e nemmeno nervoso nei miei confronti. Avvicina il suo viso al mio, mi passa la mano tra i capelli accarezzandomi la nuca.

«Hai ragione, cowgirl.» Le sue labbra si posano delicatamente sulla mia fronte. «Koraline… tu hai davvero ragione.»

CAPITOLO 32

Prima che Peter tornasse Ethan si è riaddormentato. Io ho dovuto lottare per tenere gli occhi aperti. Ora ho la testa che mi scoppia sia dalla stanchezza sia dai troppi pensieri. Dormirei per una settimana intera, ma devo parlare con Sharon. Dopo quello che è successo, Peter mi ha concesso il resto della giornata libera. Se non ci fosse lui, Ethan sarebbe veramente solo. Come può essere sempre circondato da così tanta gente eppure non avere nessuno?

Mentre attendo Sharon nell'intervallo per il pranzo, mi preparo il discorso. Come se dovessi interpretare una parte. Mi sembra assurdo con lei, eppure è così.

Appena entra in casa mi trova rannicchiata sul divano. So esattamente l'impressione che posso fare in questo momento. Mi sento stravolta, infatti.

«Piccola…» Accorre subito al mio fianco e mi posa la mano sulla fronte. «Non sei stata bene. Hai la febbre?»

«No, non io.» Devo dirglielo. Anche se probabilmente Ethan non vorrebbe, lei deve saperlo. «Cioè io sto bene, però… si tratta di Ethan, ecco. Lui non sta bene, proprio per niente.»

In breve, cerco di raccontarle tutto quello che è successo. So che deve tornare al lavoro fra poco. E non ho intenzione di lasciare discorsi a metà. Ho bisogno di sapere che lei ci sarà per Ethan. Perché io non credo di essere la persona adatta. Lui ha bisogno di essere amato e compreso. Quindi, perché non Sharon?

«Credevo che avesse chiuso con quel problema.» Sharon sospira ma non sembra profondamente colpita e turbata come avrei creduto.

«Io so che voi… insomma, avete una storia.» Cerco di fare attenzione alle parole. Forse hanno solo bisogno di trascorrere più tempo insieme e di conoscersi meglio. «Lui ha bisogno di una persona accanto, qualcuno che tenga a lui e che…»

«Qualcuno che lo ami, Kora.» Sharon conclude la mia frase, come se mi avesse letto nel pensiero. «Questo è il problema. Io non lo amo. Lo apprezzo e insomma… lo vedi anche tu com'è Ethan, ma… Insomma, mi piace molto, non lo posso negare. E forse sì, una parte di me è stata anche innamorata di lui all'inizio. Ma non abbastanza da affrontare tutto questo per lui.»

«Ma con te lui potrebbe stare bene. Tu sei così bella, solare, positiva…»

Non so nemmeno io cosa speravo di sentire da Sharon. Forse che si prendesse cura di Ethan al mio posto, perché io non posso davvero farlo.

«Ti sbagli, Kora. La persona di cui stai parlando sei tu, non sono io.» Sharon inclina il viso e sembra voler studiare la mia espressione. «Non negarlo, l'ho capito che ci tieni a lui. Te ne stai innamorando, piccola?»

«No, io no… io… non di lui…» O forse sì? Forse le nuove sensazioni che ho sentito crescere in me erano in realtà per Ethan? «Non lo so. Non lo so. Io non voglio che… questa cosa ci divida. Lui stava con te quando sono arrivata e…»

Sono stanca, confusa e non comprendo nemmeno il senso delle parole che sto pronunciando. Sento le lacrime solcarmi il viso. Sì, sto piangendo e non so nemmeno io per cosa, o per chi.

«Koraline, ascoltami piccola.» Sharon mi prende il viso tra le mani, mi guarda negli occhi con una dolcezza quasi materna. «Tra me e Ethan è finita. Forse non sarebbe nemmeno dovuta iniziare. Apprezzo quello che stai facendo, lo so che stai cercando di non pensare a lui in quel modo. E so che lo fai per me. Ma io… ora sto uscendo di nuovo con Tod. Abbiamo deciso di darci un'altra possibilità e io sono davvero felice per questo. E sono convinta che se c'è una persona in grado di guarire Ethan da tutti i suoi mali… quella persona sei tu. Credo l'abbia capito anche lui, fin dal primo momento in cui ti ha vista. Quindi ora tocca solo a te prendere una decisione.»

CAPITOLO 33

Sharon è tornata al lavoro. Potrei, in teoria, mettermi a dormire. Infatti mi stendo a letto. Chiudo gli occhi ma non riesco proprio a prendere sonno. Sono così stanca da sentire i brividi. Ho freddo, eppure si sta bene qui. Tiro su la coperta fino al collo.

Sono davvero io la persona adatta ad aiutare Ethan? Ma la domanda fondamentale è: Ethan vorrà davvero il mio aiuto? Improvvisamente temo che mi respinga. E anche di non essere veramente in grado.

Cosa posso fare, cosa posso dire per liberarlo dalle sue ferite? È così diverso dall'uomo che ho incontrato proprio in questo appartamento appena arrivata, dall'uomo che credevo fosse. Quanto tempo è trascorso? Solo qualche settimana. Mi rendo conto che è la sua fragilità ad attrarmi maggiormente, mentre a quanto pare è stata la sua intraprendenza, l'audacia ad attrarre altre donne.

Vorrei conoscere la sua storia, quella vera. Quella che lo ha portato a rassegnarsi a un'esistenza che lo ha scalfito e ferito per tutto questo tempo. Forse ha solo bisogno di un cambiamento, proprio come è stato per me. Ethan e io siamo uguali, in un modo che non avrei mai immaginato possibile. È come se mi rispecchiassi in lui. Certo, io non sono mai arrivata a tanto, ma conosco perfettamente il senso di fallimento e sfiducia che ti stringe in una morsa talmente stretta da impedirti di respirare.

Prendo il cellulare che ho posato accanto al letto. Cerco tra le poche foto, quella di John, sorpreso davanti alla statua di Alice a Central Park. E poi quella di John insieme a me. Se soltanto lui capisse cosa significa non essere mai abbastanza. Abbastanza bravi, abbastanza preparati, abbastanza coraggiosi e determinati.

John Keats è diventato la mia forza, il mio coraggio, la mia determinazione. Io invece che cosa sono per lui? Cosa potrei mai essere? Solo Appleline, figlia di amici di famiglia. Stringo la foto sul petto, come se stringessi lui. Ma lui non avrà mai bisogno di me. Io non avrò mai un significato così profondo per lui, come lui lo ha per me. Tutto ciò che mi ha detto per spingermi a reagire, per non farmi sentire inutile, ora mi pesa dolorosamente sul cuore.

Forse ha ragione Sharon. Io potrei essere la persona adatta per aiutare Ethan. Stare con lui. Innamorarmi di lui. Ma per questo dovrei lasciare andare John Keats. Non è vero. Non è vero che le sensazioni che ho provato per lui erano un riflesso di quelle provate per Ethan. Erano reali. Sono reali. Ma in questo modo io non posso sostenere Ethan nella sua battaglia. Perché finché mi sento così legata a John, al bamboccio malefico che è stato con me per tutta la mia esistenza, non potrò mai stare vicina a Ethan in quel modo così intimo, così profondo. Ma allo stesso tempo, con che forza posso chiedere al mio cuore, alla mia vita stessa, di lasciare andare John quando percepisco la sua presenza in ogni mio passo, anche quando siamo lontani e non ci sentiamo per giorni o settimane?

Avrei dovuto dirlo a Sharon. Avrei dovuto dirle la verità. La mia idea era stata quella di affidare Ethan a lei, in modo che lo aiutasse e lo proteggesse da se stesso, perché io ho John. E per quanto Sharon possa avere ragione sui miei sentimenti per Ethan, io ho sempre avuto John.

CAPITOLO 34

Sono giorni che Ethan non si presenta al lavoro. Sono preoccupata. Nessuno sembra porsi domande sulla sua assenza. Forse perché non sanno quello che è successo. Penseranno che è in viaggio d'affari da qualche parte nel mondo. Io invece mi aspetto di vederlo ogni mattina. Ma ogni mattina lui non c'è. Passo davanti alla porta del suo ufficio. Mi accosto, sperando di sentire la sua voce o dei movimenti all'interno.

Vorrei chiedere notizie a Peter ma ho quasi timore di sentire la sua risposta. Ho deciso che entro fine giornata, appena troverò un attimo da sola con lui gli chiederò di Ethan. Alla fine, l'ho aiutato io a trasportarlo, sono stata con lui, ho diritto di sapere come sta, se si è ripreso.

No. In realtà non ho alcun diritto. Chi sono per lui in effetti? Solo una dipendente. Però voglio sapere. E vorrei anche poterlo vedere, se possibile. Il non sapere mi rende inquieta e mi fa pensare il peggio.

Cerco un attimo in cui Georgie è distratta. Ma si tratta di Georgie e non è mai distratta. Mi rendo conto che oggi sto braccando Peter proprio come un avvoltoio pronto a scagliarsi sulla preda. E lui oltretutto, che sembra aver compreso le mie intenzioni, mi sfugge.

Approfitto del fatto che sia uscito dal nostro ufficio per seguirlo. Ora basta aspettare e starmene tranquilla! Voglio delle risposte e le otterrò!

«Peter…» Da come si volta e mi guarda capisco che sa cosa voglio chiedergli. Si sistema gli occhiali, aggrotta la fronte e sospira con aria infelice. Ma io non ho intenzione di arrendermi.

Ora mi darà notizie di Ethan, che gli piaccia o meno. «Vorrei sapere qualcosa di Ethan. E vorrei anche vederlo, se possibile.»

Forse ho un po' esagerato con la richiesta di vederlo, ma ormai mi sono lanciata.

«Ethan sta cercando di riprendersi... insomma, di ripulirsi da...» Sembra esitare, come se avesse soggezione delle parole e anche di me.

«Di disintossicarsi, ho capito» annuisco tranquilla, senza mostrare nessuna sorpresa. Al contrario di ciò che forse crede Peter non sono le parole a spaventarmi e nemmeno il loro significato. «Io vorrei vederlo. Anche per pochi minuti.»

«No, Koraline.» Peter scuote la testa senza esitazione. «Ethan non vuole vedere nessuno, al momento. E soprattutto... non vuole vedere te.»

Ecco invece che le parole di Peter mi hanno fatto male, più di quanto credessi. Ethan non vuole vedermi. Non vuole il mio aiuto, non vuole il mio supporto, non vuole me intorno. Improvvisamente mi sento una cretina, una colossale idiota. Annuisco e mi volto per tornare al mio dovere. Devo decidere con Georgie cosa è indispensabile e cosa superfluo nelle spese destinate al nostro progetto. Le mie idee sono belle, dice lei, ma belle e costose.

«Non vuole che tu lo veda ancora così, Koraline.» La voce di Peter mi raggiunge alle spalle. «Ethan prova troppa vergogna per se stesso. Si sta impegnando per stare bene, davvero ce la sta mettendo tutta. E lo sta facendo anche per te, per qualcosa che tu gli hai detto mentre ti sei presa cura di lui.»

«Ma io vorrei...» No, quello che vorrei io non conta ora. «Va bene, rispetto la sua decisione. Però potresti almeno dirgli che lo saluto e che aspetto il suo ritorno. E poi che... farò in modo che il nostro programma abbia un successo strepitoso e...» Mi trema la voce, perché improvvisamente mi sento così emotiva? «...sarà orgoglioso di me. Di noi.»

«Va bene, gli farò avere il tuo messaggio. Hai ragione, il meglio che possiamo fare per lui è fare in modo che il programma funzioni» Peter accenna un sorriso e mi accarezza la spalla con dolcezza. «Per lui significherebbe molto che la RFB avesse successo. È stato suo padre ad affidargliela e così potrebbe finalmente dimostrargli che anche lui vale qualcosa.»

CAPITOLO 35

Quando me lo trovo di fronte mi rendo conto ancora di più che qualcosa è cambiato. In me è cambiato, perché lui è sempre lo stesso. Lo guardo e percepisco un battito strano, quasi come se il mio cuore perdesse un colpo. Per fortuna, nonostante sia sua intenzione specializzarsi in cardiologia, questo non lo può vedere a occhio nudo.

«Ciao, Appleline.»

Mi guarda e sorride, poi non aggiunge altro. Io resto sulla porta, aperta per metà. Nemmeno più quel nomignolo sfrontato che ha sempre usato rivolgendosi a me, mi infastidisce. Anzi, lo trovo confortante, familiare. Lo trovo da John Keats. Nessun altro potrebbe e potrà mai chiamarmi così, oltre a lui.

«Ciao...» Mi sposto e gli faccio cenno con la testa. «Entra.»

«Non ci siamo più sentiti.» Oltrepassa l'ingresso e si volta verso di me incrociando le braccia. «Come stai?»

«Bene.» Gli indico di accomodarsi sul divano o su una sedia, dove preferisce. «Vuoi qualcosa da bere? O magari hai fame...»

Sembriamo due conoscenti in imbarazzo che si rivedono per caso dopo anni. È come se ci fosse un muro tra di noi. E probabilmente il muro è causato, almeno da parte mia, dalla novità delle mie sensazioni nei suoi confronti. Non ho mai pensato a lui in questo modo. E non ho mai nemmeno pensato di poterci pensare. È sempre stato così tanto John Keats per me. Il bamboccio malefico, il primo in tutto.

Chi l'avrebbe mai detto che sarebbe diventato il primo anche per me? Forse lo è sempre stato. Forse lui è stato sempre un ragazzo normale. Bravo a scuola, intelligente, motivato, ma come lo sono tanti altri. Sono stata io a renderlo eccezionale. Perché in realtà è sempre stato eccezionale per me. Quando eravamo bambini lo era, certo. Ne sono consapevole, ma ho sempre creduto che fosse una cosa ovvia perché eravamo sempre insieme, stavamo crescendo insieme.

«Sto bene così, tranquilla.» Rimane in piedi e mi guarda. Stringe gli occhi, come a inquadrarmi meglio. «Sei più strana del solito, Appleline. Sicura di stare bene?»

«Sì... sì!»

Io sarò strana ma anche lui non scherza. Cosa ci fa lì impalato a fissarmi?

Finalmente decide di sedersi sul divano e allunga le gambe in avanti. Mi tira per un braccio costringendomi a sedermi accanto a lui.

«Il nuovo lavoro? Tutto bene?»

Si stira, poi mi posa una mano sulla testa.

«Sì, diciamo che la mia piccola mente riesce a contenerlo meglio rispetto a quanto contenesse la scienza medica.»

Lo guardo e faccio una smorfia. Inutile negarlo, questa cosa mi pesa ancora e mi ferisce. Abbasso il viso per evitare il suo sguardo. Si volta deciso verso di me e con l'indice mi solleva il mento.

«Tu la devi smettere.»

Lo guardo negli occhi. Hanno lo stesso colore dei miei in questo momento, forse solo leggermente più chiari. Gli soffio sulla fronte e gli scompiglio il ciuffo, ma resta serio. Provo anche a fargli qualche smorfia, ma niente.

«Non sto assolutamente scherzando, Koraline Appleton. La devi smettere una volta per tutte con i paragoni assurdi. Un lavoro non è più o meno dignitoso di un altro.»

Mi ha chiamata Koraline. Koraline Appleton, addirittura. Ora è perfettamente chiaro che non scherza.

«Dammi il tempo per farmene una ragione, John Keats.» Prendo un cuscino laterale e lo appoggio dietro alla testa. «E comunque non mi piace per niente quando non scherzi. Mi fai paura. E poi divento di cattivo umore. E quando divento di cattivo umore potrei anche mettermi a piangere.» Faccio il broncio e mi copro gli occhi.

«No, il pianto simulato no! E io imbecille che ci cascavo pure, alle elementari. Che perfida manipolatrice sei sempre stata!»

Cerca di staccarmi le mani dagli occhi ma io le trattengo con tutta la forza che ho.

«Tu imbecille, hai detto bene!» Trattengo ancora le mani ma scoppio a ridere. «Ma eri tanto tenero prima che Kevin ti corrompesse irrimediabilmente.» Sposto una mano solo per lanciargli un'occhiata. «Ormai purtroppo non sei più recuperabile! Troppo tardi.»

«Ma senti questa!» Cerca ancora di spostarmi le mani dalla faccia. Mi trattiene i polsi per un po', poi decide di cambiare tattica. Lascia scivolare le dita sul mio braccio e lo sfiora con le dita con una leggerezza appena percettibile. «Uh... arriva il ragnetto dispettoso del Nevada...»

«No, John non ti permettere... il ragnaccio del Nevada no!» Soffro il solletico in un modo irragionevole. Soffro anche solo a pensarci, al solletico. E lui lo sa troppo bene e appena può se ne approfitta. «Ti odierò per sempre se fai ancora il ragnaccio! Anzi, ti odio già per sempre!»

«Non importa, me ne farò una ragione...» ride e continua a percorrere le mie braccia con entrambe le mani. «Arrivano due ragnetti, ora...»

Ho quasi le lacrime agli occhi dal ridere, cerco di bloccarlo afferrandogli le mani e le nostre dita si intrecciano mentre scivolo all'indietro appoggiando la schiena sul fianco del divano. John cerca di trattenersi ma ricade sopra di me. Lo guardo negli occhi, come in attesa di qualcosa. Non so nemmeno io che cosa. O forse lo so ma non oso confessarlo, nemmeno a me stessa.

«John...»

Le sue labbra ancora una volta sono tanto vicine da poterle sfiorare. Chiudo gli occhi per un attimo e lascio andare le sue mani anche se le nostre dita si toccano ancora. Potrebbe spostarsi ora, se volesse. Potrebbe allontanarsi da me. Ma quando riapro gli occhi invece è ancora lì. Sembra studiare il mio viso, i miei lineamenti. I suoi occhi si posano poi sulle mie labbra. Sento battere il suo cuore. Per un attimo ho creduto che fosse il mio. Forse sono entrambi. Gli accarezzo il viso con la mano e la trattengo. La sua pelle è morbida, nonostante la barba incolta che si è fatto crescere ultimamente. Ed è incredibilmente bello visto da vicino. Sembra aver rinunciato al ragnaccio del Nevada della nostra infanzia, perché ora accarezza il mio fianco in modo più deciso. Decisamente non soffro più il solletico, così. Soffrirò se non si decide a…

«Oh… buonasera ragazzi. Scusate, non volevo interrompervi!»

Buonasera anche a te, Sharon. Non potevi scegliere momento più opportuno di questo!

«Buonasera…» John si solleva di scatto e si rimette a sedere al suo posto.

«Noi stavamo per…» Dovrei inventare una scusa velocemente, ma no, nessuna idea. «Pensavamo di guardare un film, forse…»

Lancio un'occhiata confusa a John, che conferma annuendo.

«Sì, un film.» Si passa le mani tra i capelli, poi fissa interessato lo schermo del televisore spento.

Sharon inclina il viso e sorride, guarda me e poi John, poi di nuovo me. Io mi lancio verso l'armadietto sotto al televisore in cerca di un non ancora identificato film. Continuo a passare i dvd da una mano all'altra senza nemmeno leggere i titoli o capire di cosa si tratta.

«Siete proprio carini» sorride e si incammina verso la sua stanza. «Io sono stanca, vado a dormire. Voi continuate pure… con il vostro film.»

Finalmente riconosco sulla copertina di un dvd l'immagine di Audrey Hepburn e lo sollevo verso John.

«*Colazione da Tiffany*?»

Prima di attendere la risposta l'ho già inserito nel lettore, la musica di *Moon River* della scena iniziale invade il soggiorno.

«Per la trecentesima volta?» John sospira e annuisce automaticamente. «Va bene, Appleline.»

CAPITOLO 36

Un altro sabato sera. Sembra che le settimane abbiano preso velocità ultimamente. Sharon ha voluto che uscissimo insieme a Georgie e Annabelle per festeggiare. Georgie ovviamente ha rifiutato insistendo sul fatto di non voler rovinarci la serata a causa dei suoi problemi di movimento. Noi però abbiamo insistito ancora di più, trovando come compromesso un locale che piace anche a lei e facilmente accessibile.

Mentre mi do un ultimo ritocco davanti allo specchio mi interrogo sulle scelte. Come si fa a essere sicuri di non sbagliare? Io avevo un destino già designato, già stabilito. Probabilmente era quello giusto per me. Ma in questo caso perché non sono mai stata in grado di adattarmi? Perché non mi è riuscito logico e naturale quello per cui ero destinata? Per Kitty, Kev e John non ci sono stati problemi. Quindi sono io il problema. Se mi sentisse John, anzi, se potesse leggere nei miei pensieri mi sgriderebbe ancora, lo so.

Mi chiedo cosa sarebbe successo quella sera se Sharon non ci avesse interrotti rientrando all'improvviso. E come avremmo reagito dopo. Forse è stato meglio così. Mi destabilizza l'idea dell'imbarazzo che si sarebbe creato fra noi in seguito. E mi destabilizza ancora di più l'idea di pensarmi insieme a John da quel punto di vista. Non sarebbe... come dire? Non sarebbe... Oh, non so nemmeno io cosa non sarebbe. Ma sarebbe strano. Ecco sì, sarebbe decisamente strano!

Mi passo un filo di fondotinta sul viso e poi il correttore cercando di coprire le occhiaie. Vorrei cercare di apparire meno stanca, se possibile. È la serata di Sharon, devo sistemarmi al meglio. Indosso anche un vestitino nuovo per l'occasione, anche se non ho ancora preso l'abitudine di vestirmi in modo così femminile.

La "serata di Sharon" è dovuta al fatto che lei e Tod hanno deciso di darsi un'altra occasione, di riprovare davvero a stare insieme. L'ho incontrato solo una volta qui a casa e non mi ha fatto nessuna impressione. Cioè né buona né cattiva. Sembra tranquillo però, un bravo ragazzo. Sharon è certa che questa volta le cose andranno diversamente, Tod la ama davvero. A differenza di Ethan. No, questo non lo ha detto espressamente, ma mi è sembrato di leggerlo tra le righe. Con Tod era finita per colpa sua, per quella storia con Ethan. Non so se all'inizio Sharon ci sperasse, lei ha negato. Insomma, dopo il discorso che abbiamo fatto su Ethan non so più cosa pensare.

La verità, la verità Koraline. Mi guardo allo specchio. Ora sono vestita, ben pettinata e truccata al meglio delle mie possibilità. Ho messo anche bene in evidenza i miei grandi occhi da cerbiatta, come li chiama Sharon. Ho tentato di imitare un po' il modo di truccarsi gli occhi di Kitty. Ma la verità insomma è che mi risulta difficile pensare a Ethan in un determinato modo. Perché, per quanto strano e contorto stia diventando il nostro rapporto, per quanto irrealizzabile probabilmente, non posso pensare che un avvicinamento a Ethan mi toglierebbe John per sempre. Prima o poi accadrà, questo lo so, prima o poi John conoscerà qualcuna, perderà la testa e si staccherà da me. E quando questo avverrà dovrò decidermi anche io ad andare per la mia strada. Ma per il momento non posso e soprattutto non voglio.

«E quindi?» Avvicino il viso allo specchio per guardarmi bene. Magari si deciderà a darmi una risposta come alla strega di Biancaneve. «E quindi sei proprio stupida, Koraline. Stupida, stupida, stupida!»

«Se hai finito di litigare con lo specchio o con te stessa, possiamo andare.» Sharon, appoggiata allo stipite della porta mi sta osservando.

«Sì, sono pronta. Tanto non divento né più bella né più intelligente!» sospiro e la seguo, raccolgo la mia borsa e usciamo di casa.

Mi chiedo come possa essere così assolutamente convinta che Tod sia quello giusto per lei. Io al contrario non sono proprio convinta di niente. Forse perché quello giusto per me nemmeno esiste a questo mondo.

CAPITOLO 37

La mia vita stranamente sembra si sia stabilizzata. Per quanto possibile. Riesco ad andare d'accordo anche con Georgie. Non è una cosa così impossibile come avevo creduto all'inizio. A Georgie, al suo carattere e senso dell'umorismo davvero particolari, bisogna abituarsi. Capire che quando ti vuole maltrattare intende davvero maltrattarti. Ma non è nemmeno un maltrattarti cattivo, è un maltrattarti da Georgie. La stessa cosa quando ti guarda con aria perfida o ti fa sentire un'idiota totale. Intende proprio quello. Però è Georgie e va bene così. Capisco ora cosa intendeva Peter quando la chiamava una stronza perfida.

Sbadiglio davanti alla porta dell'ufficio che condivido con Georgie, Peter e Annabelle. Devo recuperare qualche ora di sonno appena possibile. Qualche ora? Qualche settimana in realtà!

Apro la porta e me li ritrovo tutti e tre a fissarmi. Non faccio in tempo a chiedere spiegazioni che intercetto nell'angolo della mia piccola scrivania, aggiunta di recente a quella di Gerogie e Annabelle, un mazzo di rose bianche di proporzioni gigantesche. Non riesco nemmeno a contarle, ma quante sono? Mille?

«Sono cento» mi informa Georgie con l'aria stronza e un po' sarcastica che talvolta mi ricorda Mercoledì Addams, ma con i capelli rossi.

«Le hai contate?» le domanda Peter togliendosi gli occhiali per pulirli.

«Non ho avuto bisogno di contarle» Georgie solleva le spalle un po' sdegnata. «Ho l'occhio matematico io. Sono cento.»

«E cosa ci fanno cento rose sulla mia scrivania?»

Sono rimasta bloccata all'ingresso e scruto le rose da lontano, come se contenessero un dispositivo di autodistruzione.

141

«Sono per te.» Georgie alza gli occhi al cielo poi torna a guardare me. «Io detesto i fiori recisi, lo sanno tutti in questo edificio!»

Sposto la mia attenzione su Annabelle e Peter.

«Ah, non guardare me!» Peter si rimette gli occhiali e solleva le mani. «Sarebbe veramente troppo inquietante se qualcuno mi chiamasse "cowgirl".»

Cowgirl? Allora... Ethan? Ma possibile... I miei collaboratori osservano i miei collegamenti mentali. Ma come fanno a sapere...

«C'era un bigliettino, dovevamo sapere a chi erano indirizzate» spiega Georgie esaminando dei fogli di conti come se volesse assassinarli. «A me nessuno mi ha mai chiamata cowgirl. E nemmeno gli conviene provarci.»

«Nemmeno a me...» sospira appena Annabelle. «E poi non conosco nessuno che possa regalarmi delle rose.»

Cosa devo fare, insomma? Dichiararmi colpevole? Tanto difendermi sarebbe inutile. Mi avvicino all'enorme mazzo e lo analizzo confusa. Mai ricevute rose in vita mia. Nemmeno una. Queste sono cento se ha ragione Georgie. E anche non avesse ragione sono decisamente troppe. Troppe per la mia scrivania. Mi passo una mano sulla testa, lisciandomi i capelli.

«Ragazzi, che facciamo? Ce le dividiamo?» Indico la sedia oltre il mio tavolo. «Io non riesco a lavorare lì dietro.»

Devo tentare di buttarla sullo scherzo, per non farmi prendere dall'emozione. E per non mostrarmi disorientata e commossa.

«Non vedo altra scelta» sbuffa Georgie facendo roteare la penna tra le dita. «Ma fammi un favore... la prossima volta dì al tuo ammiratore di mandarti dei dolci!»

CAPITOLO 38

Nell'intervallo per il pranzo non ho voglia di ripercorrere la strada fino a casa. Decido così di andare a rifugiarmi nella pasticceria di Paul. Ho bisogno di farmi coccolare dalla sua cioccolata accompagnata da una bella fetta di torta.

Come apro la porta della pasticceria e oltrepasso l'ingresso mi ritrovo di fronte Sharon che sta per uscire con Tod. Si tengono per mano. Sharon sorride e mi sembra davvero felice, sono contenta per lei. Tod mi sembra… Tod. Ragazzo carino e molto educato, ma ancora non so come catalogarlo. Forse perché non lo conosco ancora abbastanza. È come se ogni aggettivo che cerco per lui gli scivolasse addosso senza definirlo. Forse è la mia mente troppo contorta oggi.

Dopo averli salutati mi avvicino al banco, da Paul. Ecco, Paul per esempio. Non conosco tanto bene nemmeno lui, però lo vedo com'è Paul. Paul è rassicurante, ti dà quella sensazione di allegria e confidenza quasi protettiva. Ha un sorriso aperto che mi fa sentire accolta ogni volta lo incontro. Oggi però, per essere onesta, non mi sembra molto allegro. Sorride ma è come se avesse la mente altrove. Sembra un'allegria composta la sua, quasi mostrata per dovere.

Certo, che stupida! Sharon. Ha appena visto Sharon insieme a Tod e John mi aveva detto che…

«Tutto bene, bella?»

Paul mi rivolge un'occhiata quasi preoccupata. Ecco, Paul. Io ho capito che ci è rimasto male e lui si preoccupa per me invece.

«Mi dispiace…»

Lancio una rapida occhiata in direzione della porta. Non lo costringerò a fingere.

«Non importa, bella. Si vede che non era destino.» Alza le spalle e si sforza di sorridere comunque. «Sai cosa? Mi prendo cinque minuti e ti faccio compagnia. Mangio qualcosa insieme a te.»

Sorrido e annuisco. Questo ragazzo è adorabile. Accidenti, Sharon! Come ha fatto a non accorgersene? Ma va bene, devo rispettare la sua scelta.

«Conta qualcosa sapere che io avrei preferito te per la mia migliore amica?»

«Sì, direi che conta molto.» Paul fa un cenno prima al suo socio, poi a me indicando un tavolino. «I dolci aiutano, non dicono così?»

«Ma come?» Guardo estasiata alcune fette di torta e indico la prescelta a uno dei camerieri che aspetta la mia ordinazione. «Hai una pasticceria e non lo sai?» Mi volto verso Paul che nel frattempo mi ha raggiunta oltre il bancone. «Con una cioccolata, per favore.»

«Lo stesso per me, Ben, grazie.»

Mentre il cameriere prepara io e Paul ci spostiamo verso il tavolino.

«Posso presentarti un'altra ragazza.»

Detta così suona male, ma purtroppo la frase mi è uscita prima che potessi organizzare bene il cervello. Oggi la mia mente si è persa, mi devo rassegnare. Penso subito a Georgie. No, probabilmente Georgie si mangerebbe Paul con tutta la pasticceria. Troppo acida, non ce li vedo proprio. Magari Annabelle... lei carina con quei lunghi capelli biondi, lui con occhi e capelli neri. Sì, potrebbero stare bene insieme.

«Il problema non è trovare un'altra ragazza, bella.» Paul sospira tirandosi indietro il ciuffo di capelli, poi incrocia le braccia sul tavolino. «Ma avere la ragazza che voglio.»

E lui vuole Sharon. John l'aveva invitata apposta per lui anche a casa dei suoi nonni. Solidarietà maschile l'aveva chiamata. Mi rendo conto che non c'è proprio nulla che io possa fare per cambiare le circostanze.

«Comunque… tutto bene? Lavoro? Città nuova?»

Paul cambia abilmente discorso mentre Ben ci raggiunge con le nostre ordinazioni e posa tutto dal vassoio sul tavolo.

«Sì, bene. Anzi, benissimo direi» annuisco cercando di comunicargli il mio entusiasmo. «Mi piace davvero tanto, mi intriga, mi stimola ogni giorno a fare meglio e a imparare di più! Alla fine, forse aveva ragione John quando…» John. Non lo sento da alcuni giorni. Dalla sera del film, per l'esattezza. «A proposito, l'hai sentito di recente? Deve essere molto impegnato al campus, credo.»

Sembrerà che io stia indagando su di lui? Sì, sto davvero indagando su di lui, qualunque cosa sembri.

«Sarà impegnato.» Paul si porta alla bocca un bel pezzo di torta, gioca un po' con la posata sul piattino e poi mi guarda. «In effetti, io e John abbiamo lo stesso problema, bella.»

«Ah sì, quale problema?» ridacchio e sorseggio la mia cioccolata, leccandomi i baffi. «Come giocare al gatto e alla volpe?»

Paul ride e scuote la testa con veemenza.

«Simpatica. No, star dietro a una ragazza che non ci vuole. Purtroppo, temo che anche lui avrà poca fortuna.»

Il boccone di torta che avevo appena assaporato mi rimane come sospeso. Perde addirittura la dolcezza per diventare quasi insapore. È un po' come se masticassi a vuoto. Non so esattamente come muovermi, perché Paul mi sta fissando ed è proprio di fronte a me a poca distanza.

Mi piego lateralmente fingendo di prendere qualcosa dalla borsa. Afferro il cellulare. Quando mi rialzo fingo anche di aver appena ricevuto in messaggio. Sarà credibile che l'abbia sentito solo io? Non ha importanza, posso solo continuare a fingere e rispondere al messaggio inesistente. Digitare i tasti a vuoto. Ancora qualche minuto, giusto per non essere maleducata, e mi inventerò che devo tornare al lavoro.

Con enorme sforzo termino la torta e la cioccolata. Riprendo a parlare con Paul del lavoro, ma è come se la vera me stessa osservasse la scena da un angolino. Ho lo stomaco chiuso, bloccato, come se avessi nelle viscere una sorta di urlo che non può esplodere anche se vorrebbe.

La verità è una sola. Sono contrariata, delusa, ferita. Forse sono tante, le verità. Ho proprio frainteso tutto, tutto quanto. Ero solo io a pensare a qualcosa che da parte di John non è mai esistito.

Chi potrà mai essere lei? Una ragazza conosciuta al campus? Una studentessa di Yale come lui, certo. Per quello da giorni non si fa più sentire, dopo il nostro "film". Se fosse successo qualcosa tra di noi, se io avessi…

Ho davvero capito male, tutte le sue intenzioni. Sono una cretina, sono un'idiota, sono l'essere più imbecille del pianeta! Lui mi vede come una sorta di sorellina stupida. Ovvio, l'ha educato Kevin a questo una volta cresciuti.

«Bella? Tutto bene?»

Non mi accorgo neanche di Paul che mi sta guardando un po' perplesso. Spero di non avere un'espressione troppo sconvolta e inorridita. Ma non so come riprendermi, come tornare a mostrarmi normale.

«Sì, bene.» Non ho idea di che tipo di sorriso mi stia uscendo al momento, faccio del mio meglio. «Solo che…» Se mi metto a piangere senza un vero motivo penserà che sono da rinchiudere. Calma, Koraline. Mantieni la calma e l'autocontrollo! Sospiro e mostro il cellulare. «Mmh… purtroppo è arrivato uno dei responsabili…» Responsabili di che cosa non lo so, ma suona importante. Magari passo anche per una super impegnata donna in carriera. Certo, non posso e non voglio passare per una ragazzina idiota che ha una crisi isterica solo perché un John Keats qualunque si è innamorato di una compagna di corso. «Fra qualche minuto devo tornare al lavoro.»

CAPITOLO 39

In queste settimane mi sono concentrata sul lavoro. Decisamente e ostinatamente sul lavoro, non mi sono permessa di pensare ad altro. Il programma è praticamente pronto, con tutti i collegamenti esterni dallo studio di registrazione e gli interventi dei professionisti.

I conduttori, Andrea Keys e Robert Rees, sono giovani, carini, spigliati e bravi intrattenitori. Non sono ancora delle star a livello di popolarità, ma se tutto va bene potrebbero diventarlo molto presto. Siamo stati costretti a escludere alcune idee eccessivamente dispendiose, però potremo sempre sfruttarle in seguito. In effetti, la concorrenza con programmi per bambini e ragazzi è abbastanza agguerrita. Non me n'ero mai resa conto prima di lavorare in questo settore.

La sorpresa è arrivata quando meno me lo aspettavo. Se Peter ne era a conoscenza è stato eccezionalmente bravo a tenermelo nascosto. Il cuore mi è sobbalzato nel petto, deve aver fatto anche una capriola seguita da doppio salto mortale. Ethan è finalmente tornato a occupare il suo posto. E si può davvero dire che sia in forma. Ancora più in forma della prima volta che l'ho visto. No, non intendo nel bagno. Insomma dopo, quando l'ho visto vestito e poi qui al lavoro.

Resto un po' incantata a guardarlo, con l'espressione da ebete. Nell'euforia generale di tutti gli altri dipendenti della RFB raccolti nel salone principale delle riunioni, spero non si sia notato troppo lo sguardo che gli ho rivolto. Sono così contenta che sia tornato e stia bene! Bisognerebbe fare qualcosa, festeggiare. Ma a quanto pare ha fatto proprio una sorpresa a tutti, nessuno se lo aspettava.

«Sono tornato per restare» annuncia Ethan con la sua voce calda, che tradisce però un po' di emozione. «E ringrazio tutti voi per l'ottimo lavoro svolto.»

Non sono certa di quanto gli altri collaboratori della RFB siano al corrente della situazione personale di Ethan. Può anche essere che credano che sia stato via per lavoro o altro. Non importa. È tornato per restare e tutti ne sono entusiasti. Anche i suoi occhi, così freddi, così smarriti, ora sembrano aver trovato calore, profondità e sicurezza. Sì, allora avevo ragione. Non è vero che gli occhi azzurri sono sempre freddi e distaccati.

Torniamo tutti al nostro lavoro. Bene, io e il mio team dobbiamo definire gli ultimi dettagli.

«Koraline...»

Mentre gli altri se ne vanno, Ethan mi chiama. È dall'altra parte della sala rispetto a me, vicino alla finestra. Provo un certo imbarazzo. Gli ultimi ad uscire si sono accorti che lui mi ha richiamata.

A Ethan non pare interessare perché percorre la distanza che ci separa e in pochi passi mi raggiunge. Oltrepassa anche lo spazio di sicurezza che in teoria dovrebbe esserci tra un capo e una sua dipendente. Io automaticamente faccio un passo indietro e guardo verso la porta che si è appena richiusa dietro l'ultima persona che è uscita.

«Non mi importa quello che pensano...»

Ethan mi guarda negli occhi come mai nessuno prima. I ragazzi che ho incontrato finora non sono mai stati così audaci e provocanti. E neanche... no, John no. Non ci devo più pensare a John, è bandito dalla mia mente da quel punto di vista, per sempre.

Sento le guance ardere e sono tentata di appoggiare le mani sul petto di Ethan. Anche solo per sorreggermi, perché mai come ora comprendo che "sentirsi tremare le ginocchia" non è solo un modo di dire. Ethan Forsyte fa questo effetto. Credo che sia l'uomo più bello e sensuale che io abbia mai incontrato in vita mia.

«Esci con me, Koraline. Almeno una volta» sorride senza staccare gli occhi dai miei. Brilla una fiamma nei suoi occhi azzurri. Una fiamma a cui io non so se sarò in grado di resistere. Recupera la distanza tra noi muovendo un passo verso di me. «Dammi la possibilità di farmi conoscere. Se non ti piacerò ti prometto che non insisterò più e ti lascerò in pace.»

Questa volta accetterei anche senza promessa di essere lasciata in pace. Accetterei e basta. Perché lo voglio. Perché ne ho bisogno. Per come mi fa sentire quando mi guarda.

«Va bene, Ethan. Uscirò con te. Però...» Però il senso del dovere mi richiama all'ordine. «Però ti ricordo che abbiamo un programma da promuovere e non posso fare tardi. Tra due giorni andiamo in onda e... se non faccio il mio dovere, chi lo sente poi il mio capo!»

«Povera ragazza, deve essere davvero un uomo terribile...» sorride divertito e mi accarezza la guancia, trattenendo la mano sul mio viso.

«Oh, sì... tremendo in ogni senso. Non trovo nemmeno parole adatte per descriverlo!»

Io spero non si accorga quanto mi stia piacendo averlo così vicino. Devo lottare per combattere l'attrazione per lui.

«Se non ti tratta bene allora chiamami, lo sistemo io.»

Lascia scivolare le mani lungo le mie spalle e mi accarezza le braccia.

«Ethan, io...» sospiro e mi mordo le labbra. Cosa posso dire per fargli capire quanto sono felice di rivederlo, quanto sono orgogliosa di lui? «Questa è stata una delle sorprese più belle che io abbia mai ricevuto. Trovarti qui questa mattina, intendo. Vedere che stai così bene...»

«Tu sei stata una parte fondamentale del mio recupero, cowgirl.» Inclina la testa, senza staccare gli occhi dal mio viso. «Grazie di essere arrivata nella mia vita.»

«Non mi sembra di aver fatto molto, in realtà.» Sollevo le spalle e sorrido. Non so dove mi porterà questa storia e al momento nemmeno lo voglio sapere. So solo che ne ho bisogno e mi fa sentire bene. «Anzi, non ho fatto proprio niente!»

«Io ti piacerò.» Ethan sospira e bisbiglia tra sé, pur sapendo che sono proprio di fronte a lui e lo sto ascoltando. «Farò di tutto per piacerti!»

«Vedremo…» rido e mi stacco a forza da lui. «Ora meglio che io torni al lavoro, altrimenti sai quel capo stronzo di cui ti parlavo…» sbuffo e faccio una smorfia. Mi avvio verso la porta.

«Avevi detto tremendo!» Ethan mi guarda sconcertato e simula un'espressione avvilita. «Anche stronzo?»

«Oh, certo…» Mi volto e gli strizzo l'occhio. «Tremendamente stronzo. Fa sempre in modo di ottenere tutto ciò che vuole. E alla fine ci riesce!»

Richiudo senza lasciargli il tempo di rispondere.

C'è una cosa di cui Ethan Forsyte forse non è ancora consapevole. Non dovrà fare grandi sforzi per piacermi. Già mi piace. Mi piace fin troppo.

CAPITOLO 40

Torno nel mio ufficio. Mi sento scoppiare d'entusiasmo da tutti i punti di vista. Sì, tutto sommato posso iniziare a considerarmi una ragazza fortunata. E chissà perché quando ci si ritrova in questo stato mentale si è portati a desiderare che anche le persone che ci circondano siano felici e soddisfatte quanto noi.

Appena entrata trovo Georgie, da sola. Mi guarda e accenna un sorriso, o meglio una smorfia che ricorda un sorriso. I nostri rapporti sono notevolmente cambiati rispetto al disastroso inizio. Allora io mi chiedo se non sia arrivato il momento. Potrei parlarle di Kitty e della possibilità che torni a camminare. Resto così di fronte a lei a fissarla, mi accarezzo il mento.

«Cosa stai elaborando?» ridacchia buttando scherzosamente le carte per aria. «Sembri un pc lasciato in standby.»

È stranamente di buon umore… magari posso approfittarne.

«Ecco, Georgie io stavo pensando…» Forza Koraline, non ha in mano niente di tanto pericoloso da lanciarmi addosso. «Stavo pensando a te. Mia sorella Katherine potrebbe aiutarti a risolvere il tuo problema e io credo che sia veramente il caso di provarci Georgie. Noi saremmo tutti qui ad aiutarti e a sostenerti e…»

«Di cosa diavolo stai parlando, Koraline Appleton?» Dal tono di voce e dallo sguardo assassino è evidente che già abbia compreso perfettamente di cosa diavolo io stia parlando. «Io sto bene come sto, non sono affari tuoi, chiaro? E ora lasciami lavorare, se non vuoi che diventi davvero volgare!»

«Mmh…» Ecco, mi ha fatto male. E non per le parole o la rabbia che mi ha scatenato addosso. Ma perché si vede che soffre. Soffre più di quanto avrei immaginato possibile. «Scusami, Georgie...»

151

Ora mi considererà una ragazzina sciocca, cerco di asciugarmi in fretta gli occhi.

«Koraline…» Vedo le sue mani tremare in modo quasi incontrollato, mentre ha abbassato il viso. «Io non posso crederci con tutta me stessa, non posso investire il mio tempo e le mie speranze desiderando qualcosa che poi non si realizzerà. Sono sempre stata una persona razionale, anche subito dopo l'incidente. E mi sono adeguata alle conseguenze delle mie azioni. Ho raggiunto una mia serenità, un mio equilibrio. Voglio mantenerlo.»

Sarei portata a insistere per tentare di convincerla. Decido invece di non farlo. Proprio perché si tratta di Georgie. Apro invece la mia borsa e cerco un biglietto da visita, che poso sulla sua scrivania con un gesto rapido. Cerco di mantenere un tono duro, quasi inflessibile. So che è l'unico che Georgie sarà propensa ad accettare, soprattutto in questa particolare circostanza.

«Questo è il numero di telefono di mia sorella Katherine. Le ho già parlato di te un po' di tempo fa. Aspetta di essere contattata se e quando te le sentirai, anche solo per parlare un po'. È molto brava e professionale lei, non è come me. Io ti prometto di non tornare mai più sull'argomento a meno che non sia tu a volerlo.»

Non aspetto nemmeno la sua risposta in proposito ed esco dall'ufficio. Non perché abbia qualcosa di importante da fare fuori, ma perché se conosco Georgie come spero questo è il momento di lasciarla rimuginare da sola, non di proseguire con ulteriori chiacchiere e compatimento.

Appena uscita mi trovo di fronte Peter. Mi chiedo se per caso stesse ascoltando la nostra conversazione dietro la porta. La sua espressione troppo seria e compita per il suo stile è un chiaro segnale.

«Grazie…» sussurra appena. «Grazie per Georgie. E grazie per tutti noi.»

«Io non ho fatto niente, Peter. Siete voi ad aver dato un senso alla mia vita.» Sorrido e sono quasi tentata di abbracciarlo. Oggi mi sento una sorta di fatina delle buone azioni in un cartone animato della Disney. «Mi fate sentire come se servissi a qualcosa e a qualcuno.»

Peter sorride ed è lui ad abbracciarmi, anche se fugacemente. Si stacca appena sente dei passi affrettati nel corridoio. Mi volto e vedo una delle receptionist della RFB che si sta avvicinando con un'espressione sconvolta nello sguardo.

«Ragazzi...» le trema la voce e per qualche motivo esita a proseguire. «Ho appena ricevuto una telefonata. Si tratta di Sharon.»

CAPITOLO 41

Non sono mai stata più spaventata e in ansia in vita mia. E no, non ci riesco a controllarmi. Non me ne frega proprio niente di controllarmi. Sono vissuta praticamente immersa nella medicina, tra dottori, però non ero pronta ad affrontare questo. Non ora, soprattutto.

Continuo a camminare avanti e indietro. Se non mi danno notizie subito, immediatamente, minaccerò qualcuno o entrerò in quella sala a forza. Mi volto verso le poltroncine disposte lungo il corridoio. I volti di Georgie, Peter e Ethan non sono confortanti.

Georgie continua a tormentarsi le mani in uno stato di calma apparente. Peter ha la fronte corrugata, si toglie e si rimette gli occhiali. Ogni tanto fa un giro, ogni tanto si ferma e si siede, come in stato di trance. Ethan invece sembra una statua. Si è bloccato con lo sguardo rivolto fuori dalla finestra, un braccio appoggiato alla parte di muro laterale.

È stato Tod. Dentro di me qualcosa urlava segnali di pericolo, ma io ho preferito ignorarli. Perché Tod sembrava un bravo ragazzo. Perché Tod la amava. Perché Tod l'aveva perdonata per la sua scappatella con Ethan ed era disposto a ricominciare con lei.

Io credo, anzi sono sicura, che se lo avessi di fronte in questo preciso istante lo massacrerei di botte, come lui ha fatto con lei. Anzi, lo ucciderei. Come lui...

Potrebbe morire. Io non ci voglio credere che la mia Sharon potrebbe morire. Io non posso permetterlo, io... No, non può. No, no, no. Scuoto la testa. Non ce la faccio più. Non ci riesco proprio a controllarmi, è inutile. Sono stata forte, ho tentato. Ma io non sono forte. Io non sono come gli altri che cercano di stare tranquilli in attesa di notizie. Mi sembra di cadere, di scivolare in un abisso. Non ce la faccio più, davvero. E non so nemmeno piangere compostamente, in silenzio. Ho troppi singhiozzi trattenuti nel petto, scoppierà se non li lascio liberi.

Io lo sapevo. Io lo avevo visto. A me non piaceva. Se le avessi parlato della mia sensazione. Mi appoggio al muro con la spalla e mi lascio scivolare giù, senza più trattenermi.

«Appleline...»

La sua voce alle spalle. John... John è qui.

Mi volto e non faccio in tempo a dire nemmeno una parola. Mi stringe tra le braccia. Sono libera. Libera di piangere, libera di disperarmi tra le sue braccia. Libera di non soffocare più il mio dolore. Mi aggrappo a lui, come se fosse la mia salvezza. La mia ancora di salvezza, il mio rifugio, la mia casa.

«John... Sharon è...»

Non riesco a proseguire. Non riesco nemmeno a dirlo.

«Lo so. Si è diffusa la notizia. Paul mi ha chiamato.» Si stacca da me e mi prende il viso tra le mani. «Ora ti devi calmare, Appleline. Lo so che è difficile.»

Abbasso lo sguardo e appoggio la fronte alla sua spalla.

«Io avevo capito che non andava bene per lei. Mi dava una sensazione strana. Io avrei dovuto dirle qualcosa, io...»

«Koraline!» Mi afferra per le spalle e mi guarda severo. Usa il suo sguardo che non ammette repliche e i suoi occhi ora più scuri del solito sembrano entrare nei miei, raggiungermi l'anima. «Tu non potevi immaginare una cosa del genere, nemmeno nella peggiore delle ipotesi.»

Mi calmo, ma non rinuncio a manifestare il mio punto di vista.

«Se io avessi espresso a Sharon i miei dubbi, mi avrebbe ascoltata. Invece è rimasta sola, in balia di quel mostro.»

«Koraline...» Ethan si affianca a me e John. C'è un'immensa tristezza nei suoi occhi, sembrano più chiari e velati di pianto.

«Lascia perdere, Ethan.» È anche colpa sua. Lo so che non dovrei accusarlo. Però se non si fosse messo di mezzo nella storia con Tod, a Sharon non sarebbe accaduto nulla di male.

Sembra intuire i miei pensieri. Non avrei voluto. Mi passo una mano sul viso. No, non avrei mai voluto ferire Ethan, ma non sono riuscita a bloccare il fluire dei miei pensieri e lui lo ha capito.

«Io... prometto che farò tutto il possibile perché venga preso e arrestato. Ovunque si nasconda, riuscirò a trovarlo.» Si passa le mani tra i capelli. È sconvolto anche lui. Sembrava così distaccato, così controllato. Non avevo compreso quanto fosse devastato in realtà. «Io non avrei mai voluto che succedesse una cosa del genere a Sharon, mai...»

«Nessuno ha colpa qui, tranne quello che le ha fatto del male.» La voce calma di John ristabilisce l'equilibrio, anche tra me e Ethan. «Essendo un violento prima o poi sarebbe scattato comunque, indipendentemente da ciò che Sharon o chiunque altro possa aver fatto. Era solo questione di tempo, purtroppo.»

Annuisco. Sì, John ha ragione, come sempre. Mi aggrappo al suo braccio e appoggio la testa sulla sua spalla, chiudo gli occhi solo per un istante mentre lui mi circonda la vita con il braccio. Cosa farei senza di lui? Come affronterei la mia stessa vita? Quando riapro gli occhi faccio appena in tempo a scorgere Ethan di spalle che, percorso il corridoio, si allontana e gira l'angolo senza voltarsi indietro.

CAPITOLO 42

Non è ancora del tutto fuori pericolo, ma almeno ora posso vederla. Devo aspettare che si svegli. Non riesco a staccare gli occhi da lei. Non posso credere che qualcuno abbia voluto farle del male.

Ha percorso il suo petto con un coltello, tagliandola più e più volte. Poi l'ha lanciata giù dalla macchina in corsa, probabilmente convinto che fosse morta. Distolgo un attimo lo sguardo da Sharon. Non ci voglio pensare. Non voglio immaginare la scena che mi hanno descritto. Voglio solo credere che è qui e che presto si sveglierà. Si riprenderà, poco alla volta.

Gli altri sono dovuti andare via per forza. Oggi è il giorno del lancio del nostro programma. Io sono sicura che se la caveranno benissimo anche senza di me. Da quando mi hanno avvisata che Sharon è uscita dalla sala operatoria non l'ho lasciata un minuto. La contemplo, come se fosse un angelo. Il suo viso meraviglioso. Il suo viso… Trattengo un singhiozzo. Il mostro ha usato una bottiglia di vetro rotta per sfigurare metà del viso della mia bellissima Sharon.

Mi porto una mano alla bocca. Non riesco a trattenermi, non ci riesco. Ho solo voglia di mettermi a urlare. Mi sento accarezzare la testa, poi le spalle e le braccia. John prende una sedia e si posiziona al mio fianco.

«Coraggio, Appleline. Non crollare proprio adesso. Sharon potrebbe svegliarsi da un momento all'altro.»

Mi stringe le mani e cerca di incontrare il mio sguardo.

Annuisco e sospiro, la sua stretta è confortante. Cerco anch'io i suoi occhi, non mi importa in questo momento se mi vede piangere ancora.

«Lei è viva… è l'unica cosa che conta ora.»

Attendo da lui una conferma.

«Sì. Poi imparerà a superare il trauma e tutto il resto.» John accenna un sorriso e mi accarezza la guancia, trattenendo la mano. «È molto fortunata ad avere te, Appleline.»

Forse. Forse Sharon è fortunata ad avere me. Ma io sono fortunata ad avere lui. Sarei distrutta senza John. Sarei crollata così tante volte in questa situazione insostenibile per me. E forse è anche il momento che lui lo sappia. Che io gli dica che senza di lui non so affrontare nulla di veramente importante, che senza di lui non sono capace di vivere e di resistere per molto tempo.

«John, io…»

Appoggio la mano sulla sua che tiene ancora sul mio viso e la accarezzo con dolcezza.

«Forse noi… dovremmo chiamare la sua famiglia, avvisarli…»

Toglie la mano dalla mia guancia, ma la rigira trattenendo la mia.

«No. Sharon non ha nessuno.» Scuoto la testa decisa. So che lei non vorrebbe, ne ho la certezza perché conosco la sua storia. «Ci sono solo io. E tu… e Peter, Georgie…»

«Paul…» John sospira appena. Sembra preoccupato, in ansia.

«Paul non è nemmeno venuto a vedere come sta. Non credo che gli interessi…»

Un po' mi dispiace anche, Paul mi ha delusa. Credevo che in una circostanza come questa si presentasse per sapere di Sharon. Allora sono proprio pessima nel giudicare le persone.

Vedo John esitare, si morde le labbra un po' contrariato.

«Lo sto tenendo aggiornato io. Pensava che comunque non avrebbe potuto fare niente qui.»

«Mmh… capisco. Sarà impegnato con il lavoro…» L'espressione di John però mi convince sempre meno. «John?»

«Paul sta cercando quel tipo… insomma…» Si passa una mano sulla fronte, chiude gli occhi. «Lo vuole trovare prima che scappi da qualche parte. Però… prega soltanto che lo trovi la polizia prima di lui, perché…»

«Oddio, John...» Mi porto una mano sul petto. Davvero Paul sarebbe capace di... In effetti anche io ho pensato di esserne capace, quindi... «Fermalo John, cerca di convincerlo a venire qui. Digli che lei è fuori pericolo, che si riprenderà...»

«Sì, l'ho già chiamato. Ha detto che arriverà, ma intanto...» esita e mi guarda.

Sembra davvero spaventato. Mi spingo in avanti sul bordo della sedia e lo stringo a me, accarezzandogli la testa. A volte mi sento egoista nei suoi confronti. Mi appoggio talmente a John per ogni cosa che non mi rendo conto di quanto anche lui possa avere bisogno di qualcuno. Vorrei che ora capisse che ci sono, che ci sarò sempre per lui.

«Paul non farebbe una cosa del genere. Insomma, non è così stupido, sa che ci andrebbe di mezzo.» Non sono del tutto convinta di ciò che sto dicendo. Paul davvero non lo farebbe? Sarebbe capace di ferire Tod o addirittura ucciderlo per quello che ha fatto a Sharon? «Insomma, nessuno lo farebbe davvero, sono cose che si dicono.»

Mi sto sforzando per convincerlo, ma io stessa ci credo sempre meno. E ci credo sempre meno perché agirei esattamente come Paul, se...

«Io spero che tenga più a lei che alla vendetta.» John interrompe il mio pensiero appoggiando la fronte alla mia, mi accarezza la nuca con dolcezza. Poi improvvisamente si stacca e decide di cambiare discorso. «Tu dovresti mangiare qualcosa, Appleline. Sei debole, sei stanca.»

«Non ci provare, John Keats. Io da qui non mi muovo.»

Scuoto la testa e afferro i braccioli della sedia, aggrappandomi per mostrarmi più risoluta nella mia decisione.

«Va bene, ragazzina testarda» annuisce e incrocia le braccia. Poi si alza. «Vado io a prenderti qualcosa di buono. Devi farti vedere in forma quando Sharon si sveglierà, se non vuoi metterle paura.»

«Mi stai dicendo che ho un aspetto che mette paura?» Lo guardo con aria incredula, poi vedendolo ridacchiare faccio il broncio.

«Abbastanza. Io resisto perché ormai ci sono abituato da tanti anni» sorride e mi strizza l'occhio.

«Che stupido!» Gli faccio la linguaccia mentre si avvicina alla porta. Prima che esca però lo richiamo. «John! Torna presto, per favore.»

Annuisce appena e richiude piano la porta. Mi devo arrendere. Sono dipendente da lui. Posso anche resistere e fare a meno del resto del mondo, sopravvivere in qualche modo. Ma se mi mancasse John Keats sarei persa. Completamente inutile.

Devo dirglielo, devo trovare il modo. Anche se lui ha perso la testa per un'altra. Così ha detto Paul, non l'ho dimenticato. Anche se io non ho ancora idea di quello che sento per lui. È così complicato, è così difficile. È così assurdo che non me ne sia mai accorta prima. Non in questo modo, non così profondamente e irrevocabilmente.

Sharon. Ora devo pensare solo a lei. Accosto la mia sedia ancora di più al suo letto e le accarezzo la mano che sporge dalla coperta.

«Andrà tutto bene, tesoro. Sistemeremo tutto…»

Chiudo gli occhi, solo per un attimo. Un attimo per cercare di riposare la mente, di dare pace ai pensieri. Mi sento sfinita da ogni punto di vista. Fisico, mentale, psicologico. Però andrà tutto bene, comunque. Il peggio per fortuna non è successo. Lei è stata abbastanza forte da sopravvivere. Ora deve solo essere forte ancora una volta e svegliarsi per tornare da noi, da me.

CAPITOLO 43

Percepisco un tocco leggero sul dorso della mano e apro gli occhi. Devo essermi assopita, non era mia intenzione. Lei mi sta osservando, quasi come se non mi avesse mai vista prima. Ha un'espressione assente, vaga.

«Sharon…»

Non so da quanto tempo è sveglia. Non avrei dovuto addormentarmi, accidenti a me!

«Piccola…» Stringe la mia mano e mi guarda con la sua abituale dolcezza, mista però a un dolore troppo profondo perché lo si possa esprimere. «Credevo di non vederti mai più. Io credevo…»

«Lo so, lo so tesoro…» sospiro e mi sollevo per baciarla sulla fronte. Quel bastardo ci è andato così vicino. Così vicino a ucciderla, a strapparle la vita per sempre. Mi mordo le labbra. Se solo ci penso mi metto a urlare e a piangere di nuovo. Ora l'unica cosa che conta è lei, solo lei. «Ma starai bene, presto starai bene.»

Suona male, suona come una bugia. E io non sono mai stata abituata a confortare persone che hanno subito un trauma come il suo. Sono inadeguata.

Si posa la mano sul lato sinistro del viso, ancora coperto dalle bende. Ha un sussulto. Non può vedersi ancora, ma temo che ricordi chiaramente quello che il mostro le ha fatto. Aspetto una sua reazione, una qualunque, invece lascia scivolare la mano lungo il fianco e fissa in silenzio il soffitto. Poi chiude gli occhi. Resto in silenzio per lasciarla riposare.

«Ho davvero perso tutto…» sussurra qualche minuto più tardi. «La bellezza era l'unica cosa che avevo.»

Impiego qualche istante a interpretare il senso delle sue parole.

«No, Sharon, no. Non è vero. E comunque chiameremo mia madre e... i migliori esperti. Tu sarai ancora bellissima, te lo prometto. Ma in ogni caso c'è molto di più in te. Non solo la bellezza. Tu sei...»

«Forse è meglio che rimanga così.» Si fa forza sui gomiti cercando di sollevarsi. «In fondo mi sono meritata quello che mi è successo. Ho giocato troppo... Pensavo solo a divertirmi e credevo di poter continuare, che alla fine sarebbe sempre andato tutto bene. Credevo di poter prendere e lasciare chi voglio, per poi riprenderlo e...»

«No, Sharon! Come puoi dire di essertelo meritata? Nessuno si merita una cosa del genere!»

Mi appoggio al suo letto e le sistemo i cuscini. Cerco di incontrare il suo sguardo. Non posso lasciare che si convinca di essere responsabile di quello che le è successo. Ma come? Io non sono una psicologa. Io non so come aiutarla. Dovrebbe parlare con qualcuno, farsi aiutare da qualcuno. Ma quel qualcuno purtroppo non sono io.

Sento aprire la porta alle mie spalle. John deve essere tornato, forse lui saprà dire la cosa giusta molto meglio di me. Voltandomi vedo invece Paul, fermo sulla porta, con gli occhi neri fissi su Sharon. Mi lancia un'occhiata distratta poi torna a guardare lei che ancora non si è resa conto della sua presenza. Mi sposto in modo da non coprirlo e gli faccio cenno di avvicinarsi.

«Ehi, principessa...» Paul muove un passo verso di noi, poi si ferma. Sembra turbato. Forse non era pronto a vederla così. Però gli basta qualche secondo per riprendere coraggio e avvicinarsi. La guarda con dolcezza mista a preoccupazione. «Ti... ricordi di me, vero?»

Sharon accenna un sorriso forzato.

«Ciao, Paul.» Automaticamente si copre con la mano il lato sinistro del viso. È ancora coperto, ma lei sa e non vuole che si veda. «Grazie, non ti dovevi disturbare.»

Paul corruccia la fronte e si morde le labbra. Invece di fermarsi dal mio stesso lato, si muove deciso e rapido verso l'altro lato del letto. Quello in cui il viso di Sharon è coperto. Credo che Paul abbia capito, anzi ne sono certa ormai. Sharon lo segue con lo sguardo e la sua mano inizia a tremare.

«Non voglio che… mi vedi così… Ti prego, non guardarmi!» Il suo petto è scosso da un dolore irrefrenabile. «Ti prego, vai via… Non sono più come prima, non sarò mai più come prima.»

Non so cosa fare, ma prima che io intervenga Paul afferra la mano di Sharon e con delicatezza gliela allontana dal viso.

«Sei sempre bellissima, principessa.»

«No… tu sei bello. Io… io…» Sharon si batte la mano sul petto, come in preda a un attacco isterico. I tremiti si sono diffusi in tutto il suo corpo, non so cosa fare. Forse dovrei chiamare qualcuno che la aiuti. «Io sono una persona cattiva. Io faccio del male a tutti, per questo sono stata punita…»

«Tu sei ancora la creatura più bella, più dolce e più buona che io abbia visto in vita mia.» La voce di Paul è ferma e sicura. Non scherzosa come al solito. Non è il Paul a cui mi sono abituata in questi mesi. È un altro di fronte a lei. Ha uno sguardo cupo, severo. Poi in un attimo si trasforma e la sua espressione si addolcisce. La guarda davvero come se fosse la donna più bella del mondo. «E questo non cambierà mai, principessa.»

Non ho idea di cosa sia successo tra loro che io non so. Paul si china su di lei, le prende entrambe le mani nelle sue. Sharon sembra così piccola, così indifesa ora. Una bambolina di porcellana scagliata a terra e andata in mille pezzi. Una bambolina da ricomporre con cura, con pazienza, con amore.

Non ho mai assistito a una scena come questa. Non ho mai visto un uomo guardare una donna come Paul sta guardando Sharon in questo istante. Nemmeno nei film. Ma che dico? Questo non è un film, questa è la realtà. Una realtà tutta loro. E io sono di troppo, non ne faccio parte. Mi alzo e senza far rumore mi avvicino alla porta. La richiudo dietro alle mie spalle. Sorrido e piango allo stesso momento. Forse sto impazzendo. Sono commossa, disperata, annichilita anche. Sono così tante cose insieme da non riuscire più a esprimermi coerentemente.

«Appleline?»

John, con in mano un sacchettino, mi osserva confuso.

«Mangerò qualcosa in corridoio o nella sala attesa, John. Noi non possiamo entrare lì…»

Gli prendo il braccio e mi incammino, trascinandolo con me.

«Che succede? La stanno visitando?»

Mi segue senza opporre resistenza.

«No. Ma se è come credo c'è una meravigliosa storia d'amore in atto lì dentro. E noi non dobbiamo interrompere.»

Lo guardo e mi sforzo di sorridere. Mi auguro che vada tutto bene. Lo spero tanto per Sharon.

«Direi di no, soprattutto per una motivazione futile come il cibo.» John ricambia il sorriso. Anche lui mi sembra stanco, quasi quanto me. Mi indica la sala attesa deserta. Ho perso anche la cognizione del tempo, non so se sia giorno o notte. «Il luogo adatto al nostro stomaco affamato.»

Annuisco e mi avvio verso le poltroncine nell'angolo. John si siede accanto a me. Restiamo in silenzio, il cibo non è per nessuno dei due una necessità impellente al momento.

«Lui la ama…» Lascio la frase in sospeso, a metà tra affermazione e domanda. Forse ho bisogno di una conferma da parte sua.

«Sì.» John resta seduto al mio fianco, ma senza guardarmi.

«Da quanto?» Non so nemmeno io perché lo sto chiedendo, non è detto che lui conosca i dettagli.

«Da… tanto tempo…» Sembra esitare, gioca con il sacchetto del cibo.

«Mmh…» annuisco appena. Cosa dovrei dire ora? «Io lo avevo capito, ma non credevo così…»

«Nemmeno io, Appleline. Nemmeno io lo credevo.»

Si volta per un attimo verso di me e incrocio il suo sguardo. Io vorrei… No, non ha importanza quello che io vorrei.

«Nonostante tutto. Nonostante lei sia cambiata e forse non tornerà mai più come prima.»

Non so più di cosa e di chi io stia parlando. Non so nemmeno perché insisto a portare avanti questa conversazione.

«Si suppone che sia questo l'amore, vero? Nel bene e nel male.» Sembra esitare. Cosa stiamo facendo esattamente? Forse uno di noi due dovrebbe cambiare argomento.

«Sì, lo credo anch'io. Anche… anche se non si viene ricambiati, lo credo. John…»

Mi volto di scatto verso di lui, sfioro il suo ginocchio con il mio e lo costringo a guardarmi. Raddrizza la schiena e si sistema meglio sulla poltroncina.

Restiamo a guardarci senza dire una parola. Io so cosa vorrei chiedergli. Di quella ragazza. Se davvero è così importante. Se potrebbe arrivare ad amarla fino a questo punto. Ma mi fa male, mi fa troppo male, anche immaginare la risposta mi provoca una fitta al petto da togliermi il respiro.

Non oggi. Non sono in grado di sopportare anche questo oggi. Ho voglia di stringermi a lui, ho ancora bisogno del suo contatto, del suo calore. Ma ora non ho un valido motivo. Non sono più abbastanza in ansia, non sono più abbastanza disperata da richiedere le sue attenzioni. Quindi lo stringerei a me solo per il semplice desiderio di farlo, per un impulso irresistibile verso di lui. Sarà così per sempre? Dovrò avere sempre una scusa per abbracciarlo?

«Non… hai fame, John?»

Mi porto la mano al petto, cercando di scostare il ginocchio dal suo. Devo riprendere il controllo di me stessa e delle mie emozioni.

«Non molta. Io… ti ho preso le patatine e gli anelli di pesce che ti piacciono tanto. Ci ho messo un po' perché sono andato a cercare il posto dove li fanno quasi come a casa. Sapevo che c'era ma non ricordavo bene dove.» Apre il sacchetto e mi porge la mia confezione. «Spero sia abbastanza buono, Appleline.»

«Grazie…» Ho lo stomaco chiuso, non ho proprio voglia di mangiare. Ma mi sforzerò, solo per lui. «Però mangia anche tu, John. Non lasciarmi sola.»

«Ma che dici?» sorride e mi accarezza la schiena, sento un brivido percorrermi tutto il corpo. Fisso la mia confezione di anelli e patatine. «Quando mai ti ho lasciata sola, Appleline?»

Apre la sua confezione e la guarda un po' confuso, come se contenesse qualcosa che non ha mai visto prima. Invece è il mio abituale menù da fast food in Idaho. Ha preso anche lui lo stesso. Che strano, mi ha sempre presa in giro per la mia mania di evitare gli hamburger come la peste.

«Mai. Da tanto tempo.» Socchiudo gli occhi per un attimo, poi mi decido a mangiare. Apro la confezione e mordo metà di una patatina. Poi la riappoggio nella scatola. «John, io…»

«Tu cosa, Appleline?» Alza leggermente il tono di voce e si volta deciso verso di me. Mi guarda come in attesa di qualcosa, con gli occhi lucidi.

Non sono preparata a perderlo. Non ora. Se gli dicessi come mi sento potrebbe alzarsi, percorrere quel corridoio, voltare l'angolo e sparire. E io non sono preparata a lasciarlo andare. Non sono preparata a cederlo definitivamente a un'altra. Magari in un altro momento, quando sarò più forte, quando non mi sentirò spezzare il cuore come lo sento ora solo a pensarci.

«Io niente…» Gli sfioro appena la spalla, poi decido di concentrarmi sul mio pranzo, o cena, o qualunque cosa sia. «Cioè, ti ringrazio per tutto. Sei stato davvero gentile.»

Mi esce una voce distaccata, quasi fredda. Come se stessi ringraziando qualcuno che conosco appena per qualcosa di poco importante.

«Figurati.» Addenta una patatina, poi un anello di pesce. La sua mente sembra completamente altrove. Non oso e non voglio immaginare dove. «Nessun problema.»

CAPITOLO 44

La prima cosa che ho fatto, appena messo piede in casa, è stato telefonare a mia madre. Avevo bisogno di una certezza, almeno da lei. La certezza che si sarebbe occupata di Sharon.

Credo di averla chiamata in uno stato emotivo talmente disastroso, che per prima cosa mi ha tempestato di domande sulla mia salute. Quando ha capito che almeno fisicamente io stavo bene, ha cercato di interpretare il mio racconto riguardante Sharon.

«Certo tesoro, sicuramente farò qualcosa per lei.» Fa una pausa e un sospiro profondo. Immagino vorrà avere al più presto una visione chiara e dettagliata della situazione. «Anzi, farò del mio meglio, tutto il possibile. E se non ci riuscirò da sola chiamerò a consulto alcuni miei colleghi. Stai tranquilla, ora.»

«Mamma, lo so che dovresti vederla per capire.» Voglio sapere se sarà possibile guarire le ferite di Sharon, almeno quelle fisiche. Non mi arrenderò, il suo splendido viso deve tornare come prima. Appoggio la testa al vetro della finestra e guardo fuori. È prima mattina, per strada non c'è quasi nessuno. Solo l'edicolante di fronte, che sta sistemando i quotidiani appena arrivati. «Ma da quello che ti ho descritto, pensi che ci siano delle speranze. Lui ha usato… una bottiglia rotta. Insomma, la chirurgia plastica potrà sistemarla? O le lascerà dei segni?»

«Koraline, vorrei davvero dirti che tornerà come prima. Ma devo vederla, non posso esprimermi al momento.» Percepisco i suoi passi in giro per casa mentre medita su cosa fare. «Facciamo così, tra qualche giorno cercherò di essere lì. Intanto è importante mantenere Sharon in uno stato emotivo adeguato. Sai se sta ricevendo un aiuto psicologico? Un trauma del genere non è facile da superare.»

«Sì, è ancora in ospedale e mi hanno assicurato di sì, c'è una psicologa che la sta seguendo, ma io…»

Mi sento inutile, vorrei essere io ad aiutarla. Invece è soprattutto Paul e probabilmente anche la psicologa dell'ospedale. Ma va bene così, voglio che lei riceva le cure e le attenzioni più adeguate.

«Va bene, tesoro. Tu stai tranquilla, io cerco di arrivare appena posso.» Esita un istante prima di riprendere. «Tu ora dove sei? Sei lì in casa da sola? Quel disgraziato lo hanno preso? Perché non vai a stare dai nonni di John per qualche giorno, finché arrivo io? Oppure chiedi a John di restare lì con te per queste notti…»

No, mamma. John qui con me per queste notti proprio non ci può stare. Sospiro e vado a sedermi sulla sedia, appoggio i gomiti sul tavolo. Devo trovare il modo di chiudere la conversazione ora e accontentarla in modo che non insista.

«Okay, più tardi glielo chiederò. Tu fai il possibile per arrivare. Ora devo andare, sono un po' stanca.»

Dopo i saluti e ulteriori raccomandazioni chiudiamo entrambe la comunicazione. Non ho mentito sul fatto di essere stanca. Ho un gran bisogno di dormire. Dormire e non pensare più a niente. Se devo essere sincera l'idea di mia madre mi tenta. Fin troppo. Chiamare John e chiedergli di stare con me per queste notti.

Entro nella mia camera e mi stendo sul letto. Dal cellulare cerco la sua foto. Sto morendo dalla voglia di chiamarlo, di sentire la sua voce. Lui stesso, quando mi ha accompagnata a casa, mi ha raccomandato di non esitare se avessi avuto bisogno. Doveva studiare e rimettersi in pari perché è rimasto un po' indietro in questi giorni. Magari potrebbe prendere i libri e studiare qui. Sono così tentata da non rendermi conto di quanto io sia egoista. Ovvio che non studierebbe qui, perché si sentirebbe in obbligo di confortarmi e tenermi compagnia. Allora magari solo una chiamata, solo qualche minuto per sentire come sta.

Cretina Koraline, stupida idiota! Ci siamo salutati nemmeno un'ora fa, come vuoi che stia?

«Basta, basta davvero adesso. Questa storia deve finire. Subito, adesso, ora!»

Spengo il telefono e lo nascondo sotto al letto. Poi però lo recupero subito e lo riaccendo. Potrei ricevere qualche notizia di Sharon dall'ospedale! Mi stendo nuovamente e lo appoggio sul letto. Chiudo gli occhi. Dormire. Devo solo dormire e recuperare un po' di forze. Non pensare, non sognare. Spegnere la mente.

Quando sento il suono di un messaggio scatto come una molla. Afferro il telefono e apro il messaggio con le mani che mi tremano.

"Koraline, volevo avvisarti che il mostro che ha fatto del male a Sharon è stato preso e arrestato. Spero di vederti presto. Comunque, stai tranquilla e prenditi tutto il tempo che vuoi."

Il messaggio è di Ethan.

CAPITOLO 45

Ho dormito per quasi tutto il giorno ieri. Verso sera sono passata in ospedale a trovare Sharon. Nonostante tutto, stava meglio. Non ancora bene, ma meglio. Aveva già saputo che Tod è stato arrestato. Le fa male pensarci. Però sembra stranamente serena, come se fosse in pace con se stessa. Io sono quasi certa che il motivo sia Paul. Paul era ancora lì, non la lascia un attimo. Ci siamo accordati che faremo i turni io, lui e Peter per non lasciarla mai sola. Ma in realtà è quasi impossibile staccare Paul da Sharon. È incredibile come la guarda, sembra sempre in contemplazione. La differenza rispetto a prima è che ho notato che anche lei ha iniziato a guardare lui allo stesso modo.

Questa mattina sono tornata al lavoro. Appena entrata mi sono sentita quasi un'estranea, come se fossi stata lontana anni dalla RFB. Al messaggio di Ethan avevo risposto con un semplice e distaccato "Va bene, grazie."

In realtà non volevo essere fredda. Però mi sento in imbarazzo nei suoi confronti, è come se... Come se, arrivato John, lui non fosse più esistito per me. E lo so, lo sapevo anche in quel momento, che lui non ha nessuna responsabilità per quello che è successo a Sharon. Tod è un pazzo e spero che lo tengano rinchiuso per molto, molto tempo. E lontano da Sharon per sempre. Capita a tutti di essere lasciati. Non per questo si finge di perdonare una persona per poi sfigurarla e attentare alla sua vita!

Devo trovare il modo di chiarirmi con Ethan, chiedergli scusa se necessario. Senza se. In effetti sono convinta che sia necessario. Ho agito in modo davvero ingiusto nei suoi confronti e l'ho fatto sentire in colpa per la tragedia accaduta a Sharon.

Mi faccio coraggio e prima di raggiungere Peter e le ragazze per avere aggiornamenti a proposito del nostro programma, busso all'ufficio di Ethan. Aspetto che mi risponda ripassandomi mentalmente ciò che ho pensato di dirgli. Mi sono preparata un bel discorsetto. Non sono sicura di riuscire a recitarlo per bene a memoria. Forse non dovrei sforzarmi. Forse la cosa migliore da fare è dirgli semplicemente quello che penso.

«Avanti!»

Sento la sua voce al di là della porta. Immagino lo sguardo che mi rivolgerà appena aprirò e me lo troverò di fronte.

Mi accarezzo le braccia e mi sistemo i capelli dietro alle spalle. Sono una sciocca. Penso che se sono carina accetterà più volentieri le mie scuse? Sì, forse lo penso davvero.

Apro piano e rimango lì all'ingresso, senza osare avvicinarmi. È seduto dietro alla scrivania. Solleva la testa e mi guarda con aria un po' truce. Sarà certamente arrabbiato con me e io non so cosa dire, mi sento bloccata. Tutti i bei discorsetti che mi ero preparata si sono cancellati dalla mia mente, dissolti.

«Entra pure, Koraline.»

È ancora serio, non accenna nemmeno un sorriso. Così diverso dall'ultima volta in cui ci siamo incontrati proprio qui. Non è passato poi così tanto tempo. Lui mi aveva chiesto di uscire, di dargli una possibilità e io avevo accettato. Sembrava che tutto sarebbe andato bene perché con lui evitavo di focalizzare troppo la mente su quello a cui non volevo pensare.

«Ethan, io…» Faccio un passo avanti. Sento un groppo alla gola, mi sento quasi strozzare. Meglio togliermi subito il peso, inutile tergiversare. «Mi dispiace tanto, scusami. Sono stata una stupida, non so cosa mi è preso. Ero disperata per Sharon, mi sentivo così inutile e colpevole e…»

«Avevi ragione.» Si alza, pur rimanendo dietro alla scrivania. «Per quello che riguarda me, avevi ragione. Forse non sono stato io a fare del male a Sharon, ma ho condotto la mia vita in modo che qualcuno rimanesse sempre ferito. Questa volta è toccato a lei. E il fatto che quell'uomo sia stato preso non cambia la situazione.»

Lo guardo sconcertata. Cosa sta dicendo? Di cosa sta parlando? E soprattutto, perché? Mi sembra folle pensare che lui abbia qualcosa a che fare con l'aggressione subita da Sharon. Come può non capire che io in quel momento non stavo ragionando lucidamente?

«Ethan ma... non è vero!» Mi avvicino a lui, arrivo alla scrivania e appoggio le mani sopra mettendomi proprio di fronte a lui. Cerco di stabilire un contatto visivo ma lui abbassa lo sguardo. Che cosa gli sta succedendo? Io non vorrei che avesse di nuovo... «Ethan... per favore. Tu non hai fatto proprio niente. Non puoi convincere te stesso di qualcosa di così sbagliato!»

«Tu non puoi saperlo. Tu non mi conosci, non sai quello che ho fatto.»

Socchiude le palpebre e i suoi occhi diventano una sottile linea azzurra, di una freddezza quasi metallica. Anche il suo viso è mutato, assumendo un'austerità del tutto nuova per me.

«Hai ragione, non ti conosco. Ma quelli di cui parli sono episodi passati che non hanno nulla a che fare con questo. Tutti abbiamo sbagliato nella vita.» Sospira come se volesse intervenire ma io lo blocco con un cenno della mano, per fare in modo che mi ascolti. «Vuoi dirmi che tu hai sbagliato più di altri? Va bene. Forse è vero. Ma cosa cambia adesso?»

«Cambia che tu mi devi stare lontana.»

Torna a sedersi e si mette di fronte al computer, inizia a usarlo digitando dei tasti, come se non fosse più interessato a proseguire la conversazione. Probabilmente si aspetta che ora io mi ritiri e che esca dal suo ufficio.

«Ma io non ho nessuna intenzione di starti lontana!» Batto entrambe le mani sulla scrivania, per richiamare la sua attenzione. Mi faccio quasi male, sento i palmi bruciare ma cerco di restare impassibile. «Mi avevi chiesto di uscire con te, ricordi? Avevi insistito e io ho accettato. Dov'è finito il mio capo tremendamente stronzo che ottiene sempre quello che vuole?»

«Torna al tuo lavoro, Koraline. Ti stanno aspettando di là…» Solleva appena gli occhi e mi lancia uno sguardo irritato. «Io prometto che non ti disturberò più con proposte assurde e poco professionali.»

«No. Non puoi fare così adesso.» Scuoto la testa, sento le lacrime bruciarmi gli occhi. Giro intorno alla scrivania, mettendomi di fianco a lui. «Perché mi tratti così? Per punirmi? Per quello che ti ho detto? Lo so, l'ho capito da sola che era sbagliato. Ti ho già chiesto scusa. Dimmi cosa devo fare perché tutto torni come prima…»

Lo sto davvero implorando? Tutto questo non ha senso, mi sto rendendo ridicola.

Si alza e mi volta le spalle, incrocia le braccia. Posso vedere solo la sua figura. Alto, con le spalle larghe fasciate nella giacca blu. Noto solo ora che si è fatto crescere un po' i capelli che tiene però sempre tirati indietro.

«Ubbidisci o mi vedrò costretto a licenziarti.»

Resta immobile. A questa ulteriore minaccia suppongo che si aspetti davvero che io mi ritiri in silenzio e non torni mai più a disturbarlo.

«Davvero è quello che vuoi, Ethan?» mi trema la voce.

So che piangerò presto. Ma possibilmente fuori di qui, non permetterò che lui assista a una scena tanto patetica. Ciò significa che per ora mi devo trattenere. Continua ostinatamente a restare voltato evitando di guardarmi.

«Ethan…» Appoggio una mano sul suo braccio, l'altra sulla sua scapola. Piego la testa in modo da toccargli la spalla con la tempia, ma non ottengo da lui nessuna reazione. Rimane immobile, come se nemmeno percepisse il mio tocco. Non ho alternativa, mi devo rassegnare. Ed è ovvio che non potrò più rimanere. Come potrei sopportare un atteggiamento del genere da parte sua? «Va bene, me ne vado. Solo il tempo di prendere le mie poche cose dall'ufficio e sarò fuori di qui.»

«Cosa…»

Le mie parole sembrano scuoterlo. Si volta con un'espressione incredula, come se non avesse ben compreso il senso delle mie parole.

«Ti ubbidisco. Me ne vado.»

Sfido il suo sguardo e per la prima volta nel corso di questo nostro assurdo incontro lo sento vacillare.

«Ma io non intendevo questo!»

Si focalizza sul mio viso. Lo sto guardando con durezza mista a rabbia, me ne rendo conto. Ma non mi importa. È questo quello che vuole? Allora lo avrà!

«Sai una cosa, Ethan?» Alzo la voce anche se cerco di mantenere il controllo, stringo le mani a pugno per poi rilasciarle. «Non me ne frega niente di quello che intendevi o non intendevi! Forse non me lo hai chiesto espressamente ma io ho capito che mi vuoi fuori di qui, esattamente come hai minacciato di fare. Mi è chiaro che non vuoi vedermi più. Quindi io ti accontento e me ne vado!»

Mi volto decisa. Sono stanca. Stanca di tutto e di tutti. Stanca di non essere mai adatta a niente e a nessuno. Ho avuto troppa paura per dire la verità a John, forse non sarò mai abbastanza forte per ascoltare e accettare il suo rifiuto. E ora Ethan... no, non mi farò respingere da lui. Mi fa male, lo ammetto, ma la situazione in questo caso è ancora sopportabile. Mi posso allontanare, in qualche modo mi passerà, in qualche modo guarirò.

Arrivata ormai a metà della stanza, solo pochi passi e uscirò dal suo ufficio e dalla sua vita per sempre. Invece sento la sua mano scivolarmi per tutto il braccio per poi afferrarmi e stringermi il polso.

Quasi non me ne rendo conto. Avviene tutto in un attimo. Ethan mi attira a sé e mi ritrovo tra le sue braccia, con la fronte contro il suo petto. Sollevo il viso e incrocio il suo sguardo. Lo vedo fremere. Sembra ira trattenuta, desiderio, ma anche paura.

Esattamente quello che ritrovo in lui quando le sue labbra incontrano le mie. Mi stringe a sé con più forza mentre il suo bacio diventa sempre più intenso e insinuante, come se pretendesse di conoscere una parte di me che ancora non gli ho rivelato. Mi trattengo solo per un attimo, poi mi lascio andare, cingendogli il collo con le braccia.

Potrebbe essere lui la mia salvezza? Ethan. Non ne sono ancora del tutto sicura. So solo di averne un bisogno disperato. So solo che lui potrebbe riempire quel vuoto che si sta aprendo in me e che potrebbe inghiottirmi come una voragine. Ciò che provo per lui potrebbe proteggermi dalla delusione, dallo sconforto, dalla perdita di quello che ho sempre ritenuto un fastidioso tormento e che invece era la mia stessa vita.

CAPITOLO 46

Sto aspettando Ethan. Ancora non so dove abbia deciso di portarmi, ha voluto mantenere il segreto. Ci ho provato, l'ho stuzzicato in tutti i modi, ma non ha ceduto.

Dopo il nostro primo bacio c'è stato il secondo e poi subito il terzo. Poi è stato meglio per entrambi che io raggiungessi il mio team e il mio lavoro. Ethan è tornato quello di prima, quello a cui non ho saputo resistere. Quello che, se devo essere onesta, mi ha attratto fin dal primo sguardo.

Devo abituarmi alla sua personalità. Lui è così, un uomo complicato con un passato… un passato che non so esattamente definire. Drammatico forse? Sicuramente non tragico. C'è così tanto ancora che non conosco di lui, ma vorrei scoprire. Devo avere pazienza e sopportare i suoi sbalzi d'umore. Perché quando decide di rendersi adorabile, lo è davvero. E, altra questione non da sottovalutare, bacia divinamente.

Sospiro mentre continuo a girare per casa, in attesa. Nel mio fallito tentativo di indagine ho chiesto a Ethan che tipo di abbigliamento avrei dovuto tenere. Sportivo, elegante, normale. Per normale intendo come mi vesto di solito ultimamente. Per lo più pantaloni e camicia o maglietta, qualche rara volta un vestitino. Il vestitino rientra più nelle occasioni speciali, però. Devo ammettere che è stato abbastanza abile nell'aggirare la domanda. Mi ha detto "carina ma semplice, non ti preoccupare troppo". Ah, come se fosse facile! Già l'idea di uscire con uno come lui mi preoccupa!

Sobbalzo sentendo suonare il campanello direttamente dalla porta. Mi aspettavo che citofonasse da giù. In qualche modo deve essere salito, forse il portoncino era già aperto come la maggior parte delle volte. Ma chissà perché ho creduto che non sarebbe salito.

Vado ad aprire e me lo ritrovo davanti. Jeans un po' sgualciti e camicia azzurra, l'ha trovata proprio del colore giusto che fa risaltare i suoi occhi incredibili. E porta i capelli biondi spettinati in avanti, non tirati indietro come solitamente in ufficio. Sembra un modello e io non mi sento all'altezza. Si appoggia con l'avambraccio allo stipite e mi percorre con lo sguardo, dalla testa ai piedi.

«Sei perfetta, cowgirl.» Fa un gesto come per porgermi la mano, invece mi attira a sé baciandomi sulle labbra. «E hai anche un ottimo sapore!»

Ridacchio e ricambio il bacio. «E così la povera, ingenua ragazza venne a sapere che il suo capo era un vampiro e voleva mangiarsela!»

«Non mi tentare, ragazzina.» Sorride e mi strizza l'occhio. «Sei pronta?»

«Sì, prendo solo la borsa…» Rientro in casa e mi guardo intorno quasi con disperazione. Borsa, borsa… dov'è finita la mia borsa? Poi ricordo di averla lasciata in camera. Corro a prenderla e mi ripresento alla porta. «Trovata!»

Mi accarezza la schiena mentre chiudo la porta. Sento la sua mano attraverso il tessuto leggero del mio vestito turchese. Mi sta distraendo. Come se non avessi già abbastanza problemi con la serratura di questa dannata porta! Per fortuna questa volta decide di non fare troppi capricci.

Scendiamo le scale, lui è qualche passo davanti a me ma si volta per prendermi la mano.

«Ancora non mi dirai dove mi stai portando, Ethan?»

Usciamo e camminiamo qualche minuto fino a raggiungere la sua auto sportiva.

«Assolutamente no.» Apre la portiera per farmi salire, fa il giro e raggiunge la postazione di guida. «Ma ti assicuro che ci divertiremo!»

«Quindi non mi resta che fidarmi…»

Cerco di orizzontarmi nell'intrico di strade in cui Ethan si sta immettendo. Come non detto, mi sono già persa!

«Avevo pensato a un locale esclusivo, uno dei club privati più alla moda, quelli dove si incontrano anche i personaggi famosi.»

Volta per un attimo il viso e mi guarda, poi torna a concentrarsi sulla strada.

«Ah...» Locale esclusivo. Club privato alla moda. Personaggi famosi. Forse dovrei mostrare un po' più di entusiasmo, mi sto comportando in modo davvero scortese. «Che bello... sarà sicuramente stupendo. Proprio bello.»

L'avevo già detto bello!

A quanto pare siamo arrivati perché accosta, oltrepassa un portoncino di legno e parcheggia all'interno, accanto ad altre macchine. Scende velocemente e mi viene a prendere. Ha deciso davvero di trattarmi come una gran signora.

Scendo e mi impongo di camminare al suo fianco senza pensare a niente. Mi sento a disagio all'idea del locale esclusivo, ma in qualche modo me la caverò. Però... qualcosa nello sguardo un po' beffardo e ironico di Ethan non mi convince. Mi fermo improvvisamente ed essendo per mano costringo anche lui a fermarsi e a voltarsi. In effetti, ripensandoci... non è proprio vestito da locale esclusivo!

«No, non mi freghi!» Lo guardo seria e scuoto la testa.

Scoppia a ridere. «Non hai idea della faccia che hai fatto quando ti ho parlato del locale esclusivo. La tua espressione era a dir poco schifata!»

«No, ma che dici!» Metto il broncio e lo colpisco al petto con un pugno leggero. «Solo che per cose così mi devo preparare psicologicamente molto prima. E trovare l'abbigliamento adatto, le scarpe, il trucco, l'acconciatura. Insomma, trasformarmi in un'autentica newyorkese!»

«È esattamente quello che non voglio da te.» Si avvicina e posa le mani sui miei fianchi lasciandole scivolare piano, come una carezza. «Sei tu che mi fai impazzire. Non tu trasformata in un'altra.»

Avvicina le labbra alle mie, socchiudo gli occhi pensando che mi stia per baciare. Invece mi prende la mano e mi trascina con sé. Mi devo trattenere, rischio di fare la figura della sciocca. Dubito che lo farà impazzire anche la mia versione sciocca. Più sciocca del solito, insomma.

«Ti porterò anche in un locale esclusivo, così tutti ti vedranno e saranno invidiosi di me.» Mi attira a sé cingendomi il fianco mentre continuiamo a camminare. «Ma un'altra volta. Sempre se, dopo stasera, tu deciderai di uscire ancora con me.»

«Vedremo…» Gli lancio un'occhiata dubbiosa ma divertita. «Per il momento non mi sbilancio.»

«Questa sera abbiamo bisogno di divertirci e stare bene.» Sorride e guarda di fronte a sé.

Seguendo la direzione del suo sguardo noto l'insegna del locale, sicuramente non esclusivo, in cui stiamo per entrare: "Country World Music Hall".

«E abbiamo bisogno di ballare tutta la notte e di abbuffarci di hamburger e patate fritte.»

Apre la porta per me e la musica country mi raggiunge immediatamente.

«Non mangio hamburger, ma con tutto il resto sono d'accordo!» Sorrido e d'istinto mi aggrappo al suo collo baciandolo sulla guancia. Gli accarezzo il viso con dolcezza, mentre lui mi guarda negli occhi. «Grazie, Ethan. Io…» Mi sorprende sempre. Mi fa sentire unica e speciale, non posso negarlo. «Sono felice di essere qui con te.»

La mia attenzione è distratta dall'attacco di una nuova canzone.

«Ah, senti questa! *I just wanna dance with you*!» Inizio a saltellare al suo fianco. «Andiamo, andiamo subito in pista, non possiamo perdercela!»

In preda all'euforia sono io a trascinarlo questa volta. Non ballo da un po' ma ritrovo subito confidenza con me stessa e con il mio corpo. Ethan mi segue e devo ammettere che se la cava piuttosto bene per essere di New York. Volteggio tra le sue braccia. Lui appena può coglie l'occasione per stringermi a sé e strapparmi un bacio. Sto bene e mi sento viva. Come non mi sono mai sentita, probabilmente.

Voglio solo lasciarmi andare e non pensare. Voglio solo perdermi nei suoi occhi, nelle sue labbra, accarezzare il suo corpo mentre cambiando musica balliamo a distanza più ravvicinata *We're all alone*. Stabilisco, nella mia mente, che questa sarà la nostra canzone. È vera in un certo senso. Io e Ethan siamo soli. E siamo simili. Io ho bisogno di lui come lui, credo, ha bisogno di me. Per pensare a tutti gli altri problemi ci sarà un altro momento. Per adesso esistiamo solo noi due. Solo Ethan e io. E la nostra canzone.

"Once a story's told
It can't help but grow old
Roses do lovers too
So cast your seasons to the wind
And hold me dear oh hold me dear
Close the window calm the light
And it will be alright
No need to bother now
Let it out let it all begin
All's forgotten now
We're all alone..."

CAPITOLO 47

«Ragazzi e ragazze…» Peter arriva di corsa nell'ufficio di Ethan dove siamo in riunione, insieme anche a Georgie e Annabelle. Entra con foga senza nemmeno bussare e ci sventola sotto il naso dei fogli con grafici e tabulati di cui capisco ancora poco. «I primi dati ufficiali del programma.»

«Direi che è andato bene.» Georgie gli strappa i fogli di mano e li scruta con attenzione meticolosa.

«Bene?» Peter si china fino a ritrovarsi in ginocchio di fronte alla sedia a rotelle di Georgie. «Stai scherzando, vero? È stato seguitissimo, sono risultati ottimi!» Si alza scuotendo la testa, si toglie gli occhiali e li fa roteare tra le dita, sembra quasi un giocoliere. «Bene, dice lei!»

«Ti sembra la faccia di una che scherza?»

Mentre Georgie lo osserva con la solita aria un po' stizzita un po' imperturbabile, io, Ethan e Annabelle ci tratteniamo per non ridere. Penso che Georgie lo stia facendo apposta per provocare Peter. E lui ancora non se n'è accorto, tanto è preso dal risultato del programma.

«Ragazzi, io vi ringrazio per l'ottimo lavoro.» Ethan decide che è arrivato il momento di intervenire. Si sposta da dietro la scrivania posizionandosi proprio di fronte a noi. «Ha superato anche le migliori aspettative, ma non dobbiamo credere che sarà sempre così facile, anzi. Questo ci deve servire per dare sempre il meglio, a ogni puntata. E ora che ho chiuso con i tipici discorsi da capo soddisfatto… stasera si festeggia. Cena da me, voi quattro sarete miei ospiti.»

Anche a Georgie, a questo punto, non resta che annuire e sorridere. Siamo stati bravi. In realtà più loro di me. Perché io

181

proprio nel momento più importante mi sono dovuta assentare per quello che è successo a Sharon. Ma in questi giorni recupererò, perché la prossima settimana deve andare ancora meglio. E io voglio fare parte attivamente di questo meglio.

Vorrei che non accadesse, ma mentre gli altri lasciano la stanza Ethan mi fa cenno di trattenermi. No, non questa volta! Non avrebbe dovuto farlo, soprattutto in presenza di Georgie. Mi sento vagamente ipocrita ora. Anzi, proprio pienamente ipocrita. Alla fine, sto facendo quello di cui Georgie mi aveva accusata la prima volta che ci siamo incontrate. Sto intrattenendo una specie di relazione con il mio capo. Sospiro e lo guardo. Da come stringe gli occhi, temo che il mio pensiero traspaia e lui lo abbia percepito.

«Non mi piace molto questa situazione...» Decido di essere onesta e fargli presente come mi sento. Mi chiedo anche se Ethan avrebbe invitato a cena il mio team, se non ne facessi parte anch'io. «Mi imbarazza, ecco. E mi fa sentire a disagio. Insomma, potrebbero accorgersi che...»

«Tranquilla, cowgirl.» Sorride invitante, mi attira a sé e mi accarezza le braccia. «Si sono già accorti che sono caduto nella tua trappola.»

Mi bacia lo zigomo e poi si sposta verso le mie labbra. E io, ovviamente, non riesco a resistere. Non credo sia possibile resistere ai baci di Ethan Forsyte.

«Sono io che credo di essere caduta nella tua...» Gli accarezzo i lati del collo e lo guardo negli occhi. «Però... davvero a volte vorrei che tu non fossi il mio capo.»

«Quindi, cosa proponi come soluzione? Ti licenzi tu o mi dimetto io?» Corruccia la fronte e fa una smorfia disgustata. «In tal caso rischi però di avere a che fare con mio padre o con uno dei suoi tirapiedi e ti garantisco che non ti piacerebbe.»

Rido e mi mordo le labbra. «No, così tanto dubito anch'io.» Gli accarezzo i fianchi e lo cingo con le braccia. «E non vorrei nemmeno licenziarmi. Quindi... forse dovremmo solo essere un po' più discreti, ecco.»

«Discreti?» Fa una smorfia ancora più disgustata di quella di prima. «Ma tu non mi ispiri discrezione, cowgirl. Proprio per niente! Dopo ieri sera, poi…»

«Non ricordarmelo, per favore!» Mi copro la faccia e gli occhi con le mani. «Abbi pietà.»

«Premio "La reginetta del rodeo", l'anima della festa.» Mi toglie le mani dal viso e mi stringe a sé. «La ballerina più scatenata della sala e anche la più sexy. Ed eri tutta mia!»

«Guai a te se lo dici a qualcuno!» Mi stacco da lui e incrocio le braccia.

«Ah sì, cosa mi faresti?» mi percorre il viso con un dito, dallo zigomo fino alle labbra. Io lo mordo delicatamente.

«Sai quel vecchietto che mi ha incoronata?» Inclino il viso e gli strizzo l'occhio, tentando di mostrarmi provocante. «La prossima volta potrei uscire con lui e lasciare a casa te.»

«Ma allora sei davvero perfida, cowgirl!» Sorride e mi bacia la punta del naso e poi le labbra.

«Sì. E visto che lo sono davvero tanto, ora torno al mio lavoro.» Mi allontano da lui, un po' a forza a dire il vero. Vorrei essere più brava a resistergli. «Tu mi distrai troppo! E non mi paghi per essere così distratta.»

«Ma a me piace essere la tua distrazione!»

Allunga il braccio verso di me, cercando di riprendermi, ma io sono più veloce a sfuggirgli e raggiungo la porta.

«Più tardi, forse…» rido e lo saluto con la mano. «Ora da bravo, la tua scrivania e il tuo computer ti stanno aspettando. Fatti distrarre un po' da loro.»

CAPITOLO 48

Oggi Sharon è tornata a casa, finalmente. È sabato e avrò l'intero week end per prendermi cura di lei. Quindi ho detto a Ethan che non ci vedremo fino a lunedì. Durante la cena a casa sua credo, anzi sono certa, che Peter, Georgie e Annabelle abbiano capito cosa c'è tra noi. Ethan non ha fatto nulla per nasconderlo, per trattenersi o mostrare discrezione. E a questo punto anche io l'ho assecondato. Preferisco che altri alla RFB non sappiano, ma almeno dal mio team non mi dovrò nascondere.

«Dimmi tutto quello che vuoi fare» sorrido e accarezzo i capelli di Sharon, mentre seduta sul divano tiene la testa sulla mia spalla. «In questi due giorni sono completamente a tua disposizione. E ho fatto anche un bel rifornimento di cibo!»

«Non devi restare chiusa in casa solo per me...» sbuffa e solleva il viso. «Anzi dovresti proprio uscire a divertirti, io sto bene qui da sola.»

«Ma io voglio restare qui con te...» La guardo e faccio il broncio. «Vuoi davvero mandarmi via?»

Sorride e mi stampa un bacio sulla guancia. «Sei una delle cose migliori della mia vita, certo che non ti voglio mandare via. Ma voglio che pensi un po' a te stessa, a quello che ti rende felice...»

«Ecco, brava!» annuisco e le passo un braccio attorno alle spalle appoggiando la testa alla sua. «Ora mi rende felice stare qui con te. Magari guardare qualche film e mangiare un sacco di schifezze grasse e unte!»

«Ah, grazie... Così Paul smetterà definitivamente di dirmi che sono la sua principessa.» Sharon ridacchia e si porta entrambe le mani sull'addome. «Non farmi ridere che mi scoppiano i punti con cui mi hanno ricucita!»

La guardo e mi sforzo di sorridere. Possibile che ora riesca addirittura a scherzare su quello che le è successo?

«Sharon… Paul è…»

Non so esattamente cosa voglio chiederle. Ho iniziato la domanda senza sapere dove sarei andata a parare. E quindi la lascio in sospeso.

«Ricordi che ti ho appena detto che sei una delle cose migliori della mia vita?» Mi guarda seria, ma con un sorriso dipinto sulle labbra. La vedo diversa, brilla una fiamma di certezza, di lucidità nei suoi occhi castani. «Ecco, Paul è un'altra. Direi che siete allo stesso livello, anche se è diverso come tipo di sentimento.»

«Quindi, tu…» Non oso proseguire, forse non dovrei indagare oltre.

«Sì, mi sono innamorata di lui.» La voce di Sharon non tradisce dubbi, né incertezze. «E non solo perché mi sta vicino nonostante io sia ridotta a un colabrodo. Probabilmente è iniziata anche prima, in tutto il tempo che passavo da lui per la colazione o per uno spuntino. Quello che sta accadendo ora ha solo confermato il giudizio che mi ero già fatta su di lui. Paul è bello. E non solo esteriormente. Mi rende felice, mi rende unica al mondo, anche così come sono ridotta adesso. Dovrei essere ancora traumatizzata, invece riesco quasi a prendermi in giro da sola per la mia situazione.» Mi accarezza le mani e poi le stringe tra le sue. Mi sento tremare interiormente, le sue parole sono come una scossa per il mio povero cuore ancora troppo confuso. «Nessuno al mondo mi ha mai trattata con tanto rispetto, tanto amore, tanta devozione. Per gli altri sono sempre stata una bella ragazza con cui passare un po' di tempo e divertirsi. E forse era quello che volevo anch'io. Lo volevo con Ethan e anche con Tod. Ma quello che voglio con Paul è un altro tipo di rapporto. E spero di essere abbastanza degna per meritarmelo.»

Mi porto una mano sulla fronte e sospiro profondamente.

«Oh, Sharon... io dubito che Paul possa trovare una donna migliore di te. È un ragazzo fortunato, il più fortunato che io conosca!»

Sharon mi si mette proprio di fronte e scosta i capelli che le coprono quasi metà del viso. Mi rendo conto che i segni lasciati da quel bastardo potrebbero impressionare chi non si aspetta di trovarli nascosti sotto il ciuffo di capelli raccolti da una parte.

«Lui accetta anche questo, dalla prima volta in cui mi hanno tolto le bende. Paul era presente. Non ho visto un minimo accenno di turbamento o ribrezzo nei suoi occhi. Credo di essere io la ragazza fortunata, piccola...»

«Mmh... mia madre arriverà qui a giorni...» Non voglio che pensi di non essere accettata così com'è da me, però vorrei che valutasse tutte le opzioni.

«Bene, sarò contenta di vederla» sorride e annuisce, mi bacia sulla fronte. «Se c'è qualche possibilità di riavere un viso quasi carino, affronterò l'operazione. Per Paul, soprattutto. Ethan mi ha già fatto sapere che pagherà lui tutto quello di cui avrò bisogno, ma io non voglio che si senta responsabile di quello che mi è successo. Perché non lo è assolutamente.»

«Credo che sia stata colpa mia» sbuffo e arriccio il naso. «Quando eri ancora in sala operatoria ero disperata e me la sono presa con chi mi capitava a tiro. Ethan, appunto. Poi mi sono scusata, ho tentato di fargli capire che ero fuori di me... ma lui è talmente testardo!»

Capisco che devo smettere di parlare di Ethan, con Sharon preferisco non scendere nei dettagli della mia storia con lui per il momento.

«Raccontami, come sta andando con lui?»

Ecco, come non detto. Mi ha beccata subito!

«Va tutto bene...» sorrido e cerco di non eccedere nell'entusiasmo. Mi sento ancora un po' a disagio a raccontare a lei di me e Ethan, sapendo che hanno avuto una relazione. «Usciamo insieme ogni tanto.»

«Mi ero accorta che con te era diverso. Totalmente preso, insomma.»

Mi accorgo che sta per aggiungere altro, ma poi inclina il viso e si fa pensierosa.

«A cosa pensi?»

Mi chiedo perché la sua espressione sia cambiata così repentinamente.

«Niente. Una cosa di cui è convinto Paul. E se devo essere onesta anche a me è venuto qualche dubbio, dopo una determinata scena a cui ho assistito.»

Ora è diventata davvero troppo seria. Devo iniziare a preoccuparmi?

«A che proposito? Insomma, parla. Non farmi indovinare, lo sai che sono pessima in queste cose.»

La butto sul ridere. Non può essere qualcosa di così grave.

«Non so se sia il caso di dirlo, considerata la situazione.» Sembra ancora combattuta e io non ne comprendo il motivo. «Anzi, Paul sarebbe contrario a questo punto. Ma io sono convinta che tu debba conoscere tutti gli elementi, prima di fare una scelta.»

«Quali elementi? Quale scelta?» sbuffo sempre più spazientita. «Cos'è un giallo? Un romanzo del mistero? Shar, vuoi farmi morire di curiosità? Di cosa stai parlando?»

Scoppio a ridere. Scommetto che si sta divertendo un mondo alle mie spalle. Ma non capisco perché mai abbia iniziato questo strano gioco.

«Sto parlando di John. È innamorato di te. Kora… quel ragazzo ti ama, da sempre. Le poche volte che vi ho visti insieme io l'ho pensato. Paul invece ne ha la certezza assoluta.»

Credo che nemmeno se qualcuno mi avesse sparato in pieno petto mi sarei sentita così. Stordita, frastornata, incredula. È come un male fisico, un male dirompente che mi spezza il fiato. Come se dal cuore si diramasse attraverso le vene, i vasi sanguigni, i capillari in tutto il mio corpo.

John mi ama. Da sempre. No, non è vero. Sicuramente si sono sbagliati. John è interessato a un'altra, una ragazza del suo corso.

«No...» Devo ritrovare la voce per parlare, mi si è seccata anche la gola. «John...» Anche pronunciare il suo nome ora mi devasta? «Lui... a lui piace una ragazza del suo corso. L'ha detto proprio Paul. Quindi... vi siete sbagliati. Io e... ci conosciamo da tanti anni e...» E non posso mettermi a piangere di fronte a Sharon. Non posso mettermi a piangere, punto e basta. Mi mordo le labbra talmente forte da rischiare di farle sanguinare. «No, Paul non può averlo detto. Avrai capito male.»

Sharon scuote la testa decisa, irremovibile nella sua convinzione.

«Paul è il migliore amico di John, qui a New York. E sa con certezza che John è innamorato di te, non c'è mai stata nessun'altra. E dall'espressione che hai in questo momento, piccola, credo che tu debba farti qualche domanda in proposito.»

«No, no, no...»

Non riesco davvero a trattenermi, le lacrime mi rigano il viso. Mi sento libera e in trappola allo stesso tempo. Una dopo l'altra scendono come pioggia e io inizio a tremare mentre cerco di asciugarmi gli occhi. Dannazione, John Keats. Perché non mi hai parlato? Perché hai lasciato che io...

«Piccola...» Sharon mi afferra per le spalle, poi mi accarezza il viso bagnato di pianto. «Oddio Koraline, anche tu...»

Non voglio più sentire niente, non voglio più sapere niente da nessuno. Né sospetti, né certezze. Mi alzo di scatto e mi precipito nella mia stanza. Mentre sto per buttarmi sul letto, la voce di Sharon mi raggiunge «...anche tu lo ami.»

CAPITOLO 49

Non so cosa sia quello che provo per John Keats. Ho tentato di spiegarlo a Sharon quando mi ha raggiunta nella mia stanza, ma non sono riuscita a trovare parole per esprimerlo. Lei può anche chiamarlo amore, io non ne sono del tutto certa. Forse non ne so abbastanza dell'amore. Quello che so è che è qualcosa di indefinibile, indescrivibile, inesprimibile. È un po' come il fatto che io il più delle volte non mi amo e non mi sto nemmeno molto simpatica, ma devo pur convivere con me stessa.

Ecco, con John è sempre stato così, soprattutto in Idaho. Lo considero un po' come considero me stessa. Certo, lui è molto più bravo in tutto, come avrei sempre voluto essere anch'io. È parte della mia vita, della mia anima. Come se fosse nato appositamente per raggiungermi, per non lasciarmi sola e smarrita in questo mondo. Come se per noi ci fosse stato un prima che non sono in grado di identificare. Per questo mi fa così male. Per questo mi avrebbe distrutta perderlo se avesse deciso di allontanarsi da me. Per questo io ho taciuto quello che provo e a cui ancora non riesco a dare un nome.

Lui mi ama. Ho passato il resto del week end, che avevo promesso di dedicare a Sharon, a ripetermi mentalmente queste tre minuscole parole. E a tentare di convincermi che non può essere vero. In tutti questi anni non ha mai fatto nulla perché io capissi. Quello che è accaduto recentemente tra noi è stato così strano… Ma mi è sembrato di averlo cercato e desiderato più di quanto lo volesse lui.

Quindi no, Paul e Sharon devono essersi sbagliati. John non può amarmi. Mi ha vista troppe volte nei miei momenti peggiori per potermi amare. Non può amarmi sapendo perfettamente quanto patetica, confusionaria, irritabile, sconclusionata e distruttiva io riesca a diventare in poco tempo!

Sento squillare il telefono mentre mi sto preparando il caffè prima di andare al lavoro. Vedo il nome di Ethan comparire sul display. Cerco di schiarirmi la voce prima di rispondere. Non so perché ma temo che il mio tono sia cambiato.

«Pronto, ciao Ethan.»

«Ciao cowgirl. Oggi purtroppo avrò degli appuntamenti in giro per la città, non sarò in ufficio e non ti potrò vedere. Però potremmo vederci per cena, c'è una persona che vorrei presentarti.» Sembra molto sereno, tranquillo. Quasi contento.

«Sì, va bene.» Io invece mi sento a disagio. Non è un male che non sia alla RFB oggi, avrò tempo per riprendermi e rimettermi in sesto. «Passi a prendermi tu allora, stasera?»

«Certo, verso le otto sono lì da te. Buona giornata.»

«Grazie, anche a te...» sospiro addolcendo la voce. «Ciao.»

Sharon compare sulla porta della cucina, con le braccia incrociate mi guarda senza dire una parola. Ma è come se ne avesse molte da rivolgermi.

«Vuoi un po' di caffè? L'ho appena fatto...» sorrido e le lancio un'occhiata distratta. «Paul starà con te, oggi? Non avrà tanto lavoro arretrato come sabato e domenica, vero? Ecco, così appena arriverà io andrò.»

Cerco, neanche troppo velatamente, di spostare la sua attenzione altrove.

«Sì, prendo il caffè, grazie. Paul sta per arrivare, ma tu puoi andare nel frattempo. Non mi serve che vi diate il cambio come babysitter.» Ecco, temo che ora arrivi il mio turno come argomento di conversazione. «Cosa hai intenzione di fare, Kora?»

Verso il suo caffè in una tazzina, le aggiungo un po' di latte e un cucchiaino di zucchero secondo le sue abitudini.

«Oggi proviamo a contattare altri personaggi mediamente famosi, potrebbero essere interessati a partecipare al programma.»

«Non fregarmi, piccola.» Prende la tazzina che le porgo e sorseggia piano il caffè. «Lo sai cosa intendo. Vuoi continuare a uscire con Ethan pur essendo innamorata di John?»

«Io non...»

Le semplici parole "innamorata" e "John" nella stessa frase hanno su di me un effetto devastante, come se improvvisamente perdessi tutte le scarse energie che mi sono rimaste.

«Va bene, come preferisci. Tu non lo ami.» Annuisce, appoggiandosi alla parete con la schiena. «Allora mettiamola così: vuoi continuare a uscire con Ethan pur provando questi sentimenti indefiniti per John? Insomma, io credo che dovreste chiarirvi, in qualche modo. È come lasciare qualcosa di irrisolto che rischia di logorarti l'esistenza.»

Butto giù l'ultimo sorso di caffè, appoggio la tazzina nel lavandino, poi la lavo con cura.

«Ti sei chiesta perché in tutti questi anni John non ha mai sentito la necessità di parlarmi? Ti assicuro che recentemente qui a New York ne ha avute di occasioni, eppure non l'ha fatto. Quindi potrebbe essere che questo "amore", come lo chiamate tu e Paul, non sia tanto importante per lui.»

Mi fa male. Quello che sto raccontando a Sharon e anche a me stessa mi fa male, quasi mi soffoca. Ma in effetti che altra spiegazione potrebbe esserci?

«Non hai pensato che potrebbe avere paura della tua reazione, proprio perché vi conoscete da una vita?» Sharon mi segue mentre mi avvio in salotto per cercare la mia borsa, perennemente dispersa per casa. «Pensaci, Koraline. Ethan invece ci ha provato con te fin dall'inizio. Ma in effetti Ethan che cos'ha da perdere? Assolutamente niente. Invece John potrebbe perdere anche quello che avete costruito nel corso di questi anni, quindi preferisce tacere.»

«Credevo fossi dalla parte di Ethan. Metterti con Paul ti ha fatto cambiare idea?» Questa è stata una brutta cosa da dirle, una frase sarcastica e irritata uscita veramente male. Ma mi sto spazientendo davvero con questa storia. «Scusa...»

191

Abbasso lo sguardo e continuo a vagare per casa. Dov'è andata a nascondersi quella stramaledetta borsa?

«Piccola...» Mi segue per un po' pazientemente, poi si infila in cucina e mi si ripresenta davanti con la mia borsa. Che imbecille, l'avevo lasciata accanto al lavello proprio per non perderla! «Koraline, io non sono dalla parte né di John né di Ethan. Credo che siano entrambi dei bravi ragazzi, con i loro pregi e difetti. Io sto solo dalla tua parte!»

«Bene...» Prendo la borsa e me la infilo sulla spalla. «Io sto bene con Ethan. Mi diverto, mi sento felice e lui mi ricopre di attenzioni. È meraviglioso stare con lui! E io voglio continuare a divertirmi, a sentirmi felice e... Insomma Shar, con John ultimamente mi è sembrato di impazzire. È stato come essere in una centrifuga fuori controllo da cui il mio cuore rischia di uscire a brandelli. Non so se renda come idea, ma è molto simile a quello che ho provato, ecco!»

«Hai chiarito il concetto.» Annuisce convinta e accenna un sorriso, un po' compassionevole in realtà. «Sai cosa mi ricordi? Un po' quel romanzo di Jane Austen, come si chiama... *Ragione e sentimento*, ecco. Tu devi solo chiarire a te stessa quale delle strade intendi seguire. Nessuno ti può aiutare in questo. Dovrà essere una tua scelta, Kora.»

CAPITOLO 50

Mi sono messa carina. O almeno ci ho provato. Prima di andare al lavoro, questa mattina, ho fatto promettere solennemente a Sharon di non dire niente a Paul del fatto che io sono a conoscenza di quella faccenda di John. Credo abbia mantenuto la promessa perché quando sono rientrata, questa sera, Paul mi ha salutata normalmente. L'avrei capito se Sharon gli avesse raccontato qualcosa. O forse no.

Ora sto aspettando Ethan. Vestitino nuovo tinta pastello che mi evidenzia bene la vita. Mi sono anche impegnata per truccarmi e pettinarmi meglio del solito. Mi sono fatta i boccoli e li ho raccolti lateralmente, lasciandoli scivolare sulle spalle.

Sharon, seduta sul divano a guardare un film insieme a Paul, osserva i miei movimenti con un sorrisetto un po' forzato stampato in faccia. Mi fa sentire colpevole. Colpevole di voler attrarre Ethan ancora di più, di volerlo conquistare. Dice di aver capito come mi sento, invece non può. Lei ama Paul, ma in modo diverso. Stanno bene insieme, sono calmi, sereni. C'è un'immensa armonia e tenerezza tra loro.

Io non posso lasciarmi distruggere. Quello che sento per John è come un'ondata devastatrice che rischia di sommergermi. Ed è stata una novità assoluta per me, qualcosa a cui non ero preparata.

Devo imparare a controllarmi perché non so come reagirò la prossima volta che me lo troverò davanti. E accadrà prima o poi, è solo questione di tempo. Per questo ho bisogno di Ethan. Di essere felice con Ethan e legarmi a lui sempre di più. Ho bisogno di una relazione tranquilla, di un uomo che si esprima nei miei confronti, che mi dica le cose che una ragazza vuole sentirsi dire. Da John ho avuto solo un lungo, imperturbabile silenzio.

Sento suonare alla porta e mi precipito ad aprire, prima che lo faccia Paul. Infatti, lo precedo di poco. Ho già la mia borsetta in mano.

«Pronta?» Ethan mi appare davanti con il suo splendido sorriso.

«Prontissima!» sorrido e gli appoggio una mano sul petto, un po' come a spingerlo fuori, per non permettergli di entrare. Non voglio che parli con Sharon e Paul. Non so perché. Anzi, lo so in effetti. «Ciao, ragazzi. Buona serata!» Li saluto distratta.

Ethan fa appena in tempo ad affacciarsi e fa un cenno di saluto con la mano.

«Quanta fretta, ragazzina!» ride e mi bacia sulle labbra appena richiusa la porta.

Mi stringo a lui e lo bacio con più trasporto del solito, accarezzandogli la schiena. Sento il bisogno di stare con lui, di averlo accanto, di baciarlo, di stringerlo.

Cerco di restare focalizzata sulla nostra serata insieme, mentre guida verso il suo appartamento. Ma non posso negare che qualcosa è cambiato. Mi volto ad osservarlo per un attimo. È così bello, elegante, tenero. L'uomo perfetto per qualsiasi donna. E io ora sento una voragine nel petto alla sola idea di non essere totalmente onesta nei suoi confronti.

«Cosa ti preoccupa?»

Mantiene il volante con una mano sola e con l'altra cerca la mia.

«Niente... ti stavo solo guardando...» sorrido, stringendo la sua mano.

«Allora forse dovrei essere io a preoccuparmi...» Bacia rapidamente la mia mano, poi torna a occuparsi del volante. «Devo stare attento, altrimenti tu mi farai finire fuori strada. Sei uno schianto, questa sera!»

«Mmh... mi hai detto che volevi presentarmi qualcuno...» In realtà mi è tornato in mente solo adesso. «Non volevo fare una brutta impressione.»

«Tu non faresti mai una brutta impressione. Su di me non l'hai fatta nemmeno la prima volta che ci siamo incontrati.» Mi guarda e ridacchia divertito. «Anzi, tutt'altro.»

«Oh, no! Non farmici ripensare!» Mi copro il viso con le mani, rivivendo la scena. «Io ero convinta che non ci fosse nessuno e…»

Accosta sotto casa sua e parcheggia. Si volta verso di me e mi accarezza i capelli, attirandomi a sé. Il mio cuore aumenta i battiti quando mi guarda negli occhi. Sono io a baciarlo per prima, accarezzandogli il viso dolcemente.

«Entriamo» sussurra sulle mie labbra. «La persona che voglio presentarti è già qui.»

Saliamo in ascensore. Ethan non lascia la mia mano nemmeno quando entriamo in casa. Mi chiedo chi mai possa essere questa persona. Forse qualcuno della sua famiglia?

Appena giunti in soggiorno mi ritrovo davanti una donna già matura con i capelli castano chiaro riflessati di molteplici sfumature bionde e magnifici occhi verdi allungati verso l'alto. Sembra una gatta. È una donna splendida, potrebbe essere un'attrice. Per un attimo credo che sia la madre di Ethan, in effetti qualcosa di lui potrebbe averla. Poi rammento le sue parole riguardo la morte della madre. Ha però un'aria familiare, mi sembra di averla già vista da qualche parte ma non saprei dire dove.

«Koraline… ti presento la mia amica Kimberly Bouchamp.»

Rimango per un attimo allibita mentre la bellissima signora si avvicina a me, porgendomi cortesemente la mano. Kimberly Bouchamp. Non può essere…

«Lei è…»

«Sì, cowgirl» Ethan conferma, mentre io mi compiaccio della stretta ferma e decisa di Kimberly. «L'attrice.»

Rimango incantata a guardarla. Ha qualche anno in più rispetto a come la ricordavo, ma… è proprio lei!

«Io sono… molto onorata, signora.»

«Chiamami pure Kim. Non sono mai stata una signora.» Mi sorride e mi appare ancora più bella e di classe. «Complimenti, Ethan. Proprio un bel bocconcino ti sei trovato!»

Arrossisco leggermente. Mi sento in imbarazzo. Con Ethan di solito riesco a essere abbastanza naturale, ma ora è come se Kimberly mi stesse analizzando al dettaglio.

Non so se Ethan stia cercando la sua approvazione o quali altre siano le sue intenzioni nei miei confronti. Mi accarezza la schiena delicatamente.

«Lo so. È anche meglio di come te l'avevo descritta, vero?»

Rivolgo a Ethan un'occhiata truce. Stanno parlando di me come se io non fossi presente e questa cosa mi dà un po' fastidio!

«E ha anche un bel caratterino!» Ethan mi attira a sé accarezzandomi il fianco e mi strappa un sorriso. «Kimberly è una mia vecchia amica, Koraline. Si fermerà qui da me qualche giorno per stabilire degli accordi di lavoro. Il motivo per cui ho voluto che tu la conoscessi è che forse si unirà al vostro team per la realizzazione del programma. E insomma… visto che tu sei la mia ragazza, volevo che lo sapessi prima degli altri.»

CAPITOLO 51

È stata una bella serata, dopotutto. Ethan avrebbe voluto che mi trattenessi per la notte ma io gli ho raccontato che non volevo lasciare sola Sharon. Ho mentito spudoratamente. Sharon non sarebbe rimasta sola perché comunque era già deciso che Paul si sarebbe fermato da noi.

Sto seduta sul mio letto con la schiena appoggiata alla parete e le ginocchia al petto. Non sto facendo altro che pensare. Continuo a prendere in mano il cellulare e poi a posarlo. E a guardare le fotografie di John scattate davanti alla statua di Alice. E la nostra foto insieme. Come se durante questi anni non ne avessimo fatte mille altre in tutte le occasioni.

Ma questa, questa fotografia è totalmente diversa. In questa io lo amavo. Così direbbe Sharon. Io non so come definire quello che provo. A volte mi sembra quasi che la parola amore riferita a me e John non sia sufficiente. È troppo abusata. Tanta gente si ama o dice di amarsi. Per me non ci sarebbe vita senza di lui. Sto combattendo contro la voglia di chiamarlo, di sentire la sua voce. Non posso disturbarlo ora, sono le tre di notte! E io non riesco a dormire.

Devo distrarmi, in qualche modo. Mi alzo e cerco un quaderno nuovo per gli appunti sulla mia scrivania. Poi torno a sedermi sul letto. Vediamo se mi viene qualche idea per il nostro programma. È stato davvero piacevole trascorrere la serata con Kimberly. In breve, mi ha raccontato tutta la sua vita, spesso triste e drammatica, con una spontaneità e una leggerezza invidiabili. Viene da una situazione di degrado, di disperazione, di povertà assoluta.

Lei e Ethan si sono incontrati in un centro di recupero, qualche anno fa. Kimberly ha avuto problemi con la droga e anche con l'alcool. Mi rendo conto di quanto sia stato difficile per lei farsi strada nella vita e resistere. Sono contenta che abbia deciso di lavorare con noi. Questo significa che si fermerà a New York per un periodo di tempo abbastanza lungo e io avrò modo di conoscerla meglio.

Butto giù qualche idea, così a caso. Tento di concentrarmi, ma la mia mente se ne va per gli affari suoi. Lascio scivolare la mano lungo il fianco e lo trovo anche senza guardare. Forse dovrei cancellare quelle fotografie dal cellulare. Invece la tentazione vera e propria è quella di inviarne una copia a John, così che possa averle anche lui. No, ma che diavolo vado a pensare! Sono cretina? Che domanda, certo che sono cretina. Però sarebbe carino se le avesse anche lui.

Mi sembra di essere in quei film in cui la protagonista ha un angioletto e un diavoletto sulle spalle e ognuno dice la sua. Ma se gli mando le foto ora sentirà il suono del messaggio? Magari rischio di svegliarlo. E poi perché dovrei mandargli le foto ora? Le ho scattate settimane fa.

Perché ora qualcosa è cambiato. Perché ora sai che lui ti ama. O così si dice in giro. Perché vuoi tentare di capire dalle parole con cui ti risponderà se è proprio vero. Perché non sei in grado di resistere senza di lui. Perché stai diventando molto simile a una stupida piccola mosca nella tela di un ragno.

Bisognerebbe cercare di capire chi è il ragno in questo caso. Ridacchio tra me. I ragnacci del Nevada, i ragnacci del solletico. Possibile che ogni pensiero, ogni idea assurda che mi sfiora la mente mi riconduca sempre a lui?

Okay, devo tornare a concentrarmi su Kimberly. Domani sarà una giornata impegnativa. E io dovrei cercare di prendere sonno. Oppure pensare a qualcosa di produttivo.

Io sto bene con Ethan. Per me lui sta diventando davvero importante. Mi ha definita la sua ragazza con Kimberly. E lei mi ha dato a intendere che sapesse quello che c'era tra noi, come se

Ethan le avesse confidato i dettagli della nostra storia. Storia che probabilmente non sarebbe nemmeno iniziata se… Eppure, i sentimenti che provo per Ethan sono reali, non sono una mia fantasia. E non è nemmeno solo un'attrazione.

Perdo il controllo. Dovrei fermarmi ma non ci riesco, maledizione! Sono le tre e venti di notte e io ho appena mandato a John la nostra foto davanti alla statua di Alice. Ma tanto dorme. Non avrà sentito. Io non sento mai i messaggi quando dormo, a volte non sento nemmeno le chiamate.

John: "Hai ancora intenzione di minacciarmi con quella foto, Appleline?"

Come non detto. Meno di un minuto dopo mi ha già risposto.

Cosa gli rispondo ora? Ah sai, Sharon ha detto che mi ami da sempre. È vero o era uno scherzetto di Halloween in anticipo?

Io: "Non riesco a dormire. E non sapevo a chi rompere le scatole."

Ecco, risposta più tipica di noi due.

Pochi secondi dopo, mi arriva la sua.

John: "Perché non riesci a dormire? Brutti pensieri?"

Se solo sapesse!

Io: "No… il fatto è che sono ancora un po' frastornata per Sharon."

Per quello che Sharon mi ha raccontato su di te, per essere esatti.

John: "Paul mi ha detto che sta meglio. Lo so che hai avuto paura, Appleline. Se hai bisogno di parlarne puoi chiamarmi quando vuoi. Magari domani però, non posso alzare troppo la voce qui. I miei coinquilini sono dei secchioni rompiscatole."

Sorrido leggendo la sua risposta.

Io: "Più secchioni rompiscatole di te? Impossibile!"

Ridacchio tra me, so che ora si arrabbierà.

John: "Io non sono un secchione rompiscatole. Sono un genio incompreso. Da te, soprattutto!"

Mi metto la mano davanti alla bocca per non ridere troppo forte.

Io: "Va bene, ti lascio dormire, genio incompreso da me."

Forse è meglio smettere. Davvero dovrei lasciarlo dormire.

John: "Non ti ho detto di smettere di mandarmi messaggi. Ti ho detto che non posso parlare ora. Con i messaggi continua pure, Appleline. Ho abbassato la suoneria. Tanto stavo comunque meditando sul senso della vita alle tre e mezza di notte."

Sorrido mentre leggo e mi lascio scivolare giù per appoggiare la testa al cuscino.

Cosa devo fare, John? Cosa devo fare con te? Questo vorrei chiedergli. E cosa devo fare con Ethan? Ethan è adorabile con me, mi piace davvero molto. Ma tu sei tu. E io…

Prima che possa rispondergli mi arriva un altro messaggio.

John: "Koraline, a parte gli scherzi. Non ti senti bene? Vuoi che venga lì?"

Certo che ti voglio qui, John. Mi mordo le labbra e mi passo le dita sugli occhi. Lo vorrei qui a tal punto che potrei anche lasciargli intuire di averne un bisogno assoluto. Ma non sarebbe giusto, non posso permettere che si faccia quasi due ore di strada per raggiungermi.

Io: "No John, io sto bene, davvero. È stata solo un po' di malinconia. Le paturnie di *Colazione da Tiffany*, hai presente?"

John: "Ho capito. Domani se vuoi ti porto da Tiffany, ma tu devi vestirti come Audrey Hepburn."

Sarebbe anche capace di farlo davvero, lo so.

Io: "Ti farò sapere. Ora dormiamo, da bravi."

Forza Koraline, lascialo dormire.

John: "Io sono bravo anche da sveglio."

Possibile che abbia sempre la battuta pronta? Devo essere più decisa.

Io: "Seriamente, John. Dormi ora!"

John: "Cos'è, un ordine?"

John, se continui così non ti lascerò andare mai.

Io: "No, ma sono le quattro. Non ha senso restare svegli a parlare di niente. Anzi, a mandarci messaggi fatti di niente."

Mi rendo conto che lo sto trattenendo perché ho bisogno delle sue parole. Se non posso avere la sua presenza o la sua voce, almeno le sue parole sul display del cellulare.

John: "Potrebbe esserci tutto in questo niente."

Scruto il messaggio un po' dubbiosa, cercando un senso implicito.

Io: "Ti sei messo a studiare filosofia?"

Preferisco non indagare sul suo messaggio. Rischierei di trovarci qualcosa che in realtà non c'è. Qualcosa che io vorrei ci fosse.

John: "No, lo penso davvero. C'è tutto in questo niente. Non lo pensi anche tu?"

Devo lasciarlo dormire. Non è giusto che stia sveglio a causa mia e che cerchi di proseguire la conversazione perché ha capito che è ciò che io voglio in questo momento.

Io: "Seriamente John, dobbiamo smettere."

John: "Smetti prima tu, Appleline."

Ragazzino testardo!

Io: "Non fare i capricci, John. Perché dovrei smettere prima io?"

Non capisco perché si è intestardito così. A volte però siamo testardi entrambi, lo ammetto.

John: "Li fai tu i capricci! Non hai sonno?"

A dire la verità ora un pochino sì. Ma è più forte la voglia delle sue parole.

Io: "Non molto, ma credo che sarebbe saggio dormire."

John: "Dormi allora."

Io: "Anche tu devi dormire però!"

John: "Dovrei dormire solo per farti contenta?"

Io: "Direi proprio di sì."

John: "Va bene allora, Appleline. Dormo anch'io."

Io: "Ecco, bravo. Dormiamo insieme."

Questa potrebbe anche suonare strana a chi non ci conosce. Ma John non ci vedrà nessun doppio senso. Perché è John. E perché sono io.

John: "Svegliami però, in caso di altre paturnie. Riattivo la suoneria, così ti sento."

Sarebbero queste le frasi di un uomo innamorato? Il tutto in questo niente. L'essere pronto a svegliarsi per le mie paturnie, per la nostalgia di qualcosa che non so definire, per i miei malumori improvvisi. Per il mio niente, insomma. L'essere qualcosa di unico anche se distinti, anche se distanti.

Non sempre mi rendi felice, John. Non sempre mi fai divertire. Mi hai innervosita così tante volte! Mi hai presa in giro e mi hai fatta sentire un'incapace e una sciocca. Eppure, non saprei come continuare a esistere se non ci fossi tu. Se questo è amore, allora forse Sharon ha davvero ragione a proposito di noi due. E forse, prima o poi, dovrò trovare il coraggio di dirtelo.

Io: "John, io ti..." Cancello immediatamente. Non ora, ovviamente. Volevo solo provare a scriverlo.

Io: "Buonanotte, John."

John: "Buonanotte, Appleline."

CAPITOLO 52

Arrivo al lavoro. Ethan ci convoca quasi subito a rapporto nella sala riunioni. C'è anche Kim, più bella e radiosa che mai. Anche gli altri miei colleghi sembrano subito rapiti dalla sua presenza e dal suo carisma. Tutti gli occhi sono puntati su di lei.

«Vi ho riuniti qui per mettervi al corrente della partecipazione della signora Kimberly Bouchamp alla nostra programmazione. Kimberly diventerà una parte molto attiva della RFB. Quindi vi chiederei di accoglierla come merita.»

Ethan mi lancia un'occhiata obliqua e accenna un sorriso. Io già sapevo tutto. Mi sento una privilegiata. La ragazza del capo, anzi. Lui stesso mi ha definita così. Io però devo incominciare a fare chiarezza sul nostro rapporto, ma soprattutto in me stessa.

Non posso essere la sua ragazza. Lui è l'uomo più affascinante che io abbia mai incontrato. Da tutti i punti di vista. Vorrei davvero lasciarmi conquistare da lui e fare parte del suo mondo. Ma c'è una parte del mio cuore, una parte molto importante in realtà, che si spezza al solo pensiero. Ho tentato di sedarla, di metterla a tacere, ma non ci sono riuscita. Perché quella parte del mio cuore invoca sempre più a gran voce il nome di John.

«Quindi in mattinata riceveremo la visita di alcuni giornalisti e fotografi.» Ethan riprende il discorso. Io mi concentro per ritrovare la lucidità e seguire attentamente le sue parole.

Non ho dormito la scorsa notte. La tentazione di continuare a mandare messaggi a John è stata irresistibile fino alle sei del mattino. Poi ho deciso di andare a farmi una doccia, prepararmi un caffè fortissimo e lasciare libera la fantasia di spaziare e scrivere le prime cose che mi venivano in mente.

Poco prima di uscire ho ricevuto una chiamata di John. Voleva solo augurarmi una buona giornata, era un po' in ritardo. Mi ha dato un brivido il suono della sua voce dopo la consapevolezza di quello che sono venuta a sapere. Insomma, non è più lo stesso. Desidero la sua presenza fino quasi a stare male. Però a Ethan sto imparando a voler bene, sempre di più. Per questo devo sistemare la situazione, al più presto. Non è giusto continuare così.

Mi sono persa. A un certo punto ho smesso di ascoltare Ethan e anche gli interventi degli altri. Mi si è dipinto sulle labbra un sorrisetto un po' ebete mentre annuisco senza aver compreso una parola di quello che si sta dicendo. Devo tornare in me, accidenti! John Keats, bamboccio malefico, esci dalla mia mente!

Si alzano tutti e io li imito, sempre con lo stesso sorrisetto ebete ormai incorporato. Ethan mi raggiunge e mi accarezza la schiena. Sento la pressione della sua mano sulla mia camicia di seta leggera. È il tocco di un uomo da cui sono fortemente attratta. Però è diverso. John mi invade il cuore e la mente anche a distanza. Ethan devo sentirlo accanto, toccarlo.

«Koraline…» La mano di Ethan ripercorre la mia schiena risalendo verso le spalle e il collo. Lì si ferma con un massaggio lieve. «Stai bene, tesoro?»

«Ho dormito poco. Ho pensato molto a…» sospiro leggermente. «A Kim e al nostro lavoro insieme. Ho buttato giù qualche appunto. Ora seguo gli altri, se non ti dispiace.»

Sorrido e lo guardo con dolcezza. Sembra che gli stia sfuggendo? Certo, gli sto sfuggendo. Se rimango qui sola con lui mentre tutti gli altri sono usciti, mi bacerà. E io accetterò i suoi baci perché sono attratta da lui. Ma non posso, non devo. Devo chiarire la situazione con John, prima. E dovrei dirlo a Ethan, forse adesso è proprio il momento più adatto. Ma stanno per arrivare i giornalisti. E c'è Kimberly. Se ci restasse male proprio ora non me lo perdonerei.

Ethan annuisce e io rincorro gli altri. Sì, sembro proprio in fuga.

«Ti fai ancora problemi?» Mi ritrovo di fronte Georgie che con la sua sedia a rotelle mi sbarra quasi il passaggio a metà corridoio. Solleva lo sguardo verso di me e arriccia il naso.

Inizialmente non riesco a comprendere a cosa si riferisca. Quando la vedo lanciare un'occhiata allusiva verso l'ufficio di Ethan mi diventa improvvisamente chiaro.

«Io non… non avrei voluto che accadesse.» Se solo sapesse quanto e vero, in questo momento!

«Ti avevo detto che ti eri guadagnata il posto qui usando un mezzo poco professionale.» Georgie si avvia verso il nostro ufficio, io la seguo. «Ma mi sbagliavo su di te. Sei brava. E quello che non sai lo impari in fretta. Credo che tu sappia che io non regalo complimenti a caso a persone a caso. Che poi tu sia diventata anche la donna del capo, nel frattempo, è un'altra storia.»

«Non sono proprio la sua donna nel senso…» aggrotto la fronte. Non so nemmeno io perché ci tengo così tanto a precisare il mio rapporto con Ethan.

«Conoscendolo da un bel po' di anni mi risulta strano che Ethan improvvisamente si sia votato alla castità.» Georgie ridacchia divertita, io le faccio cenno con la mano di abbassare il tono di voce. «Dev'essere proprio cotto!»

«Mmh…» Una parte di me è lusingata dalle parole e dagli apprezzamenti di Georgie, un'altra invece vorrebbe che i commenti a proposito di Ethan fossero esagerati. Decido di cambiare discorso mentre entriamo nel nostro ufficio. «Sai cosa pensavo Georgie, proprio questa mattina… che mi piacerebbe migliorare in questo lavoro e vorrei iniziare qualche corso. Magari di sceneggiatura televisiva e anche di cinematografia.»

Georgie si posiziona dietro alla sua scrivania. «Se vuoi abbiamo un po' di tempo in attesa dei giornalisti. Possiamo dare un'occhiata su internet. Potresti farti consigliare anche da Peter, io sono più esperta nel settore economico e commerciale rispetto a quello artistico.»

«Troverò qualcosa che fa al caso mio» annuisco e sorrido.

Incredibile come i miei rapporti con Georgie si siano completamente trasformati. Lei è così razionale, così attenta all'analisi di ogni dettaglio. Sono quasi tentata di raccontarle quello che mi sta succedendo. Non mi piace avere il cuore così diviso, mi fa stare troppo male.

No, non posso mettere di mezzo altre persone. È un mio problema, lo devo risolvere da sola. Prendo nota di qualche corso cercando di distrarmi. Mi piace l'idea comunque. Forse sono riuscita a trovare qualcosa che sono in grado di fare abbastanza bene.

Una mezz'ora più tardi Peter entra nel nostro ufficio con l'aria stralunata dei momenti davvero importanti. È buffo vederlo così, sembra un bambino esaltato per aver appena ricevuto il regalo a cui teneva da mesi.

«Ragazze! A rapporto, veloci! Il quarto potere è appena arrivato.»

«Oh Peter, quante storie per quattro imbrattacarte con allegati paparazzi.» Georgie solleva gli occhi e sbuffa. «Con calma, le star si fanno sempre aspettare.»

«Mi dispiace disilludervi, ma la star in questione è Kimberly Bouchamp ed è già di là.» Apre la porta per farci uscire e con un gesto della mano ci incita a darci una mossa. «Mancate solo voi due!»

Raggiungiamo la sala riunioni e davanti a un branco di giornalisti e fotografi appostati dall'altra parte del tavolo mi sento a disagio. Se potessi mi metterei in un angolino e resterei solo per assistere. Tutta l'attenzione è rivolta comunque a Ethan e soprattutto a Kimberly.

Ethan sorride entusiasta appena ci vede apparire sulla porta. Annabelle, probabilmente intimidita quanto me, si avvicina a noi come in cerca di protezione. Gli addetti stampa della RFB sono raccolti a un altro lato del tavolo. Ethan ci chiama e ci invita ad avvicinarci con un cenno della mano, mentre Kimberly con abilità e classe risponde alle domande che le rivolgono i giornalisti. Le chiedono se ha davvero deciso di rimettersi in gioco e se non teme il fallimento. Sondano, senza eccessivi scrupoli, nella sua vita privata e professionale. Alcune domande sono davvero impertinenti e inopportune ma lei non si scompone. Io, a questo punto, li avrei già mandati via a calci coprendoli di insulti.

Cerco sostegno in Peter e Georgie soprattutto. Non mi piace stare così al centro dell'attenzione. Dietro le quinte è il mio posto. Scrivere sceneggiature per me sarebbe ottimo, mi darebbe la possibilità di lavorare tranquillamente restando nell'ombra. Ma essere messa così in prima linea, con i fotografi che scattano fotografie a ciclo continuo proprio no. Ethan al contrario sembra perfettamente a suo agio. Credo sia normale, lui ci è nato in questo ambiente.

Mi impegno per concentrarmi su qualcosa, come un aggancio, un punto di riferimento che mi faccia sentire serena, rilassata. La statua di Alice. John. Il tutto nel niente. Il mio tutto. John, se solo fossi qui ora...

Forse ci avviamo alla conclusione. Anche Peter ha risposto a un paio di domande relative ai contenuti del programma, come capo del nostro team. Tremo all'idea che possano chiedere qualcosa anche a me. Invece, per fortuna, il nostro addetto dichiara conclusa la conferenza stampa. Credo che questa sarà una delle cose più difficili a cui dovrò abituarmi in questo lavoro.

Finalmente gli imbrattacarte con allegati paparazzi, come li ha definiti Georgie, si ritirano. Per la prossima volta mi farò un corso di rilassamento previo incontro con i giornalisti.

Percepisco il tocco di Ethan che mi sorride e mi accarezza il braccio con dolcezza.

«Ti vedo un po' tesa, cowgirl. Tranquilla, è andato tutto alla perfezione.»

«Solo perché fortunatamente non hanno fatto domande a me!» sbuffo e mi poso le mani sulle guance. «Sarei morta, altrimenti. O svenuta, sicuramente!»

«Non male, ti avrei fatto la respirazione artificiale per rianimarti» sorride e mi accarezza entrambe le braccia, guardandomi negli occhi.

Non dovrebbe guardarmi così in pubblico. Gli devo parlare al più presto. Cerco di ritrarmi, non vorrei avere gente intorno, non ora. Mi accarezza la guancia delicatamente mentre le sue labbra si avvicinano alle mie. Non riesco a spostarmi in tempo e ricambio il bacio appena accennato sulle labbra.

«Fuori di qui, ragazzo! La conferenza stampa è finita!» È la voce di Kimberly. Mi volto e mi rendo conto che il "ragazzo" a cui si sta rivolgendo è un fotografo, armato dei suoi attrezzi del mestiere.

Resto come sospesa in una nuvola di incoscienza. Sicuramente voleva riprendere Kimberly quando non era più in posa per l'incontro con i giornalisti. In momenti più rilassati, probabilmente. Come per estirparne chissà quali segreti. Mentre il fotografo scatta fuori dalla stanza a gran velocità sposto la mia attenzione su Ethan. Ha un'aria vagamente irritata e l'occhiata che scambia con Kimberly è poco rassicurante.

Mi stacco da Ethan e raggiungo Georgie, incontrando il suo tipico sguardo impenetrabile ma preoccupato. Ormai potrei fare una classificazione di tutti gli sguardi di Georgie McIntyre anche se per chi non la conosce bene si discostano poco uno dall'altro.

Georgie sospira e si stringe nelle spalle. «Temo che finirai su una bella copertina, ragazza dell'ovest. Come la nuova donna del grande capo. Diventerai la star del momento, complimenti.»

CAPITOLO 53

Ho deciso di rimuovere quello che è successo con quel fotografo. Non può fare davvero una cosa così stupida come pubblicare quella foto. Chi presterebbe attenzione a una ragazza come me? Ethan ha promesso che non permetterà che accada e io gli credo, mi fido di lui. Non ho insistito per non sembrare troppo isterica. Per lui certo questi episodi saranno un'abitudine.

Nel tardo pomeriggio, ancora al lavoro, ho ricevuto una chiamata da parte di mia madre. Si trovava già a casa mia e di Sharon. Sono rimasta un po' in ansia le ultime due ore, ero anche tentata di chiedere il permesso di uscire prima ma non voglio che si creda che ricevo favoritismi.

Arrivo a casa più velocemente possibile. Come apro la porta trovo Sharon, Paul e mia madre seduti intorno al tavolo. Hanno tutti e tre un'aria un po' tesa. Passo in rassegna i loro volti, in attesa di una risposta. Mia madre si alza e mi abbraccia.

«Stai bene, tesoro…» Mi guarda e sorride. La sua non è una domanda, ma una constatazione. «Non credevo così bene.»

«Sì, io…» Avrei tante cose da raccontarle, ma non ora. «Allora?»

Detesto aspettare. Perché non si decidono a dirmi qualcosa?

«Posso prendere in cura Sharon.» La mamma finalmente rompe il ghiaccio. «Però dovrà trasferirsi per un po' nel mio ospedale, in Idaho. Io non posso operare qui. Certo, anche a New York ci sono medici esperti, magari anche più di me.» Torna a sedersi e si volta verso Sharon. «Il viaggio è lungo, Sharon. E ci vorrà del tempo per il recupero. Ciò significa che resterai lontana da New York per un po'. Ovviamente io e Jack possiamo ospitarti a casa nostra, senza problemi.»

Mi siedo sul divano e sospiro. Questo non l'avevo messo in conto. Cosa farò io qui da sola, senza Sharon?

«Io vorrei…» Sharon posa la mano sulla parte del suo viso che tiene ancora nascosta dai capelli. «Vorrei che se ne occupasse lei, non un estraneo. Non mi importa quanto bravo o esperto. Io mi fido di lei, Fiona, come mi fido di Koraline. Sì, lo so che è una cosa diversa, però…»

Vedo gli occhi di Sharon riempirsi di lacrime. In un attimo mi precipito al suo fianco.

«Vuoi che venga anch'io?» Mi chino, per stringerla a me. «Io in un attimo mollo tutto e vengo con te, per tutto il tempo che sarà necessario.»

«No, piccola. Tu devi stare qui. Hai il tuo lavoro e…» Inclina il viso e sorride, accarezzandomi la guancia. «…e la tua vita qui, ora.»

«Io partirò con Sharon.» Paul mi sorride e strizza l'occhio con la sua solita espressione tenera e simpatica. «Quindi tranquilla, bella. La tua amica è in buone mani!»

Sorrido e annuisco. Ne sono sicura. In un certo senso, egoisticamente, sono contenta che ci sia lui al fianco di Sharon. E mi solleva il fatto che andranno a stare a casa dei miei, così mamma potrà monitorare il suo recupero quotidianamente una volta uscita dall'ospedale. Anche perché io… ho una faccenda da risolvere qui. Quei problemi irrisolti di cui proprio Sharon mi aveva parlato. E il mio più grande e più importante problema irrisolto al momento si chiama John Keats.

Dopo avermi resa partecipe della decisione presa, Paul torna al suo lavoro. Deve accordarsi con il suo socio a proposito della partenza, non sa ancora con esattezza quando tempo resterà assente. Sharon si ritira in camera sua per riposare un po'. Resto quindi sola in soggiorno con la mamma.

«Come ti dicevo appena sei arrivata… ti trovo bene, Koraline. Anche se ora che ti guardo meglio mi sembri un po' stanca.» Si sistema i capelli su una spalla. Lei, nonostante il viaggio e nonostante il lavoro stressante, è sempre in ottima forma. Un po' come Kitty, che deve aver preso da lei in questo. I miei segni di stress e stanchezza invece non perdonano e si notano sempre tutti. «Come sta andando l'esperienza qui? Sharon mi ha accennato al fatto che sei fantastica al nuovo lavoro. Sono tutti soddisfatti di te.»

«Sto imparando a cavarmela, mamma.» Mi mordo le labbra e respiro profondamente. «Mi dispiace tanto, davvero, ma la medicina non fa per me, non è il mio mondo. Credo che non lo sia mai stato.»

«L'importante è che tu abbia trovato qualcosa che ti piace davvero.» Si siede sul divano, al mio fianco. «Fai parte di un progetto importante, a quanto pare.»

«Oh, Sharon è veramente una chiacchierona!» rido e sollevo le gambe stringendomele al petto. «Sì, il progetto è importante. È un programma per bambini e ragazzi di cui è già andato in onda il primo episodio, l'episodio pilota insomma. Abbiamo ancora molto su cui lavorare. Comunque io sono la meno esperta del gruppo, dipendo ancora molto dagli altri. Però…» Ci penso un attimo e decido di aspettare prima di parlarle dei corsi a cui ho pensato di iscrivermi. Voglio avere le idee un po' più chiare e definire meglio la mia fascia di interessi. «Però sto migliorando e imparo in fretta.»

«Molto bene, tesoro.» Annuisce, poi il suo sguardo dolce e luminoso si fa un po' più cupo. «Hai sentito a proposito di Nora, la nonna di John?»

Solo a sentire il nome di John il cuore mi rimbalza nel petto furiosamente. Nora? Cosa le è successo? Rivolgo alla mamma un'occhiata terrorizzata. Non sarà…

«Il suo stato purtroppo è peggiorato ancora. Peggiora ogni giorno, a quanto pare. Sono passata a trovare lei e Jim prima di venire qui e non mi ha riconosciuta, mi ha scambiata per un'amica della sua adolescenza.» Sospira e si passa le mani tra i capelli. «Se continua così non potrà restare qui ancora per molto. Jim si sta lasciando andare, è un dolore vederla così. A volte non riconosce nemmeno lui. E John, povero ragazzo, non ce la fa più ad aiutarli da solo. Per cui Nora e Jim dovranno trasferirsi a Idaho Falls, al più presto.»

John. Perché non mi ha detto niente? Perché non ha chiesto il mio aiuto? Perché ha preferito affrontare questa situazione e soffrire da solo? O forse è stata colpa mia. Io non gli ho più chiesto informazioni in proposito. Io sono stata troppo concentrata su me stessa e su ciò che mi rendeva felice e soddisfatta. Mi mordo un'unghia quasi con rabbia. Lui c'è sempre per me, invece io…

«Non c'è… proprio possibilità che si riprenda?»

Lo so che probabilmente la mia è una domanda sciocca, ma devo dire qualcosa. Ormai temo quasi che mi si legga in faccia quello che penso. Anzi, quello che sento. Come se i sentimenti per John mi trasparissero attraverso gli occhi.

«No, tesoro. Purtroppo non c'è.» Anche gli occhi azzurri della mamma si rivestono di un velo di tristezza e desolazione. «L'unica cosa che ti chiedo è di stare vicina a John, se puoi. Lo so che non ti è particolarmente simpatico, ma in questo momento ha davvero bisogno di qualcuno che lo aiuti.»

CAPITOLO 54

Febbre da stress. Ecco, mi ci mancava solo questa. Appena arrivata al lavoro, ieri mattina, mi sono sentita girare la testa e i brividi lungo la schiena. E no. Niente Ethan nei paraggi. Niente pensieri proibiti su John. Ma febbre da stress, secondo la tuttologa Georgie McIntyre. Quindi Peter mi ha riaccompagnata a casa.

Ora sono due giorni che vago tra queste mura con troppi pensieri in testa. Probabilmente scoppierà e la mia materia grigia finirà spappolata sulle pareti bianche dell'appartamento, come un'opera d'arte contemporanea.

Sharon proprio oggi parte per l'Idaho. La mamma già l'aspetta, è tutto organizzato per il suo intervento. Paul ha deciso che lascerà temporaneamente la pasticceria, affidando la totale gestione al suo socio, Dennis.

Prima della partenza, Sharon ha insistito per organizzare un pranzo solo per noi. Noi quattro. Perché oltre a lei, Paul e me arriverà anche John. Non so se l'idea del pranzo prima della partenza sia stata messa a punto appositamente per ottenere un incontro o sia stata puramente casuale. In ogni caso, Sharon ha voluto solo pochi intimi intorno. Oltre Paul ovviamente, solo me e John.

È tutto pronto. Stiamo sedute sul divano in attesa che i ragazzi arrivino e nel frattempo guardiamo un film. Cioè Sharon guarda tranquillamente il film, io sto sulle spine e ho perso il filo della trama cinque minuti dopo l'inizio. E ho la febbre, ancora, che non ne vuole sapere di scendere. Appoggio la nuca al divano e chiudo gli occhi. Ho bisogno di parlare con John, ma da sola. Anche se in realtà non saprei nemmeno da che parte iniziare.

Appena sento suonare il campanello riapro gli occhi. Sto per alzarmi ma Sharon mi precede. Respiro profondamente e mi alzo comunque. Paul saluta Sharon con un bacio, io accenno un sorriso in direzione di John che ricambia allo stesso modo. Dovrei chiedergli come sta, poi notizie di sua nonna. Dirgli che mi è mancato. Che ho la febbre. No, questo non c'entra in realtà. Ma vorrei che restasse qui anche dopo la partenza di Sharon e Paul nel pomeriggio. Perché ho la febbre e ho bisogno di lui. No, tutte scuse. Voglio che si fermi qui e basta. Con o senza febbre.

«Ciao.» Distoglie quasi subito gli occhi da me e si guarda intorno. È pallido e sembra davvero stanco oggi.

«Ciao John.»

Questa è una situazione strana. Non mi ha chiamato Appleline come al solito e non mi ha presa in giro in qualche modo, ne trova sempre uno nuovo e originale. Oggi invece sembra stranamente serio. Di un serio in cui non lo avevo mai visto. Forse sarà per la situazione di Sharon, la partenza sua e di Paul. Magari è preoccupato per qualche motivo. Oppure per i suoi nonni. Dobbiamo parlare. Deve sapere che può contare su di me, sempre.

«È già tutto pronto in tavola, ragazzi.» Sharon li invita a sedersi. «Abbiamo preparato qualcosa di semplice e veloce, visto che partiamo fra poche ore.»

«Ah sì, certo!» sorrido facendo cenno a John di accomodarsi.

Non sembra solo serio, ma anche distratto. Mi sento quasi in imbarazzo. Perché ho l'impressione che mi tratti quasi come se non mi conoscesse?

Decido di non pensarci e mi concentro sul pranzo. Non ho fame. Mi sforzo di mangiare qualcosa comunque. Incolpo la febbre per il mio scarso appetito. Seguo i discorsi di Paul e Sharon a proposito di Idaho Falls e dell'operazione. Sembrano calmi e rilassati, nonostante tutto. Anzi, la verità è che riescono ad essere felici, nonostante tutto. Non perdono occasione per tenersi la mano o cercarsi con lo sguardo. Tra loro ci sono gesti complici e spontanei. È bello vederli insieme.

Sharon è cambiata da quando frequenta Paul. Non l'avevo mai vista così sicura e determinata. Nemmeno quando il suo bellissimo viso era intatto. Ora sa che ci sono possibilità che non torni a essere come prima, ma non le importa. Sembra incredibile ma è rinata dopo il trauma che ha subito. Mi sento ancora immatura e sciocca in confronto a lei.

«Devi proprio aiutarmi a chiudere la valigia!» Terminato il pranzo, Sharon si rivolge a Paul, indicando con la testa la sua stanza. «Mi ci sono anche seduta sopra ma non ci sono riuscita.»

Credo che sia un espediente per lasciare me e John da soli. Paul non sembra capire. È strano, di solito è molto sveglio in queste circostanze. Invece oggi sembra stranamente preoccupato, anche lui. Raccoglie lo zaino che ha lasciato all'ingresso e segue Sharon nella sua stanza.

«John, io...» Non è la situazione che immaginavo, mi sento come bloccata. «Volevo sapere... come sta tua nonna?» Anche, ma non è la cosa principale di cui volevo parlargli.

«Come al solito.» Si stringe nelle spalle e mi rivolge una breve occhiata. «Purtroppo la sua è una malattia degenerativa.»

No. John non mi avrebbe parlato così. John non mi ha mai parlato così, neanche a Idaho Falls quando io lo maltrattavo. Neanche per idea. C'è qualcosa che non va. Non capisco cosa possa essere.

«E al campus? Tutto bene?» Decido di essere io la prima a scherzare. «I tuoi coinquilini secchioni rompiscatole?»

«Sempre gli stessi, ormai mi sono abituato.» Sorride appena e poi si alza. «Io sono venuto per salutare Paul e Sharon, ma ora dovrei proprio andare.»

Come andare? Dove? Perché? Non mi posso vedere allo specchio, ma probabilmente lo sto guardando con terrore. Non so cosa dire. Questo non è John. Non è nemmeno John di tutte le volte che abbiamo litigato e ci siamo urlati in faccia, più io che lui per la verità.

Paul e Sharon ricompaiono in salotto. Ecco, anche Sharon ha un'espressione strana ora e mi guarda come se avessi commesso un'azione gravissima e irrimediabile. Vorrei chiedere spiegazioni a tutti e tre. Vorrei sapere cosa diavolo sta succedendo.

«Io devo andare.» John si avvicina a Sharon e la abbraccia con dolcezza. Le accarezza il viso con entrambe le mani. «Fiona è la migliore. Vedrai che andrà tutto bene.»

«Ti accompagno giù.» Paul gli posa una mano sulla spalla e si muovono entrambi verso la porta.

Mi sembra di assistere alla scena di un film. Anzi, mi sento come quei fantasmi presenti tra parenti e amici ma che nessuno può vedere. Sono diventata invisibile.

«John...»

Sono talmente incredula da non avere parole, non so cosa dire. Mi scoppia la testa e mi bruciano gli occhi, come se fossero attraversati da spilli che non mi danno pace. Come può andarsene così? Come può lasciarmi?

«Buona giornata, Koraline.» Sono le sue ultime parole, prima di scendere con Paul.

«Sharon, ma...» Mi lascio cadere sul divano, stravolta. Mi porto una mano alla gola. Fa male. No, non proprio la gola, più giù, il petto. È come se stesse scoppiando. Come se precipitassi nel vuoto sapendo che non ci sarà nessuno a raccogliermi. O peggio, se ci sarà si scanserà e mi lascerà cadere. «Tu hai capito cosa è successo? Oppure sono io che...»

Sharon si allontana verso la sua stanza, poi torna con qualcosa in mano che inizialmente non riesco a identificare. Solo quando me la butta sul divano con un gesto rapido mi accorgo che è una rivista, una di quelle sciocche e inutili riviste di gossip che di solito non leggo, ma che sono comunissime e si trovano praticamente ovunque.

«Questo è successo!»

Cerco di arrivare al senso delle sue parole scrutando le immagini di copertina. Metà della facciata è occupata da un riquadro. Proprio in quel riquadro spicca la fotografia di Ethan e me che ci scambiamo un bacio sulle labbra. Negli altri riquadri altre coppie in atteggiamenti inequivocabili. Questo è successo.

No, mi rifiuto. Non è vero, non può essere accaduto davvero. John non può aver visto questa porcheria! Io non posso aver perso la mia vita per un'immagine rubata in un momento inopportuno. Soprattutto in un momento in cui la mia mente e il mio cuore erano occupati da qualcuno che non era l'uomo che stavo baciando in quella foto.

CAPITOLO 55

Alla fine, ho saputo cosa è successo. Sharon mi ha raccontato con precisione l'evolversi degli eventi, che le sono stati spiegati da Paul quando si sono ritirati nella stanza con la scusa di chiudere la valigia. L'intento di Sharon era stato quello di lasciare che io e John parlassimo un po' da soli per chiarirci.

Sono ancora incredula, sconfortata, arrabbiata. Quando John è arrivato qui sapeva già di quella foto. È sparsa un po' dappertutto su quel genere di riviste che io, chiusa in casa per questa maledetta febbre, non ho avuto occasione di vedere.

Perché non mi ha detto niente? Perché non me ne ha parlato? Gli avrei spiegato come si sono svolti i fatti. Ho dovuto convincere Sharon che in quella stupida foto io e Ethan non ci siamo messi in posa, anche se così può sembrare. E Ethan mi aveva promesso che non sarebbe mai stata pubblicata.

Sharon e Paul sono partiti. Sharon stava male all'idea di lasciarmi sola in questo stato, ma io l'ho rassicurata. Mi ha incoraggiata ancora una volta a chiarirmi con John. Certo, sempre che lui voglia vedermi e ascoltarmi.

Sono qui sola ora. Continuo a prendere il cellulare per poi posarlo. Ho scritto almeno cinque o sei messaggi ma li ho cancellati prima di spedirli. Non sono cose che si possono scrivere in un messaggio. Io ho bisogno di parlargli. Ho bisogno che torni qui da me perché capisca che quella fotografia non conta davvero niente.

Sharon mi ha fatto presente che se ci è rimasto così male significa che sta soffrendo. E sta soffrendo per me e per la mia storia con Ethan. O forse solo perché non gliene ho parlato prima? Ho la testa che mi scoppia. Io non voglio che John soffra per questa storia, anche perché non ne ha motivo. Non c'è paragone. Forse non sono davvero in grado di spiegare la differenza, ma davvero non c'è paragone.

Lo chiamo. Ora lo chiamo e dovrà ascoltarmi. Afferro il telefono decisa e seleziono il suo numero. Faccio un bel respiro ai primi squilli. Non so cosa gli dirò, non ho preparato alcun discorso. Ma non ne ho mai avuto bisogno con lui. Tre squilli, quattro squilli, cinque, sei... poi subentra la segreteria telefonica e io aggancio. Magari non sente il telefono, proverò tra un po'.

Riprovo dieci minuti dopo. Stessa storia. Non risponde. Forse è a lezione e ha abbassato la suoneria. Sì, dev'essere per forza così. Quindi non mi resta che aspettare. Quando vedrà le chiamate perse mi richiamerà lui. Devo trovare il modo di passare il tempo. Perché trascorre così lentamente oggi? Mi sembra di vivere sospesa in una bolla di sapone.

Accendo la tv e faccio un giro tra i canali. Tutte quelle voci mi entrano in testa e mi penetrano il cervello come un martello pneumatico, tanto sono assordanti. Mi appoggio la mano sulla fronte, mi sembra di scottare ancora di più. E intanto il tempo non passa e John non mi richiama.

Mi alzo dal divano e mi aggiro per casa. Accendo lo stereo. Trovo tra i cd di Sharon la raccolta dei *Notturni* di Chopin. Potrebbero servire a rilassarmi. Mi avvicino alla libreria. Devo riuscire a far passare il tempo senza che le voci della tv mi urlino nella testa. Passo in rassegna i titoli dei libri e mi soffermo sul romanzo che Kitty ha sempre definito come il suo preferito e che io invece non ho mai letto. *Cime Tempestose* di Emily Brontë.

Torno sul divano e mi accuccio in un angolino con la coperta sulle ginocchia. Provo un'ultima volta a chiamare John prima di rassegnarmi ad aspettare. Apro il libro e inizio a leggere. Rimango catturata dalla storia di Catherine e Heathcliff e perdo per un po' la cognizione del tempo. Me ne rendo conto solo quando mi accorgo dalla finestra che il cielo si sta oscurando.

Possibile che John non abbia ancora visto le mie chiamate? Magari ha qualche problema con il telefono. Magari dovrei proprio mandargli un messaggio. Aspetterò ancora un po'. Intanto continuo a leggere, la storia si fa avvincente. Avrei dovuto dare ascolto a Kitty e leggere prima questo romanzo. Ho sempre pensato che piacendo così tanto a lei, che ha una mente superiore alla mia, io lo avrei trovato noioso.

Oh no, Catherine accidenti! Che diavolo ha a che fare quell'insignificante, scialbo, noioso di Linton con te! Che rabbia che mi fai, stupida ragazza!

Mi blocco a un certo punto. A una determinata frase pronunciata da quella sciocca di Catherine Earnshaw:

"Il mio amore per Linton è come il fogliame nei boschi. Il tempo lo cambierà, ne sono cosciente, come l'inverno cambia gli alberi. Il mio amore per Heathcliff somiglia alle eterne rocce sotterranee... una fonte di gioia poco visibile, ma necessaria. Nelly, io sono Heathcliff. Lui è sempre, sempre nella mia mente... non come un piacere, come io non sono sempre un piacere per me stessa, ma come il mio stesso essere. Così non parlare più di separazione, è impossibile."

Chiudo il libro quasi con rabbia e lo appoggio sul divano.

John... dove sei, John? Possibile che non hai visto che ti sto cercando? Possibile che... Preferisco illudermi che non abbia visto le chiamate, che sia impegnato in qualche lezione, che il suo telefono non funzioni. Perché lui mi richiamerebbe. Immediatamente mi richiamerebbe. Lui risponde ai miei messaggi anche alle quattro del mattino. Lui mi avrebbe raggiunta anche in piena notte solo per placare le mie paturnie.

Mi aspetto che il telefono squilli da un momento all'altro. Mi aspetto la sua voce dall'altro capo. La sua voce che appena rispondo mi chiama: "Appleline"

Afferro il telefono con scatto nervoso. Mi trema tra le mani mentre le lacrime mi inondano il viso. Seleziono nuovamente il suo numero. Non risponde, ma questa volta non mi sorprende. Attendo anzi con ansia che si inserisca la segreteria. Se è questo che devo fare, allora lo farò. Parlerò alla sua segreteria telefonica.

«John, io…» Non so cosa dire. Mi aspetto la sua voce, non questo vuoto, questo silenzio che mi logora, mi fa impazzire. Però questo è tutto ciò che ho ora, da parte sua. Il silenzio. «John io ho davvero bisogno di parlarti. Ti devo spiegare alcune cose. Quindi… ti prego richiamami, appena puoi. Anzi, meglio ancora. Vieni qui da me. Questa volta… non sono le paturnie…» Mi porto una mano sulla bocca per trattenermi. Sto per scoppiare in singhiozzi. Deglutisco e cerco di mantenere un minimo di autocontrollo. «È qualcosa di più importante… almeno per me lo è. Dobbiamo parlarci… io ti devo spiegare. Poi potrai anche decidere di non volerne più sapere niente di me, ma… Io ti aspetto qui, John.»

Chiudo la chiamata e appoggio il telefono. L'ho fatto. L'ho fatto davvero. Per quanto possa essere arrabbiato o deluso da me, sono certa che arriverà. Non ho passato tutta la mia vita con lui per conoscerlo così poco. Devo solo avere ancora un po' di pazienza. Gli dirò tutto. Gli dirò quello che provo. E se anche lui prova qualcosa per me, qualsiasi cosa, me lo dovrà dire.

Sorrido tra me. Andrà tutto bene. Intanto che lo aspetto continuerò a leggere ancora il libro. Catherine, non puoi essere tanto cretina! Non puoi perdere Heathcliff per Linton. Kitty però avrebbe dovuto dirmi che questa storia era così intensa e avvincente. Conoscevo più o meno la trama, ma non credevo fosse così forte, vibrante, profonda.

Passa un'altra ora. La mia pazienza si sta esaurendo. Calcolo quanto tempo potrebbe metterci John ad arrivare qui dal campus. Magari anche più di due ore? Certo, potrebbe aver trovato traffico. Mi alzo e mi avvio verso il bagno per guardarmi allo specchio. Faccio davvero paura. Ho gli occhi rossi e lucidissimi, sia per il pianto sia per la febbre. Anche le guance sono arrossate e i capelli sparpagliati sulle spalle senza una forma ben definita. Mi sciacquo il viso e mi pettino con cura. Forse dovrei anche cambiarmi questa anonima felpa blu. Ma no, John mi conosce così bene ormai. Non è questo quello che conta per lui. Mi ha vista tante volte in situazioni anche peggiori.

Vado in cucina, mi prendo un succo di frutta e torno ad accucciarmi sul divano. Controllo l'ora, sono quasi le otto di sera ormai. C'è tutto il tempo. Magari potremmo ordinare la pizza e cenare insieme, dopo che abbiamo parlato. Guardare un film, qui sul divano. Magari... magari ci baceremo per la prima volta. Senza interruzioni.

«Ti prego John... ti prego...» bisbiglio tra me. Sospiro e chiudo gli occhi. Non può non percepire il mio richiamo. Non può aver deciso di abbandonarmi proprio ora.

Resto quasi incredula quando sento suonare il campanello. Per qualche secondo rimango immobile, come frastornata, non reagisco. John! Poi scatto in piedi come una molla, mi passo le mani sulla fronte e sulla testa. Cerco di sistemare la felpa sgualcita. John! Arrivo con il fiatone alla porta e la apro con energia esagerata, quasi sbattendola contro la parete.

«Ethan...?» Non riesco a dire altro oltre al suo nome.

Lui mi guarda, aggrotta la fronte, si sofferma sul mio viso, sui miei occhi.

«Mi hanno detto che non sei stata bene ieri mattina, Koraline... Io non ero in ufficio, sono passato a vedere come stai.» Mi fissa un po' stupito, come se si chiedesse perché non lo inviti a entrare.

«Io... sì... sto meglio ora, solo un po' di febbre. Domani credo che potrò tornare...» Non sta succedendo. Non è vero. Non vorrei mandarlo via, però... «Scusa Ethan, io stavo andando a dormire. Sono veramente molto stanca.»

«C'è una cosa che devo dirti, Koraline. Posso entrare, solo per un momento.»

Sembra teso, nervoso. Non capisco di cosa possa trattarsi. In effetti non capisco più nulla al momento, non riesco a ragionare coerentemente.

«Certo...» annuisco senza entusiasmo e mi sposto di lato per lasciarlo passare.

«Non so se già sai...» Ethan percorre i pochi passi che lo separano dal soggiorno. Io lo seguo come un automa. «Quella foto, ricordi... quella che ci ha scattato quel fotografo...»

«Mmh...»

Quella che mi sta rovinando la vita? Certo che lo so. Molto più di quello che vorrei sapere, io so!

«Mi dispiace non essere riuscito a impedirne la pubblicazione.» Abbassa il viso, sembra davvero triste, mortificato. Poi torna a fissarmi, gli occhi azzurri diventano dolci, mi osserva con una tenerezza che non ho mai percepito in lui prima. «Ma c'è una cosa che devo dirti assolutamente. E... se non lo faccio ora, sento che non troverò mai più in vita mia il coraggio di farlo. Io ti amo, Koraline. Ti amo come non ho mai amato nessun'altra in tutta la mia vita.»

Credo di aver perso il senso della maggior parte delle sue parole. Ma il "ti amo" l'ho afferrato chiaramente. Ethan Forsyte mi ama? Ha detto che ama me, proprio me?

Mi passo le dita sulle tempie e premo leggermente. In teoria dovrei rispondergli. Si dovrebbe rispondere a una dichiarazione del genere, suppongo. In pratica non posso farlo.

Ethan del resto non sembra aspettarselo. Sorride con dolcezza, scruta ogni mutamento nei miei occhi e mi accarezza il viso.

Proprio in quel momento sento suonare il campanello, di nuovo. No. Non sta accadendo. Non può accadere quello che temo. Non voglio.

«Non apri?» mi incoraggia Ethan. «Vuoi che vada io?»

Scuoto la testa e mi avvio alla porta. Sento i passi sempre più pesanti. Mi sento una condannata che si incammina verso il patibolo. Sono tentata di simulare uno svenimento e lasciar gestire questo momento a qualcun altro. Come apro la porta me lo trovo davanti.

«Appleline...» Mi osserva un po' incerto, sembra timoroso. Sono fortemente tentata di spingerlo fuori e chiudere la porta alle mie spalle.

Perché? Perché questo sta accadendo proprio a me? Ho fatto del male a qualche strana divinità vendicativa in un'altra vita?

«John, io...» Sfioro il suo volto con le dita, trattenendo la mano. Mi guarda negli occhi serio, ma mentre lo tocco accenna un sorriso, anche se un po' imbarazzato.

«Koraline?» La voce di Ethan alle mie spalle mi colpisce come un pugnale.

«John...» Allungo le braccia verso John, che però si ritrae di un passo. «Aspetta, ascoltami.»

John distoglie lo sguardo da me per focalizzarsi su Ethan, apparso sulla porta dietro le mie spalle.

«Sono passato solo a vedere come stai.» John si morde le labbra e recupera il contegno fin troppo velocemente. «Vedo che stai meglio e sei in compagnia. Buona serata, Koraline.»

Si volta senza attendere risposta e scende di corsa le scale. Devo corrergli dietro. Devo spiegargli tutto. Di nuovo. Anche la presenza di Ethan a casa mia dovrei spiegargli.

Lo sto perdendo per sempre. Non è vero. Non è giusto. Sento sbattere il portoncino d'ingresso. Mi risveglio e mi precipito giù dalle scale. Alla prima rampa mi sento svenire, un sudore freddo mi scende dalla fronte.

Non ti ho perso per sempre, John. Il destino non può essere così ingiusto e cattivo con me. Cerco di scendere la seconda rampa di scale, ma mi si appanna la vista. Un attimo dopo vedo tutto buio. Poi più nulla.

CAPITOLO 56

È come se avessi perso parte della mia vita. Anzi, ho davvero perso parte della mia vita. Tutto è andato avanti nei giorni successivi secondo una normalità aberrante, perversa. Il mondo ha continuato a girare anche se inizialmente mi sono rifiutata di crederci. Perché John Keats non faceva più parte del mio mondo, del mio piccolo universo che forse non è mai stato perfetto ma a cui io mi sono sempre aggrappata con fiducia.

Sono rientrata al lavoro qualche giorno dopo, appena la febbre mi è calata del tutto. Mi sono vestita, truccata e pettinata per bene in modo da assumere un aspetto professionale.

Ethan è tornato a trovarmi nei giorni successivi ed è stato tenero e gentile. Mi ha portato tanta frutta e vitamine per aiutarmi a riprendermi. Ha cucinato per me. Non mi ha più parlato del suo amore, non ha nemmeno tentato di baciarmi. E non mi ha fatto domande. Immagino che abbia capito. Ma si è preso cura di me comunque. Mi ha proposto di trattenersi da me per la notte per non lasciarmi sola, ma quando gli ho detto di no non ha insistito.

Quando sono rimasta sola ho preso il telefono più volte per chiamare John. Ma cosa ci sarebbe stato da dire ancora? Che il destino si è accanito e ha giocato contro di noi? Che è arrivato nel momento sbagliato? Un altro momento sbagliato?

Ho anche pensato per un attimo di andare io stessa a cercarlo, questa volta. Invece poi ho lasciato che la vita mi trascinasse, perché non sono abbastanza forte, perché sono una vigliacca, perché ho paura di un suo rifiuto definitivo.

C'è una cosa che le questioni irrisolte ti lasciano. Una porta ancora aperta alla speranza. Il senso di infinitezza, che non tutto sia chiuso e finito per sempre. E io, forse ingenuamente, mi aggrappo ancora a questa mia questione irrisolta con John Keats.

Giorno dopo giorno mi sono concentrata sul lavoro fino a lasciarmi sommergere totalmente. Il resto è diventato irrilevante. Mi dispiace dirlo, perché lui non se lo merita affatto, ma anche l'affetto e l'amore di Ethan nei miei confronti è diventato irrilevante. È stata colpa mia. Io ho causato sofferenza a John e anche a me stessa. Anche Ethan ne sta subendo le conseguenze e la maggior parte della responsabilità è solo mia.

Entro nel nostro ufficio e stranamente lo trovo deserto. Incontro però Annabelle nel corridoio che mi informa del fatto che si trovano tutti nell'ufficio di Ethan. Ha uno sguardo preoccupato.

«Che cosa succede, Annabelle?»

«Io… vorrei tanto terminare il mio anno di stage qui, Koraline. Mi piace questo lavoro, non voglio…» Si accorge di aver detto troppo e si morde le labbra.

Non le rispondo e mi incammino, anzi corro quasi, verso l'ufficio di Ethan. Busso alla porta mentre Annabelle mi raggiunge. Non so quanto lei sappia davvero o abbia percepito da discorsi altrui. Però qualcosa deve essere successo. E io voglio sapere cosa.

Nessuno mi risponde invitandomi a entrare, ma arriva Peter ad aprire.

«Entra» Mi fa un cenno con la testa. È troppo serio anche lui. Serio a livello preoccupante, e Peter solitamente non lo è mai.

Gli sguardi degli altri presenti, Georgie, Kimberly e soprattutto Ethan, non sono migliori.

Non serve che faccia domande. Alla mia espressione interrogativa, Kimberly risponde senza farsi pregare.

«Il padre di Ethan ha deciso di tagliare i fondi per la RFB e quindi…»

«Quindi equivale a chiudere.» Ethan conclude il discorso e solleva gli occhi su di me. Sono tornati freddi e austeri e hanno perso la carica d'azzurro intenso di quando è entusiasta, emozionato o felice. Noto sulla sua scrivania un bicchiere pieno per tre quarti di un liquido ambrato che sembra whisky.

«Non c'è… un'altra possibilità?»

Non so che altro dire. Questo stato di calma apparente, di desolazione quasi, è inquietante. Anche Georgie non trova battutine ironiche sull'argomento. Forse perché non c'è davvero nulla di ironico.

«Se ci taglia gran parte dei fondi non possiamo più andare avanti, Koraline.» Mi spiega Peter mantenendo un tono calmo.

A volte mi sento davvero più idiota del solito. Ne sanno tutti più di me, qui dentro. Se sono così abbattuti sicuramente non esiste un'altra possibilità.

«Io ho dei risparmi da parte, investirò quanto mi è possibile.» Kimberly si siede sulla poltroncina di fronte alla scrivania e incrocia le braccia. «E obbligherò anche il mio ex marito a farlo.»

«Io non ho molti risparmi…» Mi avvicino alla scrivania di Ethan e mi posiziono lateralmente. Una soluzione deve pur esserci. «Ma posso rinunciare al mio stipendio per un po'. Magari se mettessimo tutto insieme…»

«Koraline…» Ethan sospira, afferra il bicchiere e se lo passa da una mano all'altra. «Hai idea di quanto ci voglia qui per tirare avanti ogni giorno? Milioni. Credi che il tuo stipendio o quello di chiunque altro possa fare la differenza?»

Ecco, ora mi sento proprio un'idiota totale. Mi volto e mi ritiro in un angolo. Posso eclissarmi? Scomparire? Tanto nemmeno io faccio la differenza in questa situazione!

Ethan mi segue con lo sguardo. Sembra dispiaciuto per quello che mi ha detto, sono certa che non intendesse offendermi. Ciò che veramente mi preoccupa è quel bicchiere tra le sue mani. Non voglio che cominci a bere.

«Ti ringrazio Kimberly. E grazie anche a te, Koraline, scusami per quello che ho detto.» Cerca di mantenere la calma, ma lo vedo che vorrebbe urlare in questo momento. «Ma se mio padre ha deciso di rovinarmi, lo farà.» Si alza e si mette davanti alla finestra, voltandoci le spalle. «Mi dispiace tanto ragazzi, finisce qui. Temo che questo sarà l'ultimo giorno della RFB. Continuare sarebbe solo una perdita di tempo. Adesso potete andare, grazie. Vorrei restare un po' da solo.»

Mentre gli altri escono io rimango immobile a fissarlo. Incrocio lo sguardo di Kimberly che sta lasciando l'ufficio e rimane sulla porta. Mi guarda stringendo un po' gli occhi verdi, come per analizzare le mie intenzioni. Poi annuisce comprendendo che il mio colloquio con Ethan non è ancora terminato.

«Vai anche tu Koraline, per favore.» Percepisce la mia presenza anche se resta voltato senza guardarmi.

«No.» Non aggiungo altro. Aspetto che si volti, non parlerò con la sua schiena.

«Koraline, non c'è niente da fare! Finisce qui! Non c'è più nulla da salvare, capisci? È tutto da buttare via!»

Finalmente si volta ma mi guarda spazientito, quasi con rabbia. Poi distoglie lo sguardo da me e lo posa sul bicchiere che ha lasciato sulla scrivania.

Mi muovo velocemente e lo afferro prima che lui possa raggiungerlo.

«Tu non ti puoi arrendere, Ethan. Perché se ti arrendi tu, cosa possiamo fare noi? Cosa potrei fare io? Questo lavoro, queste persone, sono tutto quello che ho...» sospiro profondamente mentre mi si riempiono gli occhi di lacrime. «Io ero un'incapace, una fallita prima. Non sapevo nemmeno quale fosse il mio posto nel mondo. Non sapevo neanche cosa fosse importante per me... Lo avevo davanti, ma non riuscivo a capirlo.»

«Lo comprendo, Koraline. Ma io non so cosa fare. Davvero vorrei... vorrei fare tutto quello che tu mi stai dicendo e non solo perché hai ragione, ma perché sei tu a dirlo.» Sospira e si scosta il ciuffo di capelli dalla fronte.

«Siamo persone abbastanza intelligenti, Ethan.» Mi sforzo di sorridere e inclino il viso. «Cioè... voi lo siete. Io ho solo qualche idea folle ogni tanto che Georgie respinge quasi sempre. Quelle che approva però non sono male, dice lei. Possiamo trovare un'alternativa. Una qualunque. Ma io non posso perdere voi, sarebbe come perdere me stessa ancora di più. Affrontiamo questa situazione insieme, Ethan. Una tua parola e tutti qui saranno pronti a dare il meglio di loro stessi, ancora una volta.»

Ethan scuote la testa, come se fosse incredulo di fronte alle mie parole.

«Sai una cosa, cowgirl? Tu sei la mia forza. Per questo ti amo. Lo so, lo so che per te non è lo stesso. L'ho capito quella sera. Ma non posso farne a meno. Non voglio farne a meno.»

Mentirei se dicessi che la sua rinnovata dichiarazione mi è indifferente. Una parte di me ama Ethan, profondamente. Ma non profondamente quanto ama John. John è radicato nel mio cuore e lo sarà per sempre. Come una pianta che non si può estirpare, come... come diceva nel libro... come "un'eterna roccia sotterranea". Resterà lì per sempre anche se il destino vorrà che io mi innamori di un altro uomo, anche se John non volesse rivedermi mai più.

«Ethan... io non merito il tuo amore. Io ti voglio bene, tu sei diventato così importante per me. Davvero tu sei...»

Non faccio in tempo a finire la frase. Ethan si muove verso di me e mi accoglie tra le sue braccia.

«Va bene così, cowgirl.» Mi prende il viso tra le mani e mi accarezza le gote con entrambi i pollici. «Ma lascia che ti ami io. Lascia che ci provi a farti innamorare di me. Non impedirmi di renderti felice.»

«Io non te lo impedirò, Ethan. Però...» Non voglio, non posso illuderlo. Sul fatto che gli voglio bene e che per me è importante non ho mentito. Però non posso lasciargli credere in una conclusione felice per noi due. Non ora, almeno. «Ascolta. Prendiamoci del tempo. Intanto cerchiamo di salvare la RFB per quanto è possibile. Io resterò nella tua vita e tu nella mia.»

Sorrido stringendogli le mani, in effetti non vorrei sbilanciarmi troppo. Non posso promettergli che in futuro lo amerò come merita.

«E vediamo cosa succede?» conclude lui, baciandomi la fronte.

«E vediamo cosa succede» annuisco con un sorriso.

Forse sto sbagliando. Lo so, è un dato di fatto incontrovertibile, che non sentirò mai per Ethan quello che sento per John. Ma non ostacolerò i miei sentimenti per lui, non li frenerò ponendo un limite da non oltrepassare. Non li forzerò, ma se nasceranno spontanei nel mio cuore li lascerò fluire. Perché evidentemente così vuole il destino.

CAPITOLO 57

Abbiamo deciso insieme di andare avanti finché riusciremo a permettercelo. Kimberly, come promesso, ha investito gran parte dei suoi risparmi. Anche il suo ex marito è stato in un certo senso costretto a farlo. In effetti tutti i soldi di Warren Young, l'ex marito di Kimberly per l'appunto, arrivano dalle tasche di Kimberly.

Io, devo ammetterlo, ho sperato in un miracolo. Mi sono illusa che il padre di Ethan cambiasse idea. La RFB sta andando bene per essere una piccola emittente, il nuovo programma ha successo.

Perché fare questo a Ethan proprio adesso? Comprendo che possa aver commesso degli errori in passato, ma punirlo così ora non è giusto. Mi fa male vederlo ogni giorno più deluso, più amareggiato. Mi sono avvicinata a lui, di nuovo. Il nostro rapporto non si basa su un legame sentimentale, ma su una solida e affettuosa amicizia.

Ci tengo a lui, molto. Ci tengo a tal punto che ho preso la decisione, forse sbagliata, di andare a parlare con suo padre, Russell Forsyte. Se non vorrà ascoltare le mie ragioni poco importa. In ogni caso non riusciremo a reggere oltre la fine del prossimo mese.

Kimberly è mia alleata in questo. In realtà l'appuntamento è stato fissato per lei dalla segretaria di Russell. Ma Kimberly ha comunque la certezza assoluta che Russell Forsyte abbia acconsentito a vederla solo per umiliarla. A quanto lei afferma la considera "una ubriacona drogata senza spina dorsale che si è fottuta una carriera milionaria". Che uomo fantastico, il padre di Ethan. Okay, mi devo preparare psicologicamente: mi farà a pezzi. Ma non ha molto importanza, ormai sono già a pezzi di mio.

L'edificio dove si trova l'ufficio di Russell Forsyte è almeno venti volte quello della RFB. No, forse trenta. La RFB Network deriva la sua sigla da Russell Forsyte Broadcasting. È stata la prima emittente creata da Russell, che qualche anno fa ha affidato al figlio come prova. Perché riscattasse i suoi errori e ritrovasse il suo giusto equilibrio. Perché ora voglia annientarla così non lo comprendo. La motivazione ufficiale sarebbe che preferisce investire in toto nella ForsyteNet in modo che diventi più competitiva e ottenga una diffusione mondiale. La RFB verrebbe quindi inglobata teoricamente, ma in realtà non esisterebbe più.

Aspetto, insieme a Kimberly, di essere ricevuta da Russell Forsyte. La tentazione di fuggire da questo luogo asettico e impersonale è irresistibile. In confronto la RFB sembra un parco giochi. Anche la segretaria di Russell è tirata a lucido fino all'inverosimile, come fosse di plastica. Non ha un capello fuori posto e per il trucco sembra appena passata dell'estetista. E come fa a scrivere a computer con quelle unghie lunghe perfettamente smaltate? Mi sta guardando. Penserà che io sia l'assistente di Kimberly anche se dal modo schifato in cui mi osserva si starà chiedendo come diavolo abbia fatto a ottenere il posto, scialba come sono.

Ecco, già la segretaria mi sta facendo a pezzi, solo col pensiero. No, è stato tutto uno sbaglio! Io devo andarmene da qui! Faccio per alzarmi ma Kimberly mi trattiene per un braccio.

«Ormai ti sei messa in gioco, mia cara.»

«Forse è davvero meglio che ci parli tu, Kim.»

La confidenza tra me e Kimberly è cresciuta in questo ultimo periodo. Infatti, ha intuito subito dai miei movimenti che stavo per scappare via di corsa.

«Io, da quel dittatore?» Mi guarda sgranando gli occhi. «Non ci penso proprio. Non ho intenzione di sorbirmi i suoi insulti allegati all'elenco di tutti i miei errori.»

«Ma… se insulterà te, cosa credi che potrà dire a me?»

Va bene, ora sono ancora più terrorizzata di prima. Voglio emigrare su un altro pianeta.

«Non ti insulterà. Tu non hai commesso errori per Mister Perfezione.» Kimberly sospira e si stringe nelle spalle.

«Io… no, in realtà io ne ho commessi parecchi…»

Ma insomma chi è quest'uomo? Come ha fatto Ethan a sopravvivere con un padre così?

«Ma non ai suoi occhi, per lo meno.» Kimberly si ravviva i capelli e lancia un'occhiata alla porta dell'ufficio di Mister Perfezione, come lo ha chiamato lei. «Probabilmente ti maltratterà e ti spedirà fuori in meno di un minuto, se ti va bene. Ma non ti insulterà.»

Va bene, se lo dice lei che non mi insulterà. Ma un attimo… Sono finita su un certo numero di riviste scandalistiche mentre baciavo suo figlio dopo una conferenza stampa! Certo che mi insulterà. Mi insulterà abbastanza per tutto il resto della mia miserabile esistenza! A meno che… Se sono davvero molto fortunata potrebbe non riconoscermi. Questa è una misera speranza, lo so. Quando mai sono stata davvero molto fortunata nella mia vita? Mai.

Rivolgo a Kimberly uno sguardo carico di disperazione. Andiamocene a casa. Inventiamoci qualcosa. Non so che cosa. Mi sento un agnello che sta per lanciarsi nella tana del lupo. Prendendo pure la rincorsa.

Improvvisamente sento un suono provenire dalla scrivania della supersegretaria perfetta. E la sua voce acconsentire a qualcosa. Quando sposta la sua attenzione su Kimberly invitandola a entrare, capisco.

Kimberly si alza insieme a me, mentre la supersegretaria perfetta ci precede. Arrivati di fronte a quello che suppongo sia l'ufficio di Russell, apre la porta. A quel punto però Kimberly invece di entrare spinge avanti me. La supersegretaria resta un attimo allibita, ma la porta dietro le mie spalle si richiude. Non so esattamente cosa sia accaduto, perché io mi ritrovo sola e indifesa nella tana del lupo.

Russell Forsyte mi scruta e inclina il viso. Non posso immaginare cosa stia pensando in questo istante perché è come dire... senza espressione. Imperturbabile. Ha qualcosa di Ethan nei lineamenti, anche se sono decisamente più freddi e severi. Invece di liquidarmi in meno di un minuto, come aveva detto Kimberly, fa anche di peggio. Mi ignora totalmente. Come se io non esistessi proprio. Anzi, continua a concentrarsi sulle sue carte, controlla il cellulare, gioca con la penna. Il suo ufficio, lineare e asettico come tutto il resto dell'edificio, è tre volte quello di Ethan.

«Signor Forsyte...» mi schiarisco la voce per attirare la sua attenzione. Invece niente. E va bene, la mettiamo così? Mi avvicino di qualche passo e alzo la voce. «Signor Forsyte. Io lavoro per suo figlio, alla RFB. Vorrei parlarle a proposito della sua decisione...»

«Sicura che lavora soltanto alla RFB, signorina?» Perfetto, da questo deduco che mi abbia riconosciuta. «Cosa vuole fare nella vita? La modella? O l'attricetta da quattro soldi?»

«Non credo di avere la linea di una modella, mangio troppe porcherie. E per fare l'attrice fingo troppo male. Quindi no, direi di no. Lei invece sarebbe un attore davvero perfetto nella parte della statua di ghiaccio.»

Davvero ho detto quello che ho detto? Sì, perché ora mi guarda come se volesse prendermi a calci non solo per tutta la stanza, ma per tutto l'edificio.

Invece subito dopo sgrana gli occhi, come incredulo.

«Quindi non sei una piccola intrigante approfittatrice! Peggio ancora...» Mi scruta dalla testa ai piedi. Devo ammettere che in questo atteggiamento ricorda parecchio Ethan. E poi scoppia a ridere, di gusto. «Ne sei davvero innamorata!»

Sospiro e mi mordo le labbra. «Io... voglio molto bene a Ethan.» Non so se rivelare di esserne innamorata aiuterebbe la causa. Purtroppo, non sono così brava a mentire. Meglio dire la verità. «No. Non sono innamorata di suo figlio. Ma sa una cosa...

vorrei esserlo, perché Ethan merita di essere amato. E non solo da me. Da lei, signor Forsyte. Da lei, soprattutto.»

Non so cosa diavolo sto dicendo, sto andando a ruota libera. Mi sento patetica. Probabilmente, per non avermi ancora cacciata, Russell Forsyte si sta divertendo troppo a tenermi in ostaggio. Del resto, John me l'aveva detto tempo fa che sono uno spasso, troppo divertente da avere intorno. John... John se solo tu potessi aiutarmi, se solo mi dicessi cosa devo fare. Sto combattendo per il mio lavoro, per Ethan e per gli altri. Quest'uomo che ora mi sta ridendo in faccia non riuscirà a umiliarmi, non glielo permetterò!

«Sei tanto giovane e carina, ragazzina. Buon per te che tu non sia innamorata di mio figlio.» Smette di ridere e mi guarda severo. «Perché sai cosa fa Ethan a quelli che lo amano? Li tradisce senza ritegno e spezza il loro cuore in tanti piccoli frammenti.» Stringe forte il pugno come se simbolicamente stesse davvero facendo a pezzi un cuore. «Li distrugge in modo tale che non torneranno mai più a essere gli stessi. Questo è tutto l'amore che potrai avere da mio figlio. È solo questione di tempo. Una volta ottenuta una cosa, la calpesta, la annienta.»

«Io non... credo sia vero.» Scuoto la testa, intreccio le dita per trovare la forza di proseguire. «Ethan mi ha fatto solo del bene, in tutto questo tempo che l'ho conosciuto. E sono sicura che vuole bene anche a lei... Se solo lei potesse capirlo...»

«Capirlo? Capirlo!» Batte una mano sulla scrivania, il colpo è talmente forte da rimbombare in tutta la stanza. Si alza in piedi, ora è davvero fuori di sé. «Lo sai cosa mi ha fatto mio figlio? Lo vuoi sapere? È andato a letto con la moglie del mio migliore amico, del mio socio in affari. E ti dirò di più. Ha anche fatto in modo che la sua grande impresa diventasse pubblica nel nostro ambiente. Pretendeva che lei ottenesse il divorzio e si mettesse con lui! Mi ha distrutto, mi ha ridotto sul lastrico. Ha distrutto un'amicizia che durava da tutta una vita. E ne era pure orgoglioso. Perché lui amava quella donna. Poi è stato il turno della droga, del gioco d'azzardo... Vuoi davvero che prosegua con le prodezze di mio figlio? È un elenco molto lungo, preparati.»

Russell Forsyte posa lo sguardo sul mio viso e rimane in silenzio, improvvisamente smette di inveire contro Ethan. «Mi sembri una brava ragazza, al contrario di tante altre. Lascia perdere qualsiasi coinvolgimento con Ethan, fai un favore a te stessa.»

«Io… non sto lottando solo per Ethan. Lo sto facendo anche per me stessa e per gli altri miei colleghi alla RFB. Noi non siamo andati a letto con la moglie del suo migliore amico, noi non l'abbiamo offesa o ridotta sul lastrico.» Mi mordo forte le labbra per trattenere le lacrime. Ho capito che questo non è il tipo di uomo che cede di fronte al pianto di una donna. Nemmeno quando è spontaneo, reale, non simulato. «Per il nostro lavoro, per tutto l'impegno che io ci ho messo in questi mesi e gli altri in questi anni. So che la RFB porta il suo nome, è stata la prima emittente da lei creata quando era giovanissimo. Davvero vuole distruggerla per sempre? Capisco che voglia ampliare la ForsyteNet…»

Smetto di parlare. Tanto non mi ascolta più da un po'. Ha ripreso in mano la sua penna e sta scrivendo.

Sospiro e mi volto. Tutto inutile. Ma almeno ci ho provato. Appoggio la mano sulla maniglia per aprire la porta e andarmene per sempre.

«Queste sono le mie richieste, ragazzina.» Russell Forsyte allunga una mano verso di me e mi porge un foglio. «Sia chiaro, io non cedo di un millimetro e non rinuncio ai miei affari e ai miei progetti di ampliamento della ForsyteNet a livello mondiale. Restate contenuti in questo budget, i profitti dovranno essere altissimi per compensare. Vi servirà un miracolo e io dubito fortemente che riuscirete a realizzarlo. Ma nel caso improbabile che doveste riuscirci, torna qui da me e ne riparleremo.»

CAPITOLO 58

«Sarà molto, molto difficile.» Peter si toglie gli occhiali rigirandoseli tra le mani, sgrana gli occhi, si rimette gli occhiali però in testa e infine riconsegna il foglio nelle mani di Georgie. Il foglio è quello scritto da Russell Forsyte.

«Molto, molto difficile?» Georgie emette una risatina isterica. «Molto, molto difficile, dice lui! Impossibile! Un'impresa titanica! Una missione impossibile senza Tom Cruise!» Lancia di scatto il foglio sulla scrivania come se fosse cosparso di veleno. «Scusa la volgarità, Koraline, ma quello stronzo fuori di testa ti ha proprio preso per il culo!»

«Mmh…»

Ora mi sento davvero avvilita. Oltre a non essere servita a nulla la mia impresa, mi sono anche fatta prendere in giro. E per un attimo ho illuso Georgie e Peter. Quell'uomo è un perverso, un sadico, un cinico!

«Insomma Georgie… Koraline ha fatto quello che ha potuto!» Peter mi passa un braccio intorno alle spalle e mi bacia sulla tempia. Mi lascio coccolare, come una bambina. «Anzi, lei ha avuto il coraggio di affrontarlo, almeno. Noi siamo stati qui a frignare senza reagire in alcun modo!»

Sono grata a Peter per le sue parole nei miei confronti. È dolce da parte sua che almeno apprezzi il tentativo.

«Questo è vero» annuisce Georgie, stringendosi nelle spalle e forzando un sorriso. «Ci hai provato.» Poi il sorriso si oscura e rimane con lo sguardo perso nel vuoto. «Lo stronzo ci vuole proprio mortificare, schiacciare sotto ai piedi!» Questo lo avevamo capito. Quello che non capisco è cosa stia passando in questo momento nella mente di Georgie, che riprende in mano il foglio e lo analizza, come se ci fosse molto altro scritto lì sopra, oltre a quelle voci e a quei numeri corrispondenti. Una formula magica, forse. Oppure un codice da interpretare. «Sarà molto, molto difficile.»

«Lo avevo detto prima io, questo!» Peter alza la mano, come se Georgie si fosse impossessata di qualcosa di suo e pretenda quindi che gliene venga riconosciuto il diritto. «Tu hai detto impossibile… senza Tom Cruise… e altro…»

Lo sguardo di Georgie fulmina Peter ma a me strappa un sorriso.

«Quindi c'è una piccolissima, misera possibilità?»

«Dovrei studiarmi un piano di risparmio, un altro di investimento. Certo che un budget più limitato con richiesta di profitti più elevati non ce li poteva proprio dare! È un po' come condannarci al fallimento, secondo me ne è proprio convinto al cento per cento. Insomma, è un perfido!»

«Ma non ha fatto i conti con te, che sei più perfida di lui. Perché tu studierai un piano d'azione e ci dirai esattamente cosa fare per risparmiare e guadagnare. E noi ubbidiremo agli ordini.»

Il mio piano d'azione, invece, è proprio quello di sfidare Georgie. Ormai la conosco, lo so quanto è orgogliosa e testarda. Pur di non cedere farebbe a pezzettini con le sue mani sia il foglio con quelle assurde pretese sia Russell Forsyte in persona.

«Avrò a che fare con qualche notte insonne e tanto caffè. E il tanto caffè deve essere forte al punto giusto e arrivare al mio schiocco di dita.» Lancia uno sguardo allusivo a Peter che alza gli occhi al cielo.

«Hai creato un mostro, Koraline.» Peter sospira con aria disperata ma è evidentemente più sereno e ottimista. Anche in me si riaccende la speranza. Possiamo farcela. Ci devo credere. Possiamo davvero evitare la chiusura della RFB. «Il problema però ora è un altro…» Peter si gratta la fronte, preoccupato. «Dirlo a Ethan e subire una sfuriata colossale.»

«Ci penserò io. Io ho agito di testa mia, io ne subisco le conseguenze.»

So di non poter contare sul fatto che Ethan abbia dichiarato di amarmi. Ho interferito nella sua vita privata senza il suo permesso. Può anche essere che il suo amore si trasformi in disprezzo.

«Non ce ne sarà bisogno.» Kimberly appare sulla porta e sofferma lo sguardo su di me. «Gli ho già parlato io. Ti vuole immediatamente nel suo ufficio, Koraline.»

«Era... tanto arrabbiato?»

Non ho paura di Ethan. Ma vorrei sapere a cosa vado incontro. Almeno mi è di conforto che sia stata Kimberly a lanciare la bomba al mio posto.

«No, non era tanto arrabbiato. Era furioso, fuori di sé, non ricordo di averlo mai visto così.» Kimberly socchiude gli occhi, poi punta il dito verso di me. «Ma tu riuscirai a farlo ragionare. Perché se c'è una cosa che Ethan vuole a questo mondo è salvare la RFB. Forse non sa di volerlo così tanto e tu dovrai faticare un po' per ricordarglielo.»

Pochi minuti dopo sono talmente nervosa che entro nell'ufficio di Ethan dimenticandomi di bussare.

«Scusami...» Quando me ne rendo conto ormai è troppo tardi.

«Come ti sei permessa, Koraline?»

In questo momento, davvero non vorrei pensarlo ma non riesco a farne a meno, mi ricorda suo padre. E questo non mi piace.

«Lo so, ho sbagliato.» Mi faccio avanti, decisa ad affrontarlo. «Ma non sono pentita. Anzi, lo rifarei.»

«Quindi anche se mi arrabbiassi con te e ti urlassi contro...»

Si alza, io non comprendo le sue intenzioni ma rimango immobile al centro della stanza.

«Non cambierebbe nulla, Ethan. Come ti ho detto, sarei pronta a rifarlo.» Tendo il braccio verso di lui. Spero che si avvicini e mi abbracci. Ricordo perfettamente ogni cosa che suo padre ha detto di lui. Non mi importa se abbia avuto ragione o torto. La mia opinione su Ethan non cambia. «Possiamo farcela. Ma abbiamo bisogno di te.»

«Non avresti dovuto andare a umiliarti da mio padre.» Ethan abbassa il viso e scuote la testa. «Posso solo immaginare le cose che ti ha detto...» Torna a guardarmi con una disperazione negli occhi che mi fa provare un'immensa pena per lui. «Se solo ci penso, io...»

«Non importa, Ethan.» Mi avvicino e lo circondo con le braccia, lo sento cedere alla mia stretta. «Tuo padre non conta nulla per me, può dirmi qualsiasi cosa, non mi tocca il suo giudizio nei miei confronti. Conta il tuo però...» sospiro e gli accarezzo piano il viso, cerco i suoi occhi. «Dimmi che mi perdoni...»

«Certo che ti perdono...» Avvicina le labbra alle mie e io questa volta non posso e non sono in grado di respingerlo. «Ti perdono, tesoro mio.»

CAPITOLO 59

Il piano messo a punto da Georgie è quasi impossibile da rispettare. Quasi, appunto. Perché qui nessuno ha intenzione di tirarsi indietro. Non solo io e il mio team, ma molti alla RFB hanno accettato di lavorare oltre l'orario stabilito. Nessuno si lamenta e nessuno se ne va in cerca di un lavoro più sicuro.

Sono passate tre settimane. Resistiamo e resisteremo per tutto il tempo che sarà necessario. Resistiamo perché Russell Forsyte sarà costretto ad ammettere che è un errore chiudere la RFB e darà a Ethan e a tutti noi un'altra possibilità.

Lavoro così tanto che non ho quasi il tempo di pensare. Però ci sono quegli attimi. Attimi prima di addormentarmi, prima di chiudere gli occhi e cedere al sonno. Attimi in cui la mia mente, il mio cuore invocano il suo nome. E la tentazione di cercarlo, di sentire la sua voce diventa irresistibile. Solo una volta, solo pochi secondi.

Alla fine, l'ho fatto davvero. Ho nascosto il mio numero e l'ho chiamato. Lui ha risposto al terzo squillo. Sono stata tentata di parlare o almeno di pronunciare il suo nome. Invece sono rimasta in silenzio. Ma lui non ha riagganciato subito. È rimasto in silenzio, proprio come me. Per qualche minuto siamo rimasti così, uno ascoltando il respiro dell'altra. Come se nessuno dei due osasse parlare, ma nemmeno riattaccare.

Ethan mi dimostra il suo amore e la sua tenerezza ogni giorno. Una parte di me vorrebbe ricambiare i suoi sentimenti. Ma la parte di me più importante, più profonda, vive di quei silenzi notturni.

Ho ripetuto l'esperimento qualche sera dopo. Siamo rimasti così, ancora una volta coscienti l'uno dell'altra. Non potrei rivelare a nessuno la mia follia. Ma è quella che mi permette di alzarmi ogni mattina e affrontare una giornata così impegnativa. Il mio piccolo segreto. Sono tentata di sussurrare il suo nome ma ho paura. Se lui riagganciasse al suono della mia voce, io perderei la mia forza, la mia fonte di energia, la mia speranza.

Eppure, so di non poter continuare così. Ho bisogno delle sue parole, della sua voce, della sua presenza, non solo dei suoi silenzi. Anche se in mancanza di altro è dei suoi silenzi che continuo a vivere.

Sono appena rientrata dal lavoro, quando ricevo la chiamata da parte di un numero sconosciuto. Alla mia risposta rimane in silenzio. Mi siedo sul divano attirandomi le gambe al petto. E rimango così, per qualche minuto. Mi trattengo per quanto posso, poi non sono più in grado di resistere.

«John…»

Mi sento soffocare da un pianto trattenuto troppo a lungo, perdo il controllo dei battiti del mio cuore. Ho un bisogno di lui quasi disperato.

«Appleline…»

Da quanto tempo non lo sento chiamarmi così? Da quanto tempo non sento il suono della sua voce.

«John… mi manchi così tanto… Io… io…»

Ci sono così tante cose che vorrei dirgli e mi manca il fiato, non riesco più a parlare.

«Vuoi fare qualcosa per me, Appleline?»

Resto sconcertata dalla sua richiesta.

«Sì… sì… qualunque cosa…»

Chiudo gli occhi in attesa.

«Allora… tu cerca di essere felice.»

Cosa vuole dirmi esattamente? Io non riesco a capire, io… non voglio capire.

«John… ti prego…»

Non so esattamente per cosa lo sto supplicando. Quello che intuisco lui voglia da me mi fa troppo male per poterlo accettare.

Riaggancia. Perché? Perché ho dovuto parlargli? Non mi bastava il silenzio? Mi sento come Psiche che, troppo curiosa, ha voluto a tutti i costi vedere il volto di Amore e l'ha condannato alle fiamme. Io ho condannato il mio cuore a essere spezzato.

Con "cerca di essere felice" intendeva senza di lui? Come affronterò ogni giorno senza la mia questione irrisolta, senza la mia speranza? Il lavoro, l'amicizia dei miei colleghi, l'affetto di Ethan mi basteranno? Non lo so, al momento non ne ho davvero idea. L'unica cosa di cui sono consapevole è che sarò costretta a farmeli bastare. Perché ho compreso che nel "cerca di essere felice" di John c'era il sottinteso "cerca di essere felice, senza di me."

CAPITOLO 60

Non riesco a credere che siano passati già tre mesi. Ci siamo riusciti. Russell Forsyte ci ha concesso una proroga di altri tre mesi. La seconda volta che mi sono presentata nel suo ufficio con i dati ufficiali, sempre accompagnata da Kimberly, non riusciva a credere ai suoi occhi. Dalla sua reazione ho capito che il suo proposito era stato davvero quello di farci fallire e fare in modo oltretutto che la colpa ricadesse su di noi.

Georgie ha avuto proprio ragione quando ha affermato: "Quell'uomo è un lurido stronzo, ma noi lo abbiamo fottuto alla grande!"

In realtà la vera grande della situazione è stata proprio lei, Georgie. Noi siamo stati solo dei semplici esecutori. Abbiamo risparmiato praticamente su tutto. Io ho ridimensionato le mie idee in base alle sue richieste. Chi ha potuto ha rinunciato o si è ridotto lo stipendio. Ethan aveva le lacrime agli occhi quando, ringraziandoci, ci ha annunciato che per il momento eravamo salvi. Ormai il peggio è passato. Sono certa che la RFB riuscirà a sopravvivere.

Il mio cuore invece non è salvo per niente. Continua a battere, anche spezzato. Non credevo fosse possibile dopo quello che mi ha detto John: "Cerca di essere felice". Io ci ho provato. Ci sto ancora provando. In un certo senso sono anche grata a Russell Forsyte e a tutti i problemi che ci ha causato. Ho vissuto per lo più per il lavoro in questi ultimi mesi.

Per tutto il mondo io ho una relazione con Ethan. No, forse non per tutto il mondo, ma per le persone che lavorano alla RFB e per qualche fotografo che si è appostato riuscendo a riprenderci recentemente. Siamo molto legati. Lui mi ama. Io lo amo, a modo mio. Ricompone il mio cuore, poco alla volta, e per questo gli sarò sempre grata.

Ci sono momenti in cui mi rendo conto che forse non sarò mai abbastanza per lui. Momenti in cui mi ritraggo quando mi tocca e non riesco ad andare oltre. Forse tutto sarebbe andato diversamente all'inizio, quando lui era un ragazzo tanto affascinante e sexy e io una ragazza arrivata da poco a New York in cerca di una nuova vita, di nuove esperienze.

Ricordo le sue continue richieste di uscire con lui, di dargli una possibilità. Il primo bacio, le nostre serate. Non posso dimenticare che con lui mi sono sentita felice e viva. Forse sarebbe andato tutto bene per noi, forse sarebbe stato il mio compagno ideale. Se l'amore che provo, che ho sempre provato per John, non si fosse manifestato in modo così prepotente, così esclusivo. Inarrestabile come un tornado che mi ha travolta trascinandomi via con sé.

È questo il motivo per cui, nonostante la richiesta di John, io non riesco a trovare la felicità con un altro uomo. È per questo che con Ethan non riesco a oltrepassare quel tale limite che mi renderebbe totalmente sua.

A volte mi chiedo se la richiesta di John non sia stata un tentativo da parte sua di liberarsi di me. Forse lui sta tentando di essere felice con un'altra che non sono io. Questo pensiero mi ha impedito di recarmi al campus a cercarlo. Sono stata sul punto di andarci almeno mille volte in questi mesi. Ma vederlo con un'altra… No, non ci riuscirò mai.

Sono vigliacca, sono egoista. L'ho sempre voluto tutto per me. Perché lui è sempre stato mio. E ora non lo è più. Come ho fatto a non rendermi conto che lui era presente in ogni mio pensiero, in ogni mio discorso, anche quando la sua presenza mi infastidiva, anche quando avrei dato qualunque cosa pur di liberarmi di lui?

Mi preparo per andare a cena a casa di Ethan. Ha invitato me e gli altri per festeggiare la sopravvivenza della RFB. Gli ho detto che non è il caso che venga a prendermi, perché è meglio che stia a casa a ricevere gli ospiti che arriveranno. Sono la sua ragazza, così si dice in giro, ma la verità è che io non vorrei essere così palesemente la sua ragazza. Lo so, è un ragionamento contorto. Da una parte mi rendo conto che quello che mi tiene legata a lui è il timore di ferirlo.

È già stato troppo ferito, Ethan. Da suo padre, da quella donna, dalle sue dipendenze anche. Io vorrei portare qualcosa di positivo nella sua vita. So che non mi posso sforzare di amarlo come meriterebbe, ma con il tempo la situazione potrebbe cambiare.

Avevo detto a Ethan che avrei chiamato un taxi per raggiungere casa sua, invece preferisco prendere la metropolitana. I miei risparmi stanno per esaurirsi e non voglio spendere troppo. E poi voglio stare un po' tra la gente prima di arrivare da lui. Perché, lo so che è assurdo, lo so che forse è solo una mia folle sensazione, ma a volte credo di percepire la presenza di John. E mi volto a cercarlo tra la gente. Il cuore mi batte forte come se lui fosse veramente vicino, da qualche parte intorno a me. È solo una mia illusione. Allora riprendo la mia strada e mi sento la creatura più sola sulla faccia del pianeta.

Quando arrivo a casa di Ethan mi accorgo che degli altri non è ancora arrivato nessuno.

«Ti ho raccontato una piccola bugia, la serata è solo per noi due.» Ethan sorride e mi solleva il mento per guardarmi negli occhi. Non so cosa dire. Ormai sono qui. «Fra qualche giorno organizzeremo anche qualcosa di pubblico...»

«Va bene...» annuisco e sorrido. Mi chiedo il motivo di tanta segretezza. Non è la prima volta che mi invita a cena.

«Koraline, ci sarebbe un cosa che vorrei...» interrompe la frase, mi prende la mano e mi invita a seguirlo sulla terrazza del suo appartamento. «Perché non vieni a vivere qui con me, cowgirl? Io sono certo che la situazione tra noi migliorerebbe se trascorressimo più tempo insieme.»

«Ethan, io...»

Ecco, lo sto ferendo. Ora mi sento un mostro. Ma come faccio a spiegargli che non dipende da lui? Lui è perfetto, dolce, meraviglioso. E non dipende nemmeno dal tempo che passiamo insieme.

«Ricordi quando ti ho chiesto una possibilità, tempo fa?» sorride mentre mi accarezza dolcemente la schiena. «Ecco, ora ti chiedo di pensarci. Queste sono le mie chiavi.» Estrae dalla tasca un involucro contenente un mazzo di chiavi. «Puoi venire qui da me in qualsiasi momento, a qualsiasi ora del giorno e della notte. E quando ti sentirai pronta ti trasferirai a vivere con me.»

Devo confessare che per un attimo ho temuto che Ethan volesse farmi un altro tipo di proposta. In ogni caso il bene che gli voglio, l'affetto che provo per lui e anche l'attrazione che ho sempre nutrito nei suoi confronti mi stanno portando verso qualcosa per cui non sono ancora pronta.

«Io ho bisogno di tempo, Ethan. E non so neanche quantificarlo questo tempo, non so nemmeno se…»

Sfiora le mie labbra con un bacio obbligandomi a tacere. «La cena sarà pronta. Hai fame?»

«Sì, abbastanza.» Per niente, in realtà. Lo vedo avviarsi verso il soggiorno, io però non lo seguo e resto sul terrazzo. «Dammi un minuto soltanto, Ethan. Arrivo subito.»

Sollevo il viso a guardare il cielo. Si vede l'Empire State Building tutto illuminato da qui. Io devo fare qualcosa, al più presto. Sto ingannando Ethan, me stessa, il mondo intero che mi considera come una sorta di fidanzata perfetta per Ethan Forsyte. Non posso andare avanti così o ridurrò me stessa a un grazioso involucro senza più sentimenti, in cui il cuore è solo un muscolo che mi permette di sopravvivere. Non è giusto per nessuno.

Ti verrò a cercare, John Keats. Così mi dovrai dire in faccia quelle parole che hai pronunciato al telefono. Mi dovrai guardare negli occhi mentre mi ripeti la tua richiesta: "Cerca di essere felice."

Allora io ti dirò che senza di te la mia felicità è impossibile, è irrealizzabile. Ti dirò che preferisco i tuoi silenzi alle mille parole d'amore di un altro uomo. Io ci ho provato, John Keats. Mi sono impegnata con un uomo dolce, che mi ama e a cui io voglio un bene infinito. Ma non ci riesco. Sento la tua presenza ovunque, intorno a me. Anche qui, anche ora.

Mi appoggio al parapetto e sorrido, tra le lacrime che non riesco a trattenere. Quante cose sono cambiate. Quanto sono cambiata anch'io. Solo il mio amore per John non è mai cambiato. C'era anche prima. Ora si è solo manifestato in tutta la sua forza, la sua intensità. Ora non conosce e non accetta più ragioni e confini. Non sono così sicura, può anche essere che lui mi respinga. Probabilmente avrebbe anche tanti buoni motivi per non volerne sapere di me. Ma c'è una cosa che dovrà sentire, anche se non vorrà. Perché lo costringerò davvero ad ascoltarmi, questa volta. Niente più telefonate, niente più silenzi, niente più paure. Solo i miei occhi nei suoi quando gli dirò: "John Keats per essere felice... io amo te, voglio te, scelgo te.»

CAPITOLO 61

Ho cercato di essere più onesta possibile con Ethan. Ma ho sempre troppa paura di ferirlo, di spingerlo verso un'alternativa devastante per la sua salute. Per cui non sono ancora riuscita a rivelargli le mie intenzioni.

Ieri sera ha insistito per accompagnarmi a casa e durante il tragitto ho tentato, ci ho provato davvero con tutte le mie forze. Ma come faccio a dirgli che amo un altro così profondamente da sfidare per lui qualsiasi destino avverso, tra cui anche un suo plateale rifiuto? A volte ho la sensazione che Ethan non voglia ascoltarmi, che rifiuti la realtà. Per cui sembra quasi cambiare discorso a ogni mio tentativo.

Il mio cuore resterà spezzato in due, comunque. Sia continuando a vivere senza John, sia ferendo Ethan raccontandogli tutta la verità e chiedendogli di accettarla.

Ma non posso rinunciare a John. Non posso vivere una menzogna. Ho perso il conto dei giorni, lavorando anche nel fine settimana. Oggi è sabato. Ormai siamo agli inizi di ottobre. Sorrido davanti allo specchio. Forse per le prossime feste io e John saremo insieme. Sarò la sua ragazza. Chissà come la prenderanno tutti quanti… Io devo andare a parlare con lui, immediatamente, subito, adesso!

Sento squillare il mio telefono dal soggiorno, dove l'ho lasciato. Sharon! L'ho sentita quasi ogni settimana per telefono e spesso anche in chat. So che le operazioni che ha subito sono andate bene e presto tornerà a New York.

«Ciao tesoro, come stai?» sorrido spostandomi davanti alla finestra.

«Tutto bene, piccola. Ho una novità… o forse non sarà proprio una novità. Comunque io e Paul stiamo per tornare. Saremo a casa tra quattro giorni. Come vanno le cose lì?» Il tono di Sharon mi sembra vagamente indagatore, ma forse è soltanto una mia impressione.

«Bene…»

Sa tutto dei problemi della RFB, le ho già raccontato nei dettagli. Ho invece tralasciato quasi completamente la mia travagliata vita sentimentale. Però sa che frequento Ethan. E sa che non ho più visto John.

La sento sospirare poco convinta. «Sei felice?»

Eccola ancora una volta che rispunta, la dannata felicità. No, non sono felice perché quello che potrebbe rendermi felice a quanto pare mi vuole felice ma senza di lui.

«Ci sto provando, Sharon…» mi mordo le labbra. Sono tentata di raccontarle ciò che ho intenzione di fare. Anzi, vorrei anche chiederle se sa qualcosa di John, magari attraverso Paul. Ma mi sento una stupida e mi vergogno pure a elemosinare notizie da altri a proposito di qualcosa che riguarda solo me. Alla fine, decido di provare in un altro modo. «Ethan mi ha chiesto di andare a vivere con lui, mi ha anche dato le sue chiavi di casa per quando sarò pronta…»

«Ma tu non sei pronta» risponde Sharon senza la minima esitazione. «E lo sappiamo bene entrambe perché non sei pronta e forse non lo sarai mai.»

«Sharon…» Ecco, come non detto. Sono veramente una stupida senza vergogna. Ho assunto pure il tono piagnucoloso e patetico da stupida senza vergogna. «Sharon… sai qualcosa di John? Sai come sta? Se… si vede con qualcuna o… non so, forse con Paul ha parlato e…»

«Non dovresti avere così paura, piccola…» Sharon al contrario di me assume un tono adulto, materno. «Niente a questo mondo potrebbe far smettere quel ragazzo di amarti. Nemmeno se lui stesso lo volesse. Tu sei sempre stata tutto il suo mondo… e lo sei ancora.»

«Lui mi ha detto...» Sento il suono di un messaggio ma lo ignoro. Chiunque sia non può essere più importante. «Io devo vederlo. Lui deve sapere...»

«Koraline, insomma!» La voce di Sharon da materna diventa spazientita, quasi irritata. «Non le devi raccontare a me queste cose. Smettila di perdere tempo e di piangerti addosso, vai da lui subito, corri! Ci vediamo presto!»

Mi ha attaccato il telefono in faccia. Sharon mi ha attaccato il telefono in faccia! E ha fatto bene. John... devo andare da John subito, ora.

Decido di prepararmi in fretta, non posso più aspettare. Anzi, vorrei essere già lì. Mentre sto per uscire di casa controllo rapidamente il messaggio sul cellulare ricevuto quando ero al telefono con Sharon. È di Ethan.

Ethan: "Koraline, amore... ti prego vieni qui da me. Sto male, ho bisogno di te adesso."

CAPITOLO 62

Surreale. Sto cercando altre definizioni degne per la scena a cui ho assistito ma non riesco a trovarne. Ovviamente dopo aver visto il messaggio mi sono precipitata a casa di Ethan. Per farla breve il suo "stare male" comportava l'essere steso nudo a letto con una donna sopra di lui. Non credo nemmeno che si sia reso conto della mia presenza, probabilmente era ubriaco. La donna invece, voltandosi, ha sorriso soddisfatta.

Mi sono sentita offesa, umiliata, presa in giro. Io mi sono fatta così tanti scrupoli per non ferirlo e lui... Sono scoppiata a piangere di rabbia. Ethan mi ha ripetuto così tante volte di amarmi! Era tutto lì il suo grande amore? Con che coraggio parla d'amore un uomo così?

Ma il meglio, oppure il peggio a questo punto, per me doveva ancora arrivare. Mi sono precipitata fuori dal suo appartamento come una scheggia, non potevo restare lì dentro un secondo di più. Per finire immortalata, ancora sotto shock e in lacrime, in non so nemmeno io quanti scatti fotografici.

Così da fidanzatina perfetta sono diventata per tutto il mondo la fidanzata cornuta di Ethan Forsyte. Certo non mi sono fermata a spiegare che le mie erano lacrime di rabbia e non di disperazione. E mi chiedo anche come quei tipacci potessero essere a conoscenza delle grandi imprese di Ethan.

In ogni caso per fortuna oggi è domenica. Quando usciranno quei capolavori di foto? Domani, dopodomani? Forse mi conviene restarmene chiusa in casa per un anno o due. Che vergogna! Però, pensandoci bene, poteva andarmi anche peggio. Avrei potuto amare davvero Ethan.

Mi chiedo ancora come possa avermi fatto una cosa del genere. Sono incredula. Per tutto questo tempo è sempre stato così dolce, così premuroso con me. Sembrava sincero quando mi diceva che mi amava. Io gli ho creduto, non ho mai dubitato di lui. Ma poi perché? Perché farmi una cosa così meschina? Non poteva più semplicemente dirmi la verità?

Sento suonare il campanello. Chiunque sia, io non voglio vedere nessuno. Non sono in casa. Ma la persona alla porta non si vuole arrendere. Oltre al campanello ha iniziato anche a bussare energicamente alla porta. Niente da fare, io non ci sono!

«Koraline! Koraline apri!» Riconosco la voce di Kimberly.

Resto in sospeso per un po', indecisa su cosa fare, poi decido di andare ad aprire.

Mi rivolge uno sguardo tra il preoccupato e il compassionevole.

«Posso entrare?»

Annuisco e mi stringo nelle spalle, mi sposto di lato per lasciarla passare.

«Mi dispiace, cara. Ho saputo quello che è successo...» Oltrepassa l'atrio e si volta verso di me. «Ti ho portato la mia torta speciale alla crema. E una bottiglia di champagne. Cura tutte le pene d'amore...»

Solo in quel momento mi accorgo del sacchetto che Kim ha portato con sé. La sua espressione da "solidarietà femminile" mi strappa un sorriso. Chiudo la porta, mi avvicino e la abbraccio.

«Avrei proprio bisogno di una bella sbronza, sai?» Afferro la bottiglia che mi sta porgendo e le faccio segno di seguirmi in cucina. «Come lo hai saputo? Sono già usciti quegli orrori sulle riviste di gossip?»

«No. Il fedifrago ha confessato.» Si guarda intorno e apre i cassetti in cerca di un cavatappi. Io intanto prendo i piattini per la torta. «Pentito e afflitto, ovviamente.»

«Ti ha mandata qui lui?» Aggrotto la fronte e incrocio le braccia. «Io non ho nessuna intenzione di...»

«No, no.» Trovato il cavatappi, lo appoggia sulla mensola. «Nemmeno io ho intenzione di fargliela passare liscia. Né a lui né a quella brutta vacca di Adrienne Scott!»

«Allora era lei?» La donna sposata amata da Ethan. Non so perché l'avevo rimossa dalla mente.

«Certo. Credo sia stata lei a organizzare tutto, visto che si è fatta vedere mentre usciva di casa di Ethan pochi minuti dopo di te.»

La deduzione di Kimberly non fa una piega. Ma la vera domanda è: perché fare una cosa del genere a me? Cosa c'entro io nella loro storia? Quando la mia relazione con Ethan è iniziata tra loro era già finita da un pezzo.

«Io non ne voglio più sapere.» Mi sento ferita. Ma non per amore. Per delusione, per aver riposto la mia fiducia in un uomo che non la meritava. «Per quanto mi riguarda se lo può tenere.»

Mi sposto verso il soggiorno e poso i piattini con la torta e due cucchiaini sul tavolo. Kimberly mi segue con lo champagne e due bicchieri.

«A me dispiace essere stata così tanto dalla parte di Ethan.» Kimberly si siede e mi rivolge uno sguardo afflitto, come se volesse scusarsi con me. «Io voglio bene a quel ragazzo, nonostante tutto. Da quando l'ho incontrato per me è stato un po' come il figlio che non ho mai avuto. Quindi finirò per perdonarlo per questa abnorme immonda porcheria che ha combinato.»

«Non ti devi preoccupare, lo so che ci tieni a lui.» Le porgo il mio bicchiere per permetterle di versare lo champagne più facilmente. «Anche io ci tengo a lui. E probabilmente lo perdonerò, prima o poi. Perché per quanto bene io voglia a Ethan, la verità è che non sono mai stata davvero innamorata di lui. All'inizio è stata un'infatuazione, una sbandata. In seguito, prima le sue attenzioni poi il suo amore mi hanno lusingata… Mi ha fatta sentire unica, speciale. Ma evidentemente non lo ero così tanto.»

«Lo sei, invece.» Kimberly appoggia la bottiglia sul tavolo e mi guarda con dolcezza. «Sei davvero una ragazza unica e speciale. E credo che Ethan ti ami sinceramente. E a quanto pare non sono la sola a crederlo, se quella schifosa ha organizzato tutto questo teatrino per rivendicare il suo possesso su di lui.»

«Se mi avesse amata davvero come diceva, lui non lo avrebbe fatto» replico convinta. «Non ci sarebbe stato.»

«Mia cara, gli uomini sono degli idioti purtroppo.» Solleva il bicchiere di champagne con aria rassegnata. «E a noi non resta che arrenderci all'evidenza dei fatti.»

«No. Io non mi arrendo.» Anche io sollevo il mio bicchiere. «Io voglio…»

«Tu vuoi?» sorride e avvicina il bicchiere al mio, facendolo tintinnare. «Tu vuoi un grande amore da favola? Il principe azzurro su un cavallo bianco che ti porti in un meraviglioso castello e ti faccia vivere tra balli e ricevimenti? Il vissero per sempre felici e contenti? O vuoi diamanti, i migliori amici delle ragazze come diceva la cara Marilyn?»

«No. Io voglio… Io voglio il modo di amare di John Keats. Voglio i suoi dispetti, le sue prese in giro, il suo solletico che non sopporto ma lui mi fa comunque. Voglio il suo essere migliore di me pur non volendolo, perché in effetti lo è davvero migliore di me e non sempre riesce a nasconderlo. Voglio la sua presenza, voglio i suoi silenzi, voglio il suo modo di guardarmi negli occhi e tacere. Voglio guardare *Colazione da Tiffany* altre trecento volte insieme a lui e piangere sempre alla scena finale in cui trovano il gatto, mentre lui fa finta di non accorgersene perché lo sa che mi dà fastidio mostrarmi troppo sentimentale. Voglio il suo modo di proteggermi da tutto e da tutti, anche da me stessa. Voglio i suoi messaggi alle quattro del mattino e il non voler mai essere il primo a smettere. Voglio il suo chiamarmi "Appleline" quando scherza e "Koraline" quando invece è serio e voglio quel fremito, quell'emozione che mi prende in entrambi i casi. Voglio i suoi abbracci, voglio le sue carezze, voglio intrecciare le mie dita con le sue prendendoci per mano. Voglio anche i suoi baci, al più presto possibilmente. Voglio un uomo che mi ami a tal punto da lasciarmi andare se crede che questo sia il meglio per me. Voglio un uomo che metta al primo posto la mia felicità e non la sua. Voglio il tutto nella nostra vita fatta di poche cose, spesso anche di niente. Questo è John Keats. Tutto questo e molto altro perché sono certa che ci sono mille cose che mi sfuggono al momento di lui. E voglio...»

Mi fermo. Non capisco perché Kimberly stia piangendo. Cosa ho detto che non va? Ho solo descritto quello che voglio. Ho solo parlato di John.

«Se per caso... trovassi un altro John Keats, da qualche parte...» Kimberly si passa una mano sulla fronte, si asciuga gli splendidi occhi verdi con i palmi delle mani e le trattiene sulle gote. «Potresti presentarmelo per favore, mia cara?»

CAPITOLO 63

Devo decidere cosa fare. Tornare alla RFB neanche a parlarne. Potrei travestirmi per uscire di casa. Non che sia diventata una celebrità, anzi. Ma mi vergogno. Non dovrei, perché io non ho fatto niente di male. Nemmeno se fossi realmente la fidanzata tradita. Cosa che in effetti sono. Come diavolo mi sono ritrovata in questa situazione ridicola e imbarazzante?

Seduta sul letto con in mano il telefono non stacco gli occhi dalla fotografia di John. Avrà già saputo quello che è successo? Cosa penserà di me ora? Magari anche peggio di quello che pensava prima. Vorrei poterlo chiamare. E vorrei, più di ogni altra cosa, che lui venisse qui da me visto che io mi vergogno ad uscire.

Sobbalzo allo squillo del telefono. Una parte di me, anche se non dovrebbe, si illude che sia lui. Invece è Georgie. Cosa vorrà da me? Farmi i complimenti per la nuova copertina o per il look stile horror che sfoggio in quelle foto?

«Ciao, Georgie» rispondo con un tono di voce calmo e rilassato.

«Cosa aspetti a muovere il culo e a presentarti qui? Sai che giorno è oggi?»

Utilizza la sua voce insinuante e un po' stridula. Ci penso un attimo. Che giorno è oggi? Mi sembra di aver perso il conto.

«Oggi è…»

Addirittura, devo mettermi alla ricerca di un calendario per rispondere? Ma no, basta controllare il cellulare! Però sto parlando, non posso… allora…

«Mercoledì! Il che significa che manchi da due giorni, anzi tre compreso oggi.»

Bene, grazie dell'informazione Georgie.

«Mi vergogno troppo, Georgie. Quelle cose sono uscite ieri, le ho viste su internet…»

Certo, nella ricerca al nome Ethan Forsyte appaio anche io in bella mostra. Bella per modo di dire.

«E quindi? Quello che dovrebbe veramente vergognarsi è qui come se niente fosse. Perché non dovresti esserci tu?»

Il ragionamento di Georgie non fa una piega. Molto sensato come al solito. Ma si dà il caso che Ethan sia il capo, io una dipendente.

«Lui è il capo. Io sono solo una dipendente, Georgie.» Decido di farlo presente anche a lei.

«Certo lui è il capo di un'emettente televisiva che non esisterebbe più se una dipendente, cioè tu, non fosse andata a parlare con suo padre per convincerlo a darci una possibilità.»

Georgie quando vuole avere ragione diventa ostinata oltre ogni limite e confine. Però c'è da ammettere che dice sempre cose vere e non si arrampica mai sugli specchi.

«Insomma Georgie…» Uso il mio tono patetico-compassionevole. «Non mi va che mi prendano tutti in giro. Sembro la cornuta della situazione.»

«Non è che lo sembri soltanto.» Eccola, non gliene sfugge una. «Però non oseranno prenderti in giro. Li ho minacciati.»

Rimango un attimo in silenzio e poi scoppio a ridere. Sì, ce la vedo proprio.

«Senti Georgie, fammi pensare un attimo. Magari domani o dopodomani…»

«Neanche a parlarne. Sono le nove e ventisette. Il massimo che posso permetterti è la mattinata libera. Sono la tua diretta superiore e non ti concedo ulteriori giorni di vacanza. Se non sarai qui entro le due di questo pomeriggio puoi considerarti licenziata. E senza referenze, così non potrai neanche andare a cercare lavoro altrove.» Resto allibita. Certo che quando vuole essere perfida e stronza Georgie ce la mette proprio tutta. «Ci siamo intese? Anche perché c'è qualcosa che devi assolutamente vedere.»

«Va bene, ci proverò» sospiro e mi stendo completamente sul letto.

Cosa dovrò vedere oltre a tutto lo staff della RFB che ride di me? Chissà cosa diavolo si è inventata Georgie questa volta!

«Non devi solo provarci. Ci devi riuscire. Qui entro le due in punto, non un minuto più tardi.»

Riattacca senza nemmeno salutare. I saluti alla fine delle telefonate sono sempre un optional per Georgie, a questo ormai sono abituata.

Alla fine, se mi licenziassero come ha minacciato sarebbe comunque il male minore. Perché il male maggiore è aver perso la mia dignità per affetto nei confronti di un uomo che invece non meritava tanta considerazione da parte mia.

Sento suonare il campanello. Ogni volta mi faccio prendere dal panico ultimamente. Comunque mi alzo dal letto. Non ho idea di chi possa essere. Mi fermo un attimo davanti alla porta, perdendomi in congetture. Sospiro e decido di aprire.

Come ho fatto a dimenticarli! Sharon e Paul. Sono tornati e io invece di accoglierli con grandi festeggiamenti sono ancora in pigiama, con gli occhi gonfi, le membra intorpidite, ridotta a uno straccio insomma. Avrei dovuto preparare qualcosa, avrei dovuto…

«Ciao piccola…» Sharon porta i capelli tirati indietro in uno chignon, mettendo il suo bellissimo viso in evidenza.

«Oh… entrate!» Mi faccio da parte per lasciarli passare. «Scusate, io sono…»

«Sappiamo.» Sharon sospira ed entrambi si muovono verso il soggiorno. Li seguo preparandomi a vergognarmi di me stessa anche con loro.

«Sei diventata famosa, bella!» Il tentativo di battuta di Paul non è molto divertente in questo momento. Lo capisce anche lui e non prosegue oltre.

«Così tanto?» Mi passo le mani tra i capelli. «Io speravo che…»

Scuoto la testa. Sono finita sui giornali di gossip, tra coppie improvvisate, tradimenti, scandali. Ormai qualsiasi cosa io combinerò nella vita sarò come marchiata. Un po' come la protagonista della *Lettera scarlatta*, anche se la mia storia è totalmente diversa. Io sono quella che aveva una storia con Ethan Forsyte ma è stata tradita. Io sono la poveretta che ha beccato il fidanzato a letto con un'altra. Che poi non mi senta tradita dal punto di vista sentimentale e non mi sia mai davvero considerata la fidanzata di Ethan è un altro discorso.

«La gente dimenticherà in fretta, piccola, non farne un dramma!» Sharon sorride e mi abbraccia.

Sono un'egoista. Considero tanto me stessa da non prestare la minima attenzione a lei e alla serie di interventi che ha subito. Durante la sua permanenza a Idaho Falls si è sempre rifiutata di mandarmi qualche fotografia per mostrarmi l'evolversi delle sue operazioni e i miglioramenti ottenuti. Ha sempre detto che avrei visto solo il risultato finale.

«Sei bellissima… sei perfetta!»

Le prendo il viso tra le mani e la osservo con attenzione. È davvero quasi più bella e radiosa di prima.

«Non proprio» Sharon inclina leggermente il viso per mostrarmi una piccola cicatrice poco sopra il mento e un'altra un po' più profonda sotto la tempia. «Queste probabilmente resteranno. Ma non importa. Tua madre ha comunque fatto un miracolo se pensi a com'ero ridotta prima!»

«Si notano appena, tesoro. Se sciogliessi i capelli nessuno ci farebbe caso, ne sono sicura!»

Passo il dito sulle sue cicatrici, quasi come se intendessi davvero cancellarle dal suo volto.

Mi guarda, tentata di dire qualcosa, invece esita. «Ne sono quasi orgogliosa, non le nasconderò. Sono un po' come la dimostrazione che sono sopravvissuta.» Sospira e si accarezza il lato del viso che era stato sfigurato. «Non so come spiegare…»

«Ti sei spiegata benissimo, invece.» Sorrido e la abbraccio ancora. Non so esprimere quanto mi sia mancata in questi mesi. «Comunque... bentornati! Avete fame, sete...»

«Stiamo bene, grazie.» Paul sorride e mi accarezza la testa. Lo vedo un po' impacciato, un po' in imbarazzo rispetto al solito Paul e non capisco il motivo. Forse... forse il motivo sono io. Mi sono fatta una pessima reputazione a quanto pare su quelle riviste. Forse il suo giudizio su di me è cambiato completamente ora. Se Paul pensa questo di me probabilmente anche John sarà dello stesso parere.

Rimangono entrambi in silenzio e io li osservo un po' perplessa, passando lo sguardo da uno all'altra. Anche Sharon ora mi appare confusa, incerta su come proseguire la conversazione. Mi sento sola, come se non facessero più parte del mio mondo.

«Dovrebbe saperlo...» bisbiglia Paul all'orecchio di Sharon, posando poi le labbra sulla sua tempia.

«Certo che dovrebbe...» annuisce Sharon in un sospiro. «Ci serve, per forza deve saperlo!»

Non capisco di cosa stiano parlando? Li osservo sempre più dubbiosa. Cosa mi stanno nascondendo?

«Insomma, cosa dovrei sapere?»

«Dici che non ci è arrivata, ancora?» Paul lancia un'occhiata divertita a Sharon. E va bene, mi arrendo. Si sono messi d'accordo per prendermi in giro.

«Ha avuto un periodo difficile, amore. Povera piccola...» Sharon mi rivolge uno sguardo tra il tenero e il compassionevole.

Mi metterei a ridere tanto sono buffi ma comunque in sintonia, se non fossi proprio io l'oggetto del loro divertimento.

«Ragazzi... non è divertente!»

«Invece temo che lo sia...» Sharon si morde leggermente le labbra, poi scoppia in una risata quasi liberatoria. «Ci sposiamo! E tu mi devi fare da damigella.»

CAPITOLO 64

Sono frastornata dagli eventi recenti. Ora anche la notizia che Sharon e Paul si sposeranno. Non subito, hanno precisato. Prima di riprendermi e congratularmi temo di aver rivolto loro uno sguardo completamente sconvolto. Davvero non me lo aspettavo. Però sono contenta per loro. Hanno trovato la perfezione insieme.

Fra poco più di un'ora in teoria dovrei essere al lavoro. Sono tentata di ignorare la minaccia di Georgie e lasciar perdere. Che mi licenzino! Questo però significherebbe tornare a casa e affrontare un destino ancora più crudele.

I miei non si sono ancora fatti sentire a proposito di quelle foto e nemmeno Kitty e Kevin. Di certo non leggono quel tipo di riviste, almeno spero. Forse, con un po' di fortuna, non hanno visto e non vedranno mai quelle mie immagini orribili.

Quindi non ho alternativa. Devo farmi coraggio, uscire e affrontare il mondo. Come Sharon che porta le sue cicatrici con orgoglio. Io porto la mia sventatezza, la mia stupidità. Non ne sono affatto orgogliosa, ma non ho altra scelta.

Ho promesso a Sharon e Paul che sarei passata da loro in pasticceria, prima di andare alla RFB. Sono stati teneri nel tentare di convincermi che io non ho nessuna responsabilità in quello che è accaduto. Sono solo stata troppo ingenua. Non è una giustificazione per me. Probabilmente non mi perdonerò mai. Non tanto per il fatto in sé ma per le conseguenze che ha scatenato.

Non ho nemmeno voglia di vestirmi e truccarmi come ho imparato a fare da quando sono arrivata qui a New York. Perché fondamentalmente non ho voglia né di piacere né di fare buona impressione su qualcuno. Mi infilo una delle magliette che mi sono portata da Idaho Falls e un paio di jeans che mi stanno comodi. Trucco, capelli? Ma chi se ne importa! Solo un po' di rimmel e il lucidalabbra basta e avanza. Lascio i capelli sciolti ma mi avvolgo un elastico intorno al polso. Nel caso diventassero indomabili, mi farò la coda.

Sto per uscire. Dovrei travestirmi in qualche modo? Come le star che non vogliono essere riconosciute? Non so, mi sento tanto cretina. Comunque, vado a recuperare gli occhiali da sole e una bandana fucsia che avevo vinto a una competizione di atletica alle medie. Era il mio portafortuna all'epoca.

Esco di casa con aria guardinga. Sono molto diffidente, mi sembra quasi che tutti quelli che incrocio per strada stiano osservando me. Sto diventando paranoica.

Mi avvio verso la metropolitana. Insomma, diffidente o no, io mi sento davvero seguita! Però in realtà nessuno mi considera, né per strada né sulla metropolitana. Sono tutti quanti presi dalle loro faccende. Con un po' di fortuna la mia vita da star terminerà presto, anche considerato il fatto che non mi si vedrà mai più in giro con Ethan Forsyte.

Arrivo alla pasticceria di Paul che mi offre una cioccolata e una doppia razione di torta per farmi coraggio. Sharon mi fa compagnia al tavolino.

«Vuoi che ti accompagni io, piccola?» Sharon posa la mano sulla mia e la accarezza con dolcezza.

«No, Sharon. Devo affrontare la situazione da sola. Io sono entrata in questo casino e io ne esco. So di non aver fatto nulla di male.» Accenno un sorriso e stringo la sua mano. «E non posso rinunciare alla mia vita per questo. Non voglio. Non è giusto.»

«Va bene.» Sharon annuisce e mi scruta attentamente. Credo voglia accertarsi che io sia forte abbastanza per portare a compimento quello che ho appena affermato con tanta risolutezza. «Noi siamo qui, Koraline. Comunque vada.»

«Andrà bene. Fidati di me!»

Mi alzo e le strizzo l'occhio. Sono pronta. Vado ad affrontare il mio destino, a sfidare la sorte alla RFB.

Il mio ingresso è avvolto nel silenzio. Anche alla reception la segretaria mi saluta con il solito tono gentile. Gli altri che incrocio mi sorridono e proseguono il loro lavoro come sempre. Sono meravigliosamente invisibile.

Raggiungo il mio ufficio. Peter, Georgie e Annabelle sono già lì. Tutte e tre stranamente tranquilli. Georgie controlla l'orologio e arriccia il naso.

«Sul filo del rasoio. Però pensavo peggio.»

«Pensavi che non mi sarei presentata.»

Mi sposto verso il centro della stanza e incrocio le braccia.

«Ogni tanto anche io sbaglio» ammette Georgie, stringendosi nelle spalle.

«Bene, visto che sono qui diamoci da fare!» sorrido e prendo posto alla mia scrivania.

Trascorre un'ora di relativa calma in cui tutto sembra come prima. Ma io lo so che non è vero, io so che qualcosa è cambiato. Aspetto al varco che questo qualcosa accada.

E il qualcosa è Ethan. So che prima o poi lo incrocerò restando qui dentro. Ogni volta che la nostra porta si apre, per un motivo o per l'altro, temo che sia lui.

«Koraline, potresti andare da Kimberly e chiederle a proposito del suo intervento nella trasmissione in seconda serata?» Georgie mi sta davvero mandando fuori dal mio guscio momentaneo, il nostro ufficio. «Si trova nell'ufficio di Ethan, al momento.»

Questa però è veramente cattiva, Georgie!

«Non... potrebbe andarci Peter... o Annabelle?» Mi volto verso Peter con aria supplichevole. «Io...»

«Georgie, insomma... in effetti...» Peter rivolge un'occhiata a Georgie. «Cerca di essere comprensiva.»

«La vita non è mai comprensiva.» Indifferente Georgie continua il suo lavoro. «Se fosse comprensiva io non sarei ridotta in questo stato. Non esisterebbe la fame nel mondo. Il mondo non sarebbe in mano a ricchi coglioni che si fanno squallide vacche. Devo continuare?»

«E va bene! Vado!» Scatto in piedi come una molla, se potessi la picchierei quando fa così. Cinica, sarcastica, perfida. «Però sei una stronza Georgie, ricordatelo che sei una stronza!»

«Non mi dici nulla di nuovo, ragazza. Ora vai... vai... scattare!»

Mi precipito fuori dal nostro ufficio. Perché non posso avere da Georgie nemmeno un po' di compassione? Perché non può chiudere un occhio almeno per questa volta? Credevo fossimo diventate quasi amiche. Capisco giudicarmi un'imbecille totale, capisco anche che sicuramente a lei non sarebbe mai successo.

Mi ritrovo intanto di fronte all'ufficio di Ethan. Quante volte sono entrata senza alcun problema qui dentro, soprattutto negli ultimi tempi! E mi ritrovavo tra le braccia di Ethan. E lui mi diceva che mi amava.

Busso alla porta. La sua voce calma, pacata, mi invita a entrare. Probabilmente non immagina che sia io. Prendo un bel respiro ed entro. Ethan, seduto alla sua scrivania, solleva il viso verso di me. Distolgo subito lo sguardo da lui in cerca di Kimberly.

«Georgie vorrebbe sapere...» Devo fare uno sforzo di memoria, non ricordo esattamente. «Per il programma in seconda serata...»

Da quando Georgie si occupa del programma in seconda serata?

«Certo, poi le parlerò io direttamente.» Kimberly, seduta lateralmente rispetto a Ethan, annuisce e sorride senza scomporsi.

«Koraline» Ethan pronuncia il mio nome in una tonalità concitata e un po' più alta del comune, come per attirare la mia attenzione. Ma siamo solo noi tre qui dentro e tutti in silenzio. L'avrei sentito comunque. «Io... sono contento di vederti qui. Sono...»

Abbasso lo sguardo. Non lo voglio vedere con quell'espressione da cane bastonato. Non lo vorrei nemmeno sentire, se possibile.

«Bene, ho portato il messaggio di Georgie. Io torno di là, ora.» Solo uscendo il mio sguardo si focalizza per qualche istante sul viso di Ethan. Sugli occhi di Ethan. Su un occhio tendente al violaceo di Ethan. «Il marito della tua amante non si è fatto attendere, questa volta almeno ha reagito!»

Non riesco a credere di aver detto esattamente la prima cosa che mi è passata per la testa. Invece l'ho proprio detto.

Ethan non replica. Assume un'aria ancora più colpevole e affranta. No, niente da fare, non mi fa pena. Proprio per niente.

«Ah, ma non è stato quell'inetto! Figuriamoci se quel povero cornuto si scompone per andare a pestare tutti i ragazzetti che si porta a letto la moglie!» Kimberly si ravviva i capelli e mi guarda con aria stranamente complice. «È stato per te che Ethan si è ritrovato l'occhio nero. Non per quella cagna.»

«Cosa?»

Cerco di trovare un senso logico nelle parole di Kimberly. Al momento non riesco a comprendere, a collegare i pezzi.

«Proprio questa mattina, all'ingresso. "Nessuno fa piangere la mia Appleline!"» Kimberly mi rivolge un'occhiata esasperata. «Insomma, sveglia dolcezza. Sei la Appleline di qualcuno?»

John. Mi porto le mani al viso. John. Non riesco nemmeno a parlare, inizio a tremare.

«Io devo…»

«Vai, vai a cercarlo subito… altrimenti ci vado io e te lo porto via, mia cara.» La voce di Kimberly mi raggiunge quando sono già a metà corridoio.

Mi fermo di fronte al mio ufficio e spalanco la porta con un impeto esagerato.

«Io devo andare. Ma torno. Però io adesso… devo proprio andare…»

«Te lo dicevo che c'era qualcosa che dovevi vedere.» Georgie sbuffa e alza gli occhi al cielo. «Via, sparisci. Ci vediamo domani. Prenditi il pomeriggio, la serata… la notte.»

«Portaci tante idee nuove, mi raccomando» aggiunge Peter con enfasi. «Fatti ispirare.»

Esco come una furia dalla RFB e in un attimo mi ritrovo in mezzo alla strada. Sta incominciando a piovere. Dove sei John? Dove sei?

CAPITOLO 65

Mi guardo intorno. Non sono in grado di riflettere razionalmente. Mi porto le mani sulla testa. Che la mia bandana portafortuna si decida a funzionare adesso? Ti prego, fai che lo trovi. Non posso più resistere un solo minuto senza di lui.

La pasticceria di Paul. Attraverso la strada senza nemmeno guardare e un automobilista, a ragione, mi urla dietro infuriato. Arrivo all'angolo ed entro in pasticceria. Devo sembrare veramente stravolta, una pazza furiosa, perché anche alcune persone ai tavolini vicino all'ingresso si voltano a guardarmi.

«Paul!» Mi precipito verso il bancone. «John… hai visto John?»

Ho il viso bagnato, non so nemmeno io se di pioggia o di lacrime.

«Kora…» Sharon, che sta sistemando alcuni provini a un tavolino appartato, molla tutto e mi raggiunge. «Cosa è successo?»

«Niente. Anzi, tutto! Devo trovare John, subito…»

Sto per crollare, potrei anche avere una crisi isterica.

«Era qui fino a qualche minuto fa, bella.» Paul mi guarda serio e sospira. «In teoria non te lo dovrei dire, ma era molto preoccupato per te. Temeva che qualcuno là dentro ti facesse del male.»

Mi mordo forte le labbra. Qualsiasi sentimento provi in questo momento lo devo trattenere. Devo concentrarmi e trovare John, prima.

«Sai… dov'è andato? Ti prego Paul, se lo sai dimmelo!»

«No, bella. Ma dovrebbe tornare prima di sera, l'ho invitato a cena. Se vuoi puoi aspettarlo, ti preparo qualcosa?»

«Io non posso aspettare... Io ho aspettato fin troppo. Io...»

Mi precipito verso l'uscita della pasticceria mentre Sharon mi segue fino alla porta.

«Piccola, sta incominciando a piovere forte. Prendi almeno un ombrello.»

Nemmeno la ascolto. Mi dispiace Sharon, ma non me ne frega niente dell'ombrello. Non me ne frega niente neanche della pioggia.

Lui pensava a me. Era preoccupato per me. Ripercorro la strada verso la RFB, entro e mi fermo alla reception. Chiedo alla segretaria se un ragazzo con i capelli scuri e gli occhi castani mi ha cercata. Lei mi guarda in una sorta di stato confusionale, ma nega. Dopo che sono corsa fuori non è entrato nessuno.

E ora dove posso andare? La ringrazio ed esco di nuovo. Lo conosco da sempre. Dove potrebbe essere andato il mio bamboccio malefico? Central Park forse? La statua di Alice? Oppure...

Potrebbe essere davvero così sottile da pensare a... Certo, è John. Lui è così sottile. Non può essere che lì! Un bel respiro e prendo la rincorsa verso la Quinta Strada.

Lo vedo subito, già a distanza. Proprio di fronte alla prima vetrina laterale di Tiffany.

«John...»

Mi fermo a pochi passi da lui. Non riesco ad avvicinarmi più di così, talmente ho paura di un suo rifiuto.

«Ciao, Appleline.»

Quando si volta verso di me mi accorgo che ha il labbro leggermente gonfio. A quanto pare ha fatto un occhio nero a Ethan, ma le ha anche prese. Che sciocco. Ma perché lo ha fatto?

«Così hai... le paturnie, pure tu?»

Vorrei solo abbracciarlo. Vorrei solo stringerlo forte e dirgli finalmente quello che sento per lui. Anche se temo di non essere nemmeno in grado di esprimere coerentemente quello che provo in questo momento, con questa folle combinazione di sentimenti contrastanti.

«No. Cercavo un regalo per una ragazza.» Solleva le spalle e torna a fissare la vetrina.

«La tua...» Il cuore mi accelera nel petto. Io non posso più aspettare, qualunque sia la sua risposta. «Perché lo hai fatto, John? Perché sei andato a picchiare Ethan?»

«Non c'è tuo fratello qui. Qualcuno doveva pur difenderti.» Si volta deciso verso di me e mi osserva da capo a piedi. Il suo sguardo mi scatena i battiti del cuore, mi sembra di impazzire. «Com'era quella cosa che lei diceva nel film sulle luci della ribalta?»

«Che... rovinano la carnagione a una ragazza...» Perché deve avere sempre voglia di scherzare? «Per questo lo hai fatto, John? Solo perché non c'è mio fratello Kevin a prendere a pugni chi mi fa del male?»

«Quell'uomo avrebbe dovuto renderti felice. Invece ti ha ferita.» Corruccia la fronte e abbassa lo sguardo. «Ti ha fatta piangere.»

«John... con Ethan non ero felice neanche prima.» Rischio davvero di impazzire se continua così. «Insomma, non piangevo per lui! Piangevo per rabbia... per tutto il tempo perso, per la considerazione che avevo dato a una persona che non meritava. Io piangevo per me stessa... Io piangevo perché...» sussurro con un filo di voce «...avevo perso te.»

Sembra non recepire il messaggio. Mi volto e inizio a camminare, poi a correre sempre più forte Sei tu che continui a farmi piangere, John. Solo tu. Perché non capisci? Perché non vuoi capire?

Mi ritrovo di fronte all'Empire State Building, entro e raggiungo le scale. Ho troppa adrenalina in corpo, mi devo sfogare in qualche modo.

«Appleline... dove stai andando?»

Non mi ero resa conto che mi avesse seguita.

«Non è abbastanza chiaro?» Mi fermo un attimo per riprendere fiato e rispondere. «Arriverò su in cima e poi mi lancerò nel vuoto. Almeno forse...»

«Sono tantissimi piani. Non sei allenata, Appleline. Rischi di collassare prima.» Si ferma a pochi gradini da me. «Non fare la sciocca. Non ne vale la pena. Presto sarà tutto dimenticato.»

«Ma allora proprio non hai capito!» Sono furiosa. Al punto che lo prenderei a calci per tutti gli oltre cento piani dell'Empire State Building. «Smettila di seguirmi, John. Smettila di difendermi anche quando mi metto nei guai da sola, come una cretina. Smettila, qualsiasi cosa stai pensando di fare per proteggermi, non farla…»

Mi volto per continuare a salire le scale, ma inciampo nei miei stessi piedi e perdo l'equilibrio battendo il ginocchio su uno scalino. Lo vedo avvicinarsi ma lo respingo con la mano.

«Dimmi quello che… devi dirmi perché io così non ce la faccio più…» Perché qualcosa che per la gente comune è così semplice, è così naturale e spontaneo per noi invece è così difficile? «Altrimenti smetti di seguirmi e abbandonami per sempre al mio destino.»

«Non posso, Appleline. Sono troppo abituato a seguirti, a controllare che tu stia bene…» Sento la sua voce un po' incrinata, ma rifiuto di voltarmi e incontrare di nuovo il suo sguardo. «Se ti fai male, io sono qui. Per te. Se sei triste…»

«Disabituati, John.» Mi sento gelare il cuore mentre gli rivolgo queste parole. «Disabituati e lasciami stare…»

«Non posso. Non so come fare.»

«Impara. Visto che sei tanto bravo in tutto.»

Cosa sto facendo? Perché non riesco a dirgli la verità ora che è qui con me?

«Ci sono cose che non riuscirò mai a imparare.»

Sento la sua voce allontanarsi e mi volto.

«Io non credo proprio sia possibile, John.»

Lo vedo scendere le scale, io invece rimango immobile, pietrificata.

«Poche in effetti, ma ci sono davvero alcune cose che non imparerò mai.»

Si ferma anche lui, pur rimanendo voltato di spalle.

«E quali sarebbero queste cose che non imparerai mai?»

Stringo i pugni fino a farmi male i palmi delle mani con le unghie.

«Non imparerò mai a vivere senza preoccuparmi per te, Appleline.» Raggiunto il pianerottolo, si ferma, come per prendere fiato. «Non imparerò mai a vivere senza proteggerti da tutto e da tutti, compresa te stessa. Non imparerò mai a non pensare a te, in ogni momento del giorno e della notte.» Lo vedo portarsi una mano alla fronte e poi sul viso. «Non... imparerò mai a... non amarti... perché è da una vita che io... ti amo...»

«Ti amo...» sospiro, finalmente libera da un peso che mi ha oppresso il petto per troppo tempo.

È incredibile. Lo abbiamo detto contemporaneamente e le nostre voci si sono sovrapposte, quasi come se non fossimo più stati in grado di trattenerci. Ma lui, mi avrà sentita? Il mio cuore potrebbe esplodere ora. No, non deve. Prima devo dirgli tutto, davvero tutto quello che provo.

Quei pochi gradini che ci separano, che ancora mi staccano da lui, mi sembrano infiniti ma in qualche modo riesco a percorrerli. Lo raggiungo e lo abbraccio da dietro. Nel frattempo, lui si volta e mi ritrovo contro il suo petto. Sollevo il viso e le nostre labbra sono così vicine da potersi sfiorare. Tremo e gli accarezzo il viso con le mani più volte, totalmente incredula di poter vivere questa specie di estasi, di felicità incontrollata.

«Non imparare mai John... non imparare mai, amore mio...»

Chiudo gli occhi quando le mie labbra incontrano le sue. Non ho mai percepito il battito del mio cuore come in questo preciso istante. Come se fosse in uno stato di grazia, di pura esultanza. Mi stacco un attimo da lui per guardarlo negli occhi, i suoi meravigliosi occhi castano chiaro che ora hanno una luce nuova, più vivida, più intensa, per poi tornare a baciarlo ancora e ancora, con più passione, con il desiderio represso da mesi, da anni di amore inconsapevole ma reale, vivo.

«Non lo avevi capito, John?» sorrido tra le lacrime e lo bacio ancora.

«Un po' sì, mi era sembrato...» Si asciuga gli occhi, imbarazzato. Si vergognerà ora a piangere davanti a me. Ma non mi importa. Gli prendo il viso tra le mani e lo costringo a guardarmi. Non voglio perdere la luce dei suoi occhi mentre mi parla, mentre mi guarda con amore e mi dice quello che voglio sentirmi dire solo da lui. «Però non mi sembrava possibile. Tu mi detestavi il più delle volte. Io credevo che fosse solo una mia illusione... Mi ero convinto che lui potesse renderti più felice, perché appartiene al tuo mondo, al tuo lavoro... E quindi non avrei mai potuto averti. Invece io ti volevo, ti ho sempre voluta solo per me perché ti ho sempre amata più di ogni cosa al mondo...»

«Tu sei il mio mondo, John. Lo sei sempre stato, fin da quando riesco a ricordare.» Mi stringo a lui mentre mi cinge la vita con le braccia. Se solo penso che ho rischiato di perderlo, mi sento male. «Io non ho mai amato Ethan. Gli volevo bene. Ma di una cosa sono sicura, ora più che mai. Io ho sempre amato solo te. Anche quando ero arrabbiata con te, io ti amavo. E non sono in grado di amare nessun altro al mondo che non sia tu.»

«Allora... sei davvero mia, Appleline?» sorride mentre cerca ancora una volta le mie labbra.

«Sono tua. E tu sei mio, John. Noi due ci apparteniamo. Io ti aspettavo, ricordi?»

Tra le altre cose dovrò imparare a dare tregua alle sue labbra, sono diventate irresistibili per me.

«No, io ho una buona memoria e ricordo che avevi stabilito che mi prevedevi. Non mi aspettavi.» Ride e mi prende la mano, mentre scendiamo le scale dell'Empire State Building. «Usciamo da qui. Stiamo dando troppo spettacolo e questa gente non ha neanche pagato il biglietto. Almeno lo avesse fatto, potrei comprare un bel gioiello per la mia ragazza da Tiffany, visto che presto sarà il suo compleanno.»

«Sono più che sicura che la tua ragazza apprezzerà anche un anellino di plastica trovato nelle patatine.» Intreccio le dita con le sue e lo bacio sulla guancia. «Non trovi molto romantico che tu e la tua ragazza vi siate dati il primo bacio… mmh… la prima serie infinita di baci, sull'Empire State Building?»

«Non è accaduto in cima all'Empire State Building, Appleline. Era un piano indefinito sulle scale… tra il settimo e l'ottavo, credo. Te l'ho detto che non eri allenata.»

Si ferma un attimo, mi attira a sé e volta il mio viso per baciarmi le labbra e la punta del naso. Poi sospira e mi guarda negli occhi. Sembra quasi che ancora non creda a quello che ci sta succedendo. E lo capisco, perché quasi non ci credo nemmeno io. Mi accarezza dolcemente il viso e io appoggio la fronte alla sua. Mi sento completamente travolta dal sentimento che provo per lui. Avevo capito di amarlo, già da un po' di tempo, ma non avrei mai immaginato che sarebbe stato così totale, così irrefrenabile, ardente, impetuoso.

«Per me è stato romantico lo stesso.» Mentre usciamo, mi accorgo che ha smesso di piovere. «E poi il "ti amo" nello stesso momento non è da tutti. Quello è stato romantico, ammettilo! Siamo speciali noi…»

«Tanto ormai non abbiamo alternativa. È andata così! E per quanto riguarda il "ti amo" nello stesso momento, ammettilo tu che hai tentato di battermi sul tempo e volevi essere la prima. Sei sempre la solita, insomma!» Ride e mi stringe di nuovo mentre io gli circondo il collo con le braccia. Amo la sua risata. Il cuore mi rimbalza nel petto, ancora una volta, mentre mi bacia. Mi chiedo se sarà così per sempre. Al momento so solo che vorrei restare per sempre stretta a lui. «Comunque, ormai sei mia. Solo mia.»

«Sono tua… non poteva andare diversamente. Era previsto che andasse così. Tu sei il mio destino e dovevo arrivare fino a qui per capirlo.» Rido anch'io e guardo il cielo. Ogni cosa ora mi sembra nuova e meravigliosa. «Guarda che bello John, ha quasi smesso di piovere. Sta uscendo il sole! Chissà se riusciamo anche a vedere l'arcobaleno!»

«Sì, è bello! Mi piace il tempo pazzo, mi ricorda te.» Quindi, anche lui pensa di me quello che io penso di lui? Lo guardo e sorrido. Certo, non potrebbe essere diversamente. «Perché tu sei proprio un po' così, Appleline. Come quando piove con il sole.»

PLAYLIST

Coldplay: "Fix you"

Olivia Newton-John: "If you love me let me know"

Passenger: "Let her go"

Adele: "Set fire to the rain"

Frank Sinatra: "New York, New York"

Audrey Hepburn: "Moon River"

George Strait: "I just wanna dance with you"

Rita Coolidge: "We're all alone"

Chopin: "Notturni"

CITAZIONE

Emily Brontë: "Cime Tempestose"

RINGRAZIAMENTI

Sono legata da un affetto molto particolare a questa storia. Non è la mia prima in assoluto, ma è la prima storia d'amore che ho scritto. Quindi sono felice di riproporla, con la quasi assoluta freschezza della prima pubblicazione del 2015, in questa nuova edizione.

Ringrazio voi lettori che siete arrivati fino a qui.

Ringrazio i luoghi che hanno influito nella stesura della mia storia. Luoghi in cui ho vissuto, così diversi ma così importanti per me. L'Idaho e New York, in questo caso.

Ringrazio i libri, le canzoni e i film che mi hanno accompagnata nel mio percorso di vita e nella scrittura.

Ringrazio Ghostly Whisper Ltd. e i miei correttori di bozze.

Ringrazio la mia famiglia per essermi stata di grande aiuto da quando ho iniziato a scrivere le mie storie, praticamente da tutta la vita.

Ringrazio i blog e tutti coloro che hanno avuto la gentilezza di condividere la pubblicazione del mio romanzo.

Spero che abbiate gradito la storia di Koraline, John, Ethan e tutti gli altri. Spero, con tutto il cuore, che le avventure e le disavventure della mia "Appleline" vi abbiano strappato qualche risata e forse anche qualche emozione.

Barbara Morgan legge e scrive da sempre. Predilige urban fantasy, horror, distopici e fantascienza ma si avventura spesso in altri generi. Lavora nell'ambito della scrittura, dell'editoria e della moda. Laureata in lingue e letterature straniere, specializzata in letteratura inglese, letteratura americana e letterature comparate, ha vissuto tra Inghilterra, Francia, Italia, Svizzera e Stati Uniti, per poi trasferirsi in Irlanda, dove organizza eventi culturali e book club. Traduce dall'inglese, dal francese e dallo spagnolo.

Ghostly Whisper, la Casa Editrice che ha fondato in Irlanda, è un po' la sua storia.

Website: https://www.barbara-morgan.com

Facebook: https://www.facebook.com/BarbaraMorganAuthor/

Instagram: https://www.instagram.com/barbaramorganbooks/

Twitter: https://twitter.com/BabsiMorgan